EAU PROFONDE

LES ROYAUMES OUBLIÉS AU FLEUVE NOIR

La trilogie des Avatars

1. **Valombre**
2. **Tantras**
3. **Eau Profonde**
   par Richard Awlinson

La trilogie de l'Elfe Noir

4. **Terre Natale**
5. **Terre d'Exil**
6. **Terre Promise**
   par R.A. Salvatore

La trilogie des héros de Phlan

7. **La Fontaine de Lumière**
8. **Les Fontaines de Ténèbres**
9. **La Fontaine de Pénombre**
   par James M. Ward et Jane Cooper Hong

10. **Magefeu**
    par Ed Greenwood (novembre 1994)

EAU PROFONDE

par

RICHARD AWLINSON

FLEUVE NOIR

Titre original :
Waterdeep

Traduit de l'américain
par Michèle Zachayus

Collection dirigée par Patrice Duvic
et
Jacques Goimard

La loi du 11 mars 1957 n'autorisant aux termes des alinéas 2 et 3 de l'article 41, d'une part, que les copies ou reproductions strictement réservées à l'usage privé du copiste et non destinées à une utilisation collective, et, d'autre part, que les analyses et les courtes citations dans un but d'exemple ou d'illustration, toute représentation ou reproduction intégrale ou partielle, faite sans le consentement de l'auteur ou de ses ayants droit ou ayants cause, est illicite (alinéa 1er de l'article 40).
Cette représentation ou reproduction, par quelque procédé que ce soit, constituerait donc une contrefaçon sanctionnée par les articles 425 et suivants du Code pénal.

© 1989, TSR, Inc.

© 1994 Editions Fleuve Noir pour la traduction en langue française et la présente édition.

ISBN : 2-265-00217-8

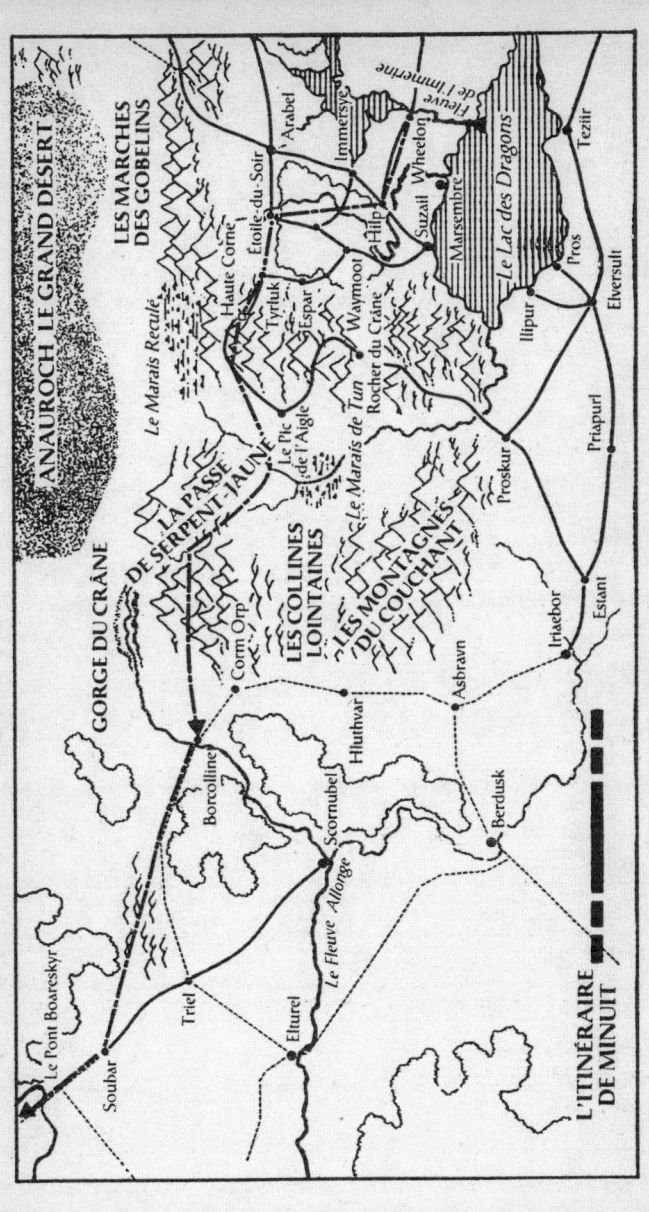

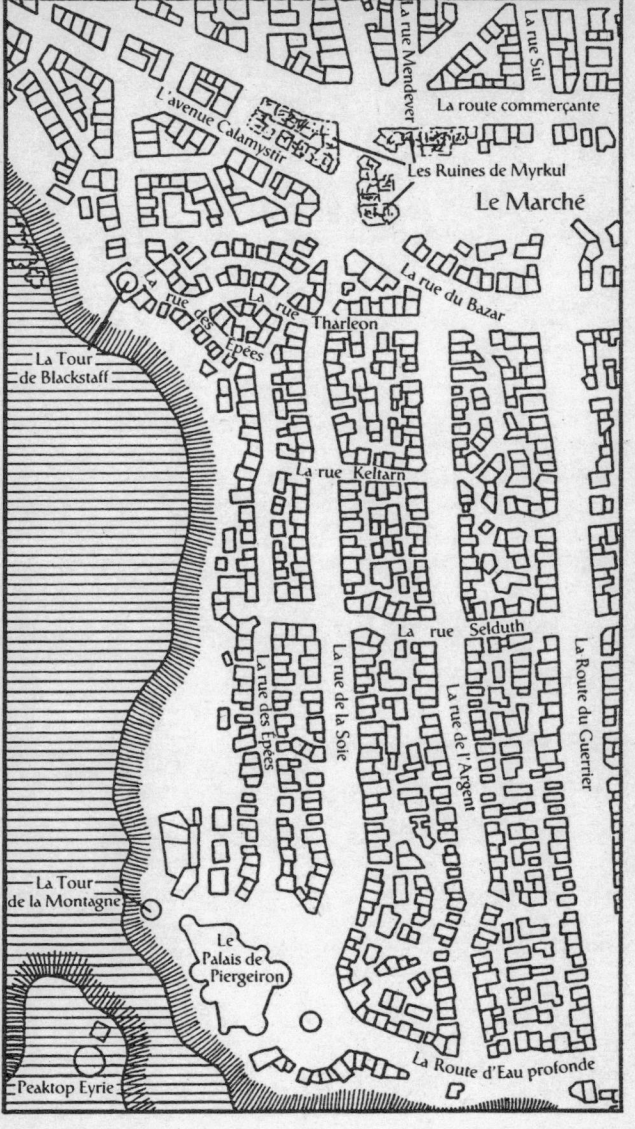

PROLOGUE

La patrouille de Marsembre surveillait les fermes côtières autour du bocage en forme de larme appelé le Bois de l'Hermite. Le sergent Ogden le Tyran faisait partie de l'élite de Cormyr. Sa réputation tenait les brigands éloignés de son secteur.

Sa compagnie de douze hommes se composait de six bleus, deux soûlards, deux soldats de valeur, et deux meurtriers, auxquels Ogden assignait les missions dangereuses. Naturellement, les deux bandits s'étaient juré d'ajouter le sergent à leur liste - mais ils n'en avaient pas encore eu le courage.

Et ils n'en auraient plus jamais l'occasion. Hommes et bêtes, morts jusqu'au dernier, gisaient à une centaine de mètres du bocage. L'emblème du roi Azoun IV, le Dragon Pourpre, scintillait sur leurs boucliers ; les rayons de lune jouaient à cache-cache entre deux nuages, glissant sur leurs dépouilles mortelles.

Tout cela n'avait plus aucune importance. Après le passage des corbeaux et des chacals la veille, ne subsistaient plus que de hideux restes.

Au moment où la patrouille traversait les champs, le sol avait vomi un gaz noir toxique, sans cause apparente. A proximité, on ne trouvait ni volcans, ni grottes souterraines, ni marais ou tourbière qui puissent expliquer ce phénomène. Ce n'était qu'une manifestation de plus du chaos qui régnait désormais sur les Royaumes.

Depuis deux jours, les cadavres boursouflés gisaient, tordus en des angles bizarres sous l'effet de l'intense chaleur. Le sang avait noirci au contact du sol brûlant ; les lambeaux de chair, face au ciel, avaient viré à un gris terreux. Les yeux des malheureux surpris par la mort gardaient une inquiétante lueur rougeâtre.

L'esprit encore enchaîné au corps, les morts avaient parfaitement conscience de leur état. Ce n'était pas l'idée qu'ils s'étaient faite du trépas. Ils pensaient rejoindre le royaume de Tempus, Dieu de la Guerre, ou connaître la douleur éternelle sous le fouet glacé de Loviathar, Vierge des Souffrances. Ils n'imaginaient pas que leur conscience resterait prisonnière de leur cadavre tandis que leur chair pourrissait lentement.

Aussi, quand Ogden reçut l'ordre de se lever et de former une colonne avec ses soldats, lui et ses hommes furent soulagés de voir leur carcasse obéir. Hommes et chevaux se redressèrent. Les guerriers s'alignèrent à la perfection, perchés sur leurs montures mortes, comme ils l'auraient fait de leur vivant.

L'ordre provenait d'un temple d'Eau Profonde, où méditaient quatre-vingt-dix apôtres de la corruption et de la vilenie. La salle ressemblait à une crypte moisie, les murs de pierre noire étaient piqués d'humidité et de limon. Derrière le gigantesque autel de pierre, deux torches accrochées au mur éclairaient la scène.

Dans leurs bures grossières, les apôtres, tête baissée, osaient à peine respirer, de peur d'attirer l'attention de l'homme qui les dominait sur l'autel ensanglanté.

Il était de haute taille, émacié et lépreux. De profondes rides creusaient sa face couverte de lésions grumeleuses. Là où des blessures mineures avaient détruit l'épiderme malade, apparaissaient des morceaux de chair grise malodorante. Loin de cacher cette disgrâce, l'inconnu exhibait sa détresse à la vue de tous.

Cette complaisance inhabituelle pour la laideur n'était guère surprenante de la part de Myrkul, Dieu du Pourrissement et des Morts. Absorbé dans une profonde concentration, il avait dû tuer cinq de ses adorateurs pour puiser en eux la force de sonder le continent par télépathie, et communiquer ses instructions à la patrouille d'Ogden. Dieu déchu, contraint comme les autres à recourir à un avatar humain pour survivre dans les Royaumes, il n'était plus omnipotent.

Les deux Tablettes sur lesquelles le Seigneur Ao, Maître Absolu du Panthéon, enregistrait les privilèges et responsabilités de chaque divinité, avaient été dérobées. A l'insu des dieux et d'Ao, Myrkul et le défunt Baine le Fléau s'en étaient emparé et les avaient cachées, chacun sans rien révéler à l'autre. Les deux complices avaient espéré que la confusion entourant leur disparition augmenterait leur puissance.

C'était sous-estimer la rage de leur suzerain. Tous les dieux avaient été expulsés des Plans, et dépouillés de leurs pouvoirs, avec interdiction de revenir sans les Tablettes. Seul à être épargné, Heaume, Dieu des Gardiens, protégeait les Escaliers Célestes qui menaient aux Plans.

Myrkul n'était plus que l'ombre de lui-même. Sa survie dépendait des âmes damnées des fidèles qui lui sacrifiaient leur existence - énergie méphitique dont il tirait ses pouvoirs occultes. Par bonheur, il avait découvert la patrouille trépassée d'Ogden avant que les âmes quittent définitivement les enveloppes corporelles. Ces zombis seraient plus intelligents et plus souples que des vivants. Le dieu déchu leur transmit ses instructions par télépathie :

Deux hommes et une femme bivouaquent dans ce bosquet. Dans leurs sacoches se trouve une tablette d'argile. Tuez les hommes et ramenez-moi la femme et la tablette.

Myrkul n'ignorait pas les difficultés qui l'attendaient pour conserver la précieuse Tablette du Destin. Il ne commettrait pas les mêmes erreurs que le mégalomane et infortuné Dieu des Conflits, Baine. D'autre part, il savait qu'un traître, lancé à la poursuite de ses anciens associés, ne reculerait devant rien pour s'emparer de cette Tablette.

Tandis que Myrkul s'abîmait en contemplation, un disque doré d'énergie éclaira une ruelle dans un quartier oublié d'Eau Profonde. Un sorcier malingre en sortit. D'une hauteur de quinze mètres, sans aucune ouverture visible, la tour de granit immaculé devant laquelle il se trouvait ressemblait à une colonne de pierre polie.

Le mage fit disparaître le portail de téléportation d'un geste de la main. L'homme était plutôt petit ; sa lourde cape brune de voyageur ne dissimulait pas sa maigreur. Ses traits caractéristiques étaient un visage anguleux, des yeux vifs et alertes, un nez droit, une épaisse chevelure et une barbe blanches. L'inconnu héla un dénommé Khelben, qui apparut aussitôt.

— Mage Elminster ! Sois le bienvenu ! s'exclama Khelben, passant la tête et le buste à travers le mur, à hauteur du second étage.

L'ancien élève du mage se distinguait par une barbe noire impeccablement taillée, un regard brun et franc, de beaux traits réguliers.

Elminster passa au-travers du mur, pour aboutir à un petit salon encombré de cornes de dragons, de couronnes de métal et autres trophées. Le sage sortit sa pipe d'écume et s'assit sur le fauteuil le plus confortable.

Un instant plus tard, Khelben « Blackstaff » Arunsun descendait précipitamment l'escalier, un surcot pourpre passé à la hâte par-dessus une robe de chambre de soie blanche.

— Bienvenue à Eau Profonde, mon ami. Qu'est-ce

qui t'amène ?

— J'ai besoin de ton aide, Blackstaff...

Les deux mages se racontèrent les mésaventures que leur avait valu le chaos des forces magiques. Blackstaff savait que tout avait commencé avec l'expulsion des dieux, après le vol des Tablettes. Elminster lui raconta ses démêlés avec un groupe de quatre aventuriers : la magicienne Minuit, un prêtre nommé Adon de Sunie, un guerrier, Kelemvor Lyonsbane, et un voleur du nom de Cyric.

— ... Ils ont prétendu avoir sauvé Mystra des griffes de Baine le Fléau. Mais elle périt lors d'un affrontement avec Heaume. Ses derniers mots, ont-ils affirmé, furent que l'on m'avertisse de l'attaque imminente de Baine contre Valombre. Je devrais aussi les aider à retrouver les Tablettes. Au début, je ne les ai pas crus. Mais la femme possédait une amulette que la déesse lui avait donnée. Et Baine a effectivement attaqué Valombre. Ils se sont très bien comportés lors de la bataille.

Le sage passa sous silence les tourments endurés par les aventuriers accusés de sa mort. On avait évité le pire.

— Le voleur, reprit-il, les a quittés sur le chemin de Tantras. Il a dû les trahir. Peu importe. Baine les a suivis à Tantras et a tenté de récupérer la Tablette. Il s'est heurté au dieu Torm, qui y avait élu domicile. Tantras a failli être anéantie dans la bataille, mais Minuit a fait sonner la cloche d'Aylan Attricus...

— Elle a *quoi* ? s'écria Blackstaff, bondissant sur ses pieds. Personne n'en est capable, pas même moi !

— Elle, si, confirma Elminster. Elle a activé le bouclier. Les deux avatars furent détruits. (Le mage fit quelques ronds de fumée supplémentaires et ajouta :) Minuit et ses amis apportent la Tablette à Eau Profonde.

Le jeune sorcier considéra tous ces éléments en silence.

— Pourquoi un voyage aussi long et périlleux ? Je ne comprends pas.

— Pour deux raisons, sourit Elminster. D'abord, la proximité d'un Escalier Céleste. Ensuite, la présence de la seconde Tablette. Les deux doivent être restituées à leur légitime propriétaire.

— Une Tablette à Eau Profonde ? Mais... où ?

— J'ai besoin de toi pour le découvrir.

Blackstaff roula les yeux au plafond :

— Eau Profonde est une grande cité.

— Raison de plus pour ne pas perdre une minute. Il nous faudrait trouver cette Tablette avant l'arrivée de Minuit.

CHAPITRE PREMIER

DES VISITEURS

De ses yeux aussi profonds et noirs que la nuit, Minuit observait les ombres évoluant parmi les racines d'un peuplier arraché de terre. Un vent puissant hantait la forêt obscure, secouait les branchages, évoquait des silhouettes ambiguës de son souffle mystérieux. Des nuages flottaient sous la clarté lunaire.

Les trois compagnons bivouaquaient au sud d'un bosquet en forme de larme. Kelemvor et Adon s'étaient assoupis contre un petit abri, adossé à deux arbres. Les ronflements du guerrier faisaient un peu penser à des grondements de loup.

Minuit montait la garde à une vingtaine de mètres de là. Moins de trente ans, une silhouette mince et gracieuse, elle possédait un charme sensuel. Elle avait des sourcils fins bien arqués, de longs cheveux noirs nattés ; de petites rides soucieuses plissaient son front et les commissures de ses lèvres.

Les dernières heures avaient été rudes... Sur la mer intérieure nommée le Lac des Dragons, une terrible tempête d'origine surnaturelle avait secoué leur vaisseau, qui faisait voile d'Illipur à Eau Profonde.

17

Au bout de trois jours très éprouvants, où la galère manqua être réduite en charpie par les éléments déchaînés, le capitaine, superstitieux, avait débarqué de force ses trois passagers « porte-malheur » au port le plus proche.

Minuit sursauta, se raidit, puis sourit en voyant Adon ramper vers elle, sacoches en main. Au milieu de la nuit, ses cheveux sable étaient méticuleusement peignés. Homme mince, quoique musculeux et bien proportionné, ses yeux verts luisaient avec éclat. Une cicatrice courant de l'œil gauche à la mâchoire zébrait son visage aux traits réguliers, sinistre rappel de la crise intime qu'il avait traversée les semaines passées. La nuit de l'*Avènement*, tous les prêtres des Royaumes avaient perdu leur pouvoir. Au début, cela n'avait pas entamé l'optimisme du jeune Adon, dont la foi pour son idole, la Déesse de la Beauté, Sunie, était restée inébranlable.

Mais quand un fanatique l'avait agressé et défiguré à Tilverton, il avait pris cette mutilation comme le châtiment d'une mystérieuse offense qu'il aurait commise contre sa déesse. Sa conviction se raffermit lors de la bataille de Valombre, où il n'avait rien pu faire pour sauver Elminster. Il avait sombré dans une prostration, d'où il était sorti en ayant perdu la foi. Il réservait désormais sa ferveur et son dévouement à ses semblables.

— Pourquoi es-tu réveillé ? murmura Minuit, assez haut pour que le vent porte ses paroles.

Tapi près d'elle, il répondit dans un chuchotement :

— Qui pourrait dormir avec ce raffut dans les oreilles ? Je vais te remplacer.

— Pas encore...

Elle observait les ombres mouvantes terrées à l'abri du peuplier déraciné.

Adon les aperçut à son tour et demeura interdit.

La lune pointa le bout de son nez entre deux nuages, nimbant d'argent l'arbre mort. La forme d'un buste se découpa dans la nuit, évoquant une vague apparence humaine.

Adon conseilla ce que la prudence lui dictait : réveiller Kelemvor. Minuit voulait le laisser dormir encore un peu - ces ombres n'avaient peut-être rien de dangereux. Et tous deux étaient des guerriers capables.

Adon comprit les réticences de la jeune femme : l'homme embusqué là-bas pouvait être leur ancien compagnon, Cyric. Son humour sarcastique, son attitude, son mauvais caractère même, manquaient à Minuit.

— Je me demande..., murmura-t-elle.

— Non ! Ce n'est pas lui ! siffla-t-il, faisant volte-face.

— Pourquoi pas ? demanda-t-elle, tournée vers les ombres. La trirème noire qui inquiétait tant notre capitaine semblait *vraiment* nous suivre.

— Ça ne nous autorise pas à croire que Cyric était à son bord, objecta Adon. Comment aurait-il su que nous partions, et à bord de quel vaisseau ?

— Cyric a ses informations, dit sombrement Minuit.

Le prêtre serra sa masse d'armes à s'en faire blanchir les phalanges :

— Il l'a prouvé à Tantras, en effet... Je vais chercher Kelemvor.

— Mais il tuera Cyric ! s'écria-t-elle.

— Bien, répondit Adon.

— Comment peux-tu dire cela ?

— Il a rejoint les Zhentils. L'aurais-tu oublié ?

Selon les rumeurs, Cyric avait fait partie d'une des armées zhentilles venues attaquer Tantras. Etant donné la présence du voleur lors de la tentative d'assassinat contre Kelemvor, Adon était enclin à croire ces rumeurs.

— A quoi t'attendais-tu ? fit-elle observer, toujours pas convaincue de la trahison de leur ami. Cyric est intrigant de nature. Quand il a dû choisir entre s'allier à Baine ou mourir, il n'a pas dû hésiter un instant. Cela ne veut pas dire qu'il nous ait trahis.

— Cela ne veut pas dire non plus qu'il ne nous ait *pas* trahis, protesta Adon par-dessus son épaule.

Le vent arrivait par rafales, fouettant les branchages.

— Il y a quelques semaines, Cyric était un ami sûr et un allié de valeur, lui rappela la magicienne. Aurais-tu oublié qu'il a sauvé nos vies à Valombre ?

— Non, admit-il, se tournant vers elle. Et je n'ai pas oublié qu'il m'aurait volontiers abandonné à la hache du bourreau, si tu ne t'y étais pas opposée.

Minuit ne sut quoi répondre : le prêtre de Sunie avait raison. Suite à la disparition d'Elminster, pendant la bataille de Valombre, Adon et Minuit avaient été jugés et condamnés à mort en toute hâte. Cyric était parvenu, seul, à les arracher de leur geôle et à leur faire prendre la fuite. Dans la descente du fleuve Ashaba, le voleur avait traité le prêtre comme un chien galeux, ne lui adressant la parole que pour l'insulter, quand il ne joignait pas les coups aux injures. Minuit s'était vue forcée d'intervenir à de nombreuses reprises.

La lune réapparut, baignant le paysage nocturne de ses pâles rayons.

Adon la regarda droit dans les yeux :

— Je ne dois rien à Cyric. En ce qui me concerne, je suis en dette envers toi pour m'avoir sauvé à Valombre.

— Alors, acquitte-toi de cette dette, lui répondit-elle, les yeux dans les yeux. Ne conclus pas que Cyric nous a trahis simplement parce qu'il t'a maltraité.

— Tu ne connais pas cet homme aussi bien que Kel...

Minuit l'interrompit d'un geste :

— Vas-tu honorer cette dette, oui ou non ?

— Je ne lui ferai jamais confiance, répondit-il, furieux.

— Je ne te le demande pas. Tout ce que je veux, c'est que tu lui accordes le bénéfice du doute. Ne le tue pas à vue.

La frustration se peignit sur le visage du jeune homme ; il détourna les yeux :

— Très bien... Mais tu ne convaincras jamais Kelemvor.

Minuit poussa un soupir de soulagement.

— Nous nous occuperons de ce problème quand l'heure sera venue. Pour l'instant, je vais voir ce que Cyric nous veut.

Elle se mit à ramper vers les racines du peuplier éventré. Un tapis de feuilles détrempées étouffait les bruits de sa progression.

— Attends ! siffla Adon entre ses dents. Tu ne sais même pas s'il s'agit bien de lui !

— Il faut bien qu'on en ait le cœur net, non ? Et n'oublie pas de réveiller Kelemvor si je me suis trompée, conclut-elle avant de disparaître dans les ténèbres.

Avec un soupir de frustration, il jeta les sacoches sur son épaule et se prépara à voler au secours de son amie si les choses tournaient mal.

Minuit agrippa le pommeau de sa dague : plus elle s'éloignait du petit bosquet, plus elle s'exposait aux attaques. Mais elle n'avait pas le choix.

Le vent retomba et un silence inquiétant lui succéda. Des craquements répétés de bois sec l'alertèrent : plusieurs silhouettes massives progressaient dans le sous-bois.

— Appelle Kelemvor ! cria-t-elle à Adon.

A un peu moins d'un kilomètre au nord, treize soldats cormyriens - naguère la patrouille d'Ogden le Tyran -, avançaient dans leur direction. Il leur manquait tantôt une oreille, tantôt un doigt, un nez, un orteils, une main... Des plaies lacéraient leur torse, là où les charognards les avaient éventrés pour accéder aux morceaux les plus tendres. Les chevaux étaient en aussi piteux état, de grands lambeaux de chair arrachés à leurs carcasses.

Adon alla secouer Kelemvor, qui s'éveilla en glissant sa lame sous la gorge du prêtre. Puis il le reconnut et, sans un mot, il l'aida à s'asseoir. Ses traits étaient aussi rudes que ses manières. Il faisait bien un mètre quatre-vingt-cinq, avec un corps tout en muscles et de larges épaules. Le guerrier évoluait avec une grâce féline, seule trace d'une vieille malédiction dont il s'était récemment libéré. Une barbe de trois jours ornait son visage aux traits burinés ; son regard vert était surmonté d'un front soucieux. Un regard de panthère.

— Quelque chose progresse vers nous, chuchota le prêtre. Minuit n'a pas précisé ce que c'était.

Il ne mentionna pas l'ombre mystérieuse du peuplier, car il avait promis à Minuit de ne pas tuer le voleur à vue. Donc de ne rien dire à Kelemvor.

— Où est-elle ?

Adon fit un geste en direction des racines du grand arbre...

Il n'y avait plus trace de Minuit !

Kelemvor bondit en jurant, épée au poing. Minuit s'était rapprochée en rampant des cavaliers, et glissée dans le tronc d'un aulne. Ses deux amis se mirent à la chercher discrètement. Elle ne répondit pas à leurs appels à voix basse, craignant que les inconnus l'entendent. Les cavaliers scrutaient les ténèbres avec un regard rouge phosphorescent. A tâtons, la magicienne fit l'inventaire de ses poches, envisageant une riposte occulte.

Le premier signe de vie que les cavaliers détectèrent, à la lueur pâle de l'astre lunaire, fut Adon, accroupi dans les herbes. Les deux premiers morts-vivants chargèrent ; six autres se disposèrent en éventail pour contraindre l'homme et la femme dissimulés à trahir leur position. Cinq autres morts-vivants demeuraient dans les bois, hors de vue.

Les deux premiers zombis qui chargèrent ne virent pas l'ombre embusquée derrière le prêtre. L'inconnu se redressa et décocha une flèche avec son arc court. Un monstre, touché en pleine gorge, fut désarçonné. Le cou transpercé, il roula à terre et se redressa d'un même élan, épée au poing, à la recherche de l'archer embusqué.

L'autre cavalier trépassé débqula sur Adon, penché en avant, épée levée. Kelemvor surgit des ombres et le décapita d'un mouvement sûr et vif. Le cadavre roula sous les sabots de sa monture. Le guerrier regagna immédiatement son abri, inquiet de la flèche qu'Adon n'avait pas décochée. Minuit n'avait jamais usé d'arc, à sa connaissance.

La seconde offensive ne lui laissa pas le loisir de s'interroger davantage : la puanteur de la chair en décomposition le fit suffoquer quand les cinq cavaliers arrivèrent. Ils mirent pied à terre pour pouvoir combattre en terrain accidenté. Kelemvor esquiva la charge d'un premier zombi, puis projeta sa lame à travers les branchages. La pointe entama la chair spongieuse, sans incommoder son adversaire. Le guerrier comprit qu'il luttait contre un cadavre.

Adon fit un roulé-boulé, abandonnant les sacoches, et bondit dans la mêlée, masse brandie. Le premier coup porté sur la nuque assomma le mort-vivant. Les deux compagnons se précipitèrent et découpèrent le cadavre ambulant en morceaux, afin de le mettre définitivement hors d'état de nuire.

Les cavaliers de la seconde vague ratissaient le terrain à la recherche du mystérieux archer, qu'ils pensaient être la femme à capturer.

Minuit était toujours réfugiée dans son tronc d'arbre. Une pincée de poussière et une fiole d'eau en main, elle préparait une tempête magique. Avec un peu de chance, la grêle martèlerait les attaquants et les réduirait en charpie.

Pour l'heure, soulagée de ne pas encore devoir

recourir à la magie, elle s'interrogeait sur l'identité du mystérieux archer. Kelemvor et Adon, les sacoches de nouveau en bandoulière, se mirent à la recherche de leur compagne.

— Minuit ! hurla Kelemvor, au nom du Royaume de Myrkul, où es-tu passée ?

Adon et lui se retournèrent au fracas de sabots résonnant dans leur dos : ils s'abritèrent derrière un arbre, pour forcer les assaillants de la troisième vague à descendre de cheval.

C'est alors que Minuit surgit de sa cachette, et hurla à ses compagnons de se protéger. Elle versa l'eau sur la poussière en psalmodiant son sortilège. Elle fut aussitôt prise de vertiges, sentant ses membres lourds et endoloris, puis saisie de convulsions. Des traînées argentées jaillirent des doigts de la magicienne et formèrent un nuage s'élevant au-delà de la cime des arbres. De petites boules de feu se mirent à en pleuvoir, embrasant tout sur leur passage. En quelques secondes, Minuit fut séparée de ses amis par un mur de feu. Le sortilège avait mal fonctionné !

Kelemvor et Adon se redressèrent lentement, affrontant quatre cadavres ambulants, dont les montures s'enfuyaient au galop.

— Quand je te le dirai, cours vers la forêt à toutes jambes, ordonna Kelemvor. Nous allons contourner les flammes, rejoindre Minuit et disparaître.

Les quatre zombis les avaient déjà cernés et battaient les branches et les lianes de leurs épées. Adon abattit sa masse sur une lame et la fit éclater. Le mort-vivant, sifflant de colère, se projeta dans l'enchevêtrement végétal pour tenter d'agripper sa proie. Kelemvor croisa le fer avec l'autre duo d'attaquants. Le nuage igné approchait en déversant ses boules de feu : les flammes commencèrent à lécher les zombis.

Kelemvor donna le signal à son compagnon, livrant un ennemi au feu d'un coup de pied en pleine poitrine. L'autre bondit sur le guerrier, qui le reçut de profil et l'envoya rejoindre son acolyte dans le brasier. Les deux zombis, transformés en torches vivantes, continuèrent à avancer sur les humains avec un rictus démoniaque. Kelemvor prit la fuite à son tour.

De l'autre côté du rideau de flammes, Minuit, tremblante, les tempes en feu, n'avait aucun moyen de savoir ce qu'il advenait de ses amis. Devait-elle essayer de contourner l'incendie, ou rester où elle était ?

Elle entendit le fracas assourdi de sabots derrière elle, se précipita dans son tronc et sentit l'odeur écœurante de la viande décomposée d'un cavalier. Elle eut la nausée.

Celui qu'on avait connu comme Ogden le Tyran tira sur ses rênes et se retourna vers sa proie. Les naseaux du cheval exhalèrent une odeur de chair rongée des vers.

Minuit le menaça de sa dague, espérant l'intimider ; elle ne pouvait compter sur la magie. Le cavalier remit son épée au fourreau et avança sur elle. Même sous la clarté lunaire blafarde, la magicienne distingua clairement son agresseur : le bouclier était frappé aux armes du Dragon Pourpre de Cormyr. Le casque et le plastron scintillaient. Sa peau grisâtre s'attachait à ses pommettes comme du cuir ratatiné ; un unique œil rouge saillait d'une orbite souillée de pus.

Le cheval avait dû être une bête magnifique, à la puissante musculature bien entretenue. Il était à présent terrifiant. Ses naseaux exhalaient des vapeurs noires délétères, le mors découvrait des dents semblables à des crocs aiguisés.

Minuit recula sans jamais tourner le dos à Ogden, qui avançait toujours. Ses chances de défaire le zombi étaient minces, elle le savait, mais le battre à la course était encore de question.

Quand il se pencha pour l'empoigner, elle lui lacéra les côtes de sa dague. Le cadavre s'en moquait. Cinq doigts glacials lui saisirent le poignet et faillirent lui déboîter le bras en la soulevant brutalement du sol. Le zombi la coucha en travers de la selle. Une main dure et froide comme du granit l'y maintint, totalement impuissante. Le cavalier tourna bride, prêt à repartir au galop.

Kelemvor avait contourné le périmètre en feu ; il assista à l'enlèvement de Minuit et se mit à courir. Il rejoignit le cheval mort avant que le cavalier ait fait une dizaine de pas, et bondit, désarçonnant Ogden et Minuit. Il poussa la jeune femme de côté, évitant un coup d'épée à l'estomac. Le mort-vivant se lança dans une série d'estocades vicieuses.

Adon entendit la cliquetis des armes et, se retournant, vit les autres zombis en flammes. Il crut devoir presser l'allure.

Minuit guettait la première ouverture pour plonger sur son infernal agresseur, dague au poing. Mais Ogden évoluait avec une grâce et une rapidité surprenantes, interdisant toute approche.

Kelemvor se fendit et le cadavre para, puis contre-attaqua, visant la tête. Le guerrier percuta la mâchoire du zombi de la garde de son épée. Sans succès. Il fit un roulé-boulé pour se mettre hors de portée du cadavre.

Minuit était consciente de la fatigue croissante de Kelemvor ; mais user de magie risquait encore de mal tourner. Le meilleur moyen restait de poignarder la chose dans le dos. Elle vit Adon surgir des broussailles, et se posta face au zombi pour l'empêcher de remarquer l'arrivée d'un troisième combattant. Au moment où Kelemvor frappait Ogden à la tête, Minuit lança sa dague, qui se ficha profondément dans le torse du sergent. Le guerrier profita de cette diversion pour porter un premier coup efficace. Ogden fit volte-face violemment, avec de grands moulinets féroces. Puis il s'apprêta à frapper Kelemvor, déséquilibré par la violence de la riposte.

Adon jaillit des broussailles et abattit sa masse dans

les jambes du zombi. Kelemvor leva son épée ; Ogden, tranché en deux, cessa d'être une menace.

Kelemvor était trop fatigué pour remercier le prêtre ; celui-ci, peu soucieux des convenances, pressa ses deux amis de quitter les lieux. Deux autres zombis rôdaient encore dans les bois.

— Et l'archer qui nous a aidés ? haleta Kelemvor, qui reprenait son souffle. Il doit être en mauvaise posture.

— S'ils ne l'ont pas encore trouvé, c'est qu'ils ne l'atteindront pas, contra Adon, échangeant un regard entendu avec Minuit.

Le guerrier fronça les sourcils :

— Sauriez-vous tous les deux quelque chose que j'ignore ?

Minuit se remit en route vers le nord :

— Nous en reparlerons plus tard.

CHAPITRE II

L'AVERTISSEMENT

— Les hommes ne connaîtront guère de repos cette nuit, observa Dalzhel.

Haut de deux mètres et large en proportion, le guerrier zhentil faisait penser à un ours, avec son épaisse barbe noire et sa longue natte dans le dos. Ses yeux bruns, très calmes, traversaient l'interlocuteur de part en part.

Cyric ne répondit rien. Sa compagnie se trouvait à une dizaine de kilomètres au nord d'Etoile-du-Soir, dans la salle principale d'un château en ruine, longue de quinze mètres et large de six. Une imposante cheminée trônait au bout de la salle, unique source d'éclairage. Une table de neuf mètres de long, grise et fissurée par le temps et la négligence occupait l'espace, encadrée d'une douzaine de chaises branlantes.

Le voleur au nez d'aigle, à la mâchoire étroite et au regard noir se réchauffait au coin de l'âtre. Ses traits, taillés au couteau, seyaient aussi bien à son humour malicieux qu'à ses humeurs sinistres. Une courte épée, au lustre grenat peu commun, reposait sur ses cuisses.

Dalzhel ôta sa cape trempée. Il portait en permanence une cotte de mailles noire, ne l'enlevant que pour dormir, et encore, quand il était en lieu sûr.

— Existe-t-il endroit plus lugubre que celui-ci ! continua le lieutenant zhentil. On le dit hanté.

Cyric comprenait parfaitement ce sentiment. Sise au fond d'un ravin, surplombant les rapides turbulents du fleuve Etoile Liquide, cette ruine était plus désolée qu'aucun site de sa connaissance. Le manoir remontait à l'époque précédant l'avènement du royaume de Cormyr. Nombre de murs maussades et de tours noires étaient demeurés intacts. Le bâtiment faisait cent mètres sur cinquante, avec une enceinte extérieure qui s'élevait encore par endroits à une hauteur de neuf mètres. Les portails ne portaient pas la patine du temps, bien que leurs herses soient depuis longtemps tombées en poussière.

La grande salle, les logis, les cuisines et les écuries s'étaient naguère adossés à l'enceinte intérieure. Seule la salle, construite du même granit noir que les corps de garde, était restée en l'état.

Avec ce curieux mélange de vestiges et d'imposants édifices, il n'était guère surprenant de trouver l'endroit inquiétant. Mais Cyric n'était pas d'humeur à écouter les jérémiades. Dalzhel et le reste des troupes étaient arrivés ce matin, assez tôt pour se mettre à l'abri de l'orage qui avait tonné tout l'après-midi. Le voleur, lui, n'était venu qu'au soir, glacé, trempé et las.

Inconscient de l'humeur de son commandant, Dalzhel poursuivit, cherchant à attirer son attention :

— Il y a quelque chose au-delà du mur d'enceinte, à en croire les hommes.

Cyric n'avait cure de ce qui pouvait se tapir dehors pour effrayer ses soldats.

— Comment va mon petit cheval ? Il a rudement souffert.

— Avec du repos, il se rétablira. Certains grommellent que sa pitance est meilleure que la leur.

— Il m'est plus utile ! coupa sèchement Cyric.

Il avait parcouru près de cent soixante-dix kilomètres avec ce poney, depuis trois jours. Une monture de guerre n'aurait pas mieux fait.

— S'il survit jusqu'au matin, poursuivit le voleur, emmène-le dans les plaines et libère-le.

— Oui, ce sera le mieux, acquiesça le lieutenant, surpris de ce mouvement de compassion. Les hommes sont de sale humeur. Ne pourrions-nous quitter cet endroit ?

— Et que suggères-tu ? gronda Cyric, le foudroyant du regard. Etoile-du-Soir ?

— Bien sûr que non, répondit l'autre, crispé.

Dalzhel avait posé une question rhétorique. En armure zhentille, la dernière chose à faire était d'aller chercher refuge dans une ville cormyrienne.

— Ne discute jamais mes ordres ! lança Cyric d'un ton sans réplique.

Dalzhel resta silencieux.

Le voleur décida d'embarrasser son lieutenant en remettant sur le tapis un sujet douloureux.

— Où sont tes messagers ? demanda-t-il.

— A Cormyr, terrés avec deux filles à quatre sous, répliqua Dalzhel, vaguement au garde-à-vous.

Cyric avait donné ordre aux sentinelles de surveiller toutes les routes sortant de Cormyr. Jusqu'ici, il n'y avait eu aucun mouvement.

— Et je serais avec eux si j'avais un peu de jugeote.

Le voleur fit volte-face, brûlant du désir ardent de plonger son épée courte dans le ventre de l'insolent.

Le lieutenant zhentil recula, dérouté. S'il avait pris une réelle liberté, elle ne justifiait pas une réaction aussi vive.

On frappa à la porte et le voleur retrouva instantanément son bon sens.

Fane, le sergent à la barbe rousse, se présentait au rapport : Alrik avait disparu. Etrange, le soldat n'était pas homme à déserter son poste. Dalzhel, irrité, lui ordonna de doubler la garde.

Cyric se dit qu'éveiller le ressentiment de son bras droit pour des vétilles n'était peut-être pas très diplomate. D'autant que les hommes qu'il commandait étaient tous des coupe-jarrets et des malfaiteurs.

— Tout dépend de ces messagers, marmonna-t-il ensuite en guise d'excuse.

Le lieutenant comprit l'intention et l'accepta d'un hochement de tête :

— Les messagers ne devraient avoir aucune peine à éviter les patrouilles cormyriennes. Les routes bourbeuses ont dû ralentir leur allure. Talos le Fulminant est contre nous, dirait-on.

— Oui, acquiesça Cyric, s'affalant de nouveau sur la chaise la moins délabrée. Et le Maître des Orages n'est pas le seul : tous les dieux sont contre nous.

Il avait assisté, cinq jours plus tôt, à l'attaque des zombis contre Minuit et ses acolytes. Les morts-vivants avaient probablement été dépêchés par une divinité.

— Non que cela m'effraye, reprit le lieutenant, mais cette affaire n'est vraiment pas du ressort de soldats. On a le droit d'être curieux... Le contentieux entre ces trois-là et toi doit être de taille...

Cyric garda le silence : quiconque connaîtrait ses desseins voudrait à coup sûr prendre sa place.

— Nous étions des... amis, si l'on veut, admit-il.

— Et cette pierre ? insista l'autre, tachant de masquer sa curiosité sous un air nonchalant.

— Mes ordres sont de la récupérer, mentit le voleur, la mine furieuse. Peu m'importe pourquoi.

Cyric soupçonnait que le Dieu des Gardiens serait prêt à payer une fortune pour remettre la main sur les Tablettes. Il avait passé sa vie à survivre en volant ou en se battant, sans but, ni dessein. Plus d'une décennie durant, son existence lui avait paru vide, dénuée de sens. Ses efforts pour orienter sa vie de façon plus noble avaient toujours échoué. Les gens qu'il avait voulu secourir s'étaient retournés contre lui pour le traquer comme une bête.

Il ne pouvait compter que sur lui-même - non sur le concept abstrait du « Bien », ni sur l'amitié sacrosainte, ni même sur l'amour. Son but, c'était son intérêt, et lui seul. Une fois cette décision prise, sa vie avait changé, ses plans allaient lui permettre de prendre sa destinée en main. Il allait retrouver les Tablettes et les remettre à Ao, en échange d'une rançon de roi.

Fane rentra sans prendre la peine de frapper :

— Edan n'est plus à son poste !

— Si deux hommes ont déserté, gronda Cyric à l'adresse de son lieutenant, c'est que ta discipline n'est pas aussi stricte que tu ne le prétends.

— Je m'en occuperai au matin... As-tu doublé la garde, sergent ?

L'autre blêmit :

— Non. Je ne pensais pas que c'était un ordre.

— Fais-le maintenant ! Puis trouve Alrik et Edan. Ton châtiment pour avoir désobéi dépendra de ta promptitude à les retrouver. Exécution !

Le sergent sortit prestement.

— Voilà qui est inquiétant, reprit Dalzhel. Les indisciplinés font de mauvais soldats. Leur moral serait meilleur avec l'espoir d'une récompense - ce village miteux que nous avons pillé a procuré bien peu d'amusement.

— Je ne peux rien pour les états d'âme des hommes, coupa Cyric, agacé. Nous avons nos ordres, mentit-il.

Encore une ou deux semaines et les Tablettes seraient en sa possession.

— Les hommes ne sont pas dupes, répliqua le Zhentil, se décidant à jouer cartes sur table. Nous vous avons suivi depuis Tantras parce que vous avez eu assez d'intelligence pour sauver nos vies. Mais vous n'êtes pas plus un officier zhentil que Notre-Dame-d'Argent Selune. Notre loyauté est pour vous et vous seul. (Il le regarda droit dans les yeux.) De simples réponses vous l'assureraient pour longtemps.

Cette menace à demi voilée rendit furieux le jeune homme. Mais ce que disait l'autre était sensé. Le ressentiment et la révolte grondaient dans les rangs. Sans promesse de récompense, une mutinerie ne tarderait pas à éclater... Que devait-il révéler ?

— Que cherchez-vous ? demanda Dalzhel, sa curiosité éveillée par ce long silence.

— Ecoute ce que je vais te révéler : la pierre que je recherche est la moitié de la clef d'un immense pouvoir. L'autre moitié est à Eau Profonde, où se rendent la sorcière et ses amis. La femme, Minuit, a le pouvoir d'utiliser cette clef. Nous allons la capturer, elle et la pierre, et dénicher l'autre moitié à Eau Profonde. Elle actionnera le mécanisme, et moi, je deviendrai l'homme le plus puissant des Royaumes ! Votre récompense sera de l'or, et tout ce que vous désirerez ! Tu n'en sauras pas plus. Je ne veux pas que quelqu'un commette l'erreur de lorgner ma place.

Dalzhel réfléchit en silence. Des promesses grandioses et vagues. Cyric donnait l'impression de pouvoir conquérir un empire sans coup férir. Un nobliau sembien du nom de duc Luthvar Garig, perdu dans ses rêves de grandeur, avait une fois conduit toute une armée au massacre. Dalzhel n'était pas pressé de revivre pareil cauchemar.

Cependant, le voleur était lucide et déterminé, peu enclin aux divagations. A des époques chaotiques semblables, on avait déjà vu des mercenaires se forger des royaumes à la force du poignet. Cyric semblait avoir l'étoffe d'un de ces rois en puissance.

— Si qui que ce soit d'autre tenait de tels propos, je le compterais pour fou et partirais sur l'heure. Mais je vous assure de ma loyauté, comme le feront les autres.

Cyric lui adressa un sourire aussi chaleureux que possible.

— Prends garde à tes serments.

— Je sais ce que je fais, répliqua Dalzhel. Avec votre permission, je vais rejoindre nos hommes.

Cyric hocha la tête ; lui savait qu'ils auraient des dieux pour ennemis.

Sur le Lac des Dragons, la tempête surnaturelle avait peut-être été l'œuvre d'une déité. Après avoir questionné le capitaine de la galère, le voleur avait appris que ses anciens amis se trouvaient à l'embouchure de l'Immerine. Il avait repéré le petit campement, alerté Dalzhel et ses vingt-cinq hommes, et guetté l'occasion de s'emparer de la jeune femme et de la Tablette.

Les champs rendus boueux par les pluies torrentielles avaient retardé l'arrivée des renforts. Les mystérieux zombis avaient attaqué. Cyric avait usé de son arc pour les empêcher de s'emparer de l'objet tant convoité. Le rideau de flammes l'avait ensuite séparé de ses anciens compagnons.

Il avait résolu de les forcer à faire route au nord, en les harcelant le plus possible. Son objectif était d'attaquer après Etoile-du-Soir.

Il avait posté des patrouilles de six hommes sur toutes les voies de communication majeures conduisant au sud, avec ordre de forcer les aventuriers à fuir au nord. Lui et le reste de ses hommes avaient fait route au nord, de nuit, pour éviter les patrouilles cormyriennes. Il avait mis sur pied des réceptions peu plaisantes pour Minuit et ses amis dans chaque ville. Le voleur au nez crochu estimait son plan à la fois subtil et solide. Mais sans nouvelles des messagers, il restait dans l'incertitude.

Fane frappa à la porte, interrompant ses réflexions. Il avait les traits aussi blêmes que des os blanchis au soleil :

— Nous avons retrouvé Alrik et Edan. Dalzhel

requiert votre présence.

Le front soucieux, Cyric attrapa sa cape, et prit son épée. Ils sortirent dans la cour boueuse plongée dans la pénombre. Une pluie battante et glaciale les accueillit ; les murs de pierre répercutaient les plaintes inquiétantes du vent.

A l'autre bout de la cour se dressaient les ruines de ce qui avait autrefois été la caserne de la garde et l'atelier du forgeron. Il y avait un puits tout près. Les deux hommes traversèrent la cour ; des gardes essayaient de s'abriter de la pluie battante, évitant de regarder du côté du puits. Comme il fournissait encore de l'eau potable, c'était l'unique installation bien entretenue.

Un gémissement guttural, sauvage, jaillit du puits. Nouée aux barreaux métalliques couverts de sang, une corde grise disparaissait dans les profondeurs de la terre. Dalzhel la saisit et, sans proférer un son, il tira : un cri d'angoisse s'éleva. Dalzhel tint la corde tendue quelques secondes, avant de la lâcher.

— Qu'est-ce que c'était ? s'enquit Cyric, fouillant les ténèbres d'un œil interrogateur.

— Edan..., du moins nous le supposons, lui apprit Dalzhel.

— Il est encore en vie, intervint Fane. Chaque fois que nous tentons de le ramener à la surface, il hurle.

Bien qu'il ait assisté à nombre de morts atroces, et qu'il en ait causé une ou deux, Cyric sentit son estomac se nouer quand il tenta d'imaginer ce qui avait pu arriver au malheureux.

Fane s'apprêta à couper la corde d'un coup d'épée. Le voleur le retint par le bras :

— Non, nous avons besoin de ce puits. (Il se tourna vers les deux autres :) Tirez-le dehors et abrégez ses souffrances.

Ils blêmirent, mais n'osèrent pas protester. Dalzhel et Fane le conduisirent ensuite jusqu'à des latrines, qui exsudaient encore une odeur cuivrée, mi-sang, mi-

35

bile, et d'où sortaient des gémissements.

— Alrik, dit Fane, laconique.

Cyric jeta un coup d'œil à l'intérieur : l'homme gisait dans un coin, baignant dans son sang, les mains crispées sur un pieu qui l'avait transpercé de part en part. En raison de la pointe barbelée, il était impossible d'enlever le pieu sans lui arracher les intestins.

— Je n'ai jamais vu une telle cruauté, souffla Dalzhel. J'enfoncerai ma lame dans les tripes de quiconque...

— Ne promets pas ce que tu n'es pas sûr de tenir, rétorqua Cyric, glacial. Qu'on abrège également ses souffrances. Fane, réveille tous les hommes et envoie-les patrouiller par groupes de trois.

— Ils sont déjà réveillés, dit Fane. Je n'aurais pas pu...

Un hurlement de terreur retentit, venant du corps de garde, suivi d'un cri strident. Cyric eut une brève hésitation : peu d'hommes auraient été capables de l'efficace brutalité avec laquelle on avait torturé Alrik et Edan. Le voleur s'élança, l'air déterminé ; il le fallait, s'il voulait éviter de montrer la moindre faiblesse. Une douzaine d'hommes s'agglutinaient contre le muret du corps de garde. Fane dut leur hurler de dégager le passage, puis les bouscula sans ménagement. Cyric et son second montèrent les quelques marches en trombe. A l'intérieur de la pièce principale, cinq gardes entouraient une silhouette recroquevillée, dans une mare brunâtre de sang. L'être émettait encore d'infimes gémissements.

— Dégagez ! Faites place ! ordonna Fane, se frayant un passage.

— Qu'on fasse cesser ces plaintes, ordonna Cyric. Et que personne ne reste seul cette nuit.

Fane obéit. Il porta le coup de grâce au blessé sans la moindre émotion.

Sur le seuil, un soldat gronda :

— Au petit matin, je me tire d'ici ! Je ne me suis

pas enrôlé pour combattre des goules !

C'était Lang, un guerrier dégingandé, habile à l'arc et à l'épée. Dalzhel dégaina aussitôt sa lame.

— Tu feras ce qu'on te dit et rien d'autre !

Cyric alla se ranger au côté de son lieutenant. Si les choses tournaient mal, ils gagneraient ou tomberaient ensemble.

— Trop de danger et pas assez de butin ! s'écria un autre, dénommé Mardug. Je suis avec Lang !

Un chœur d'assentiments monta de l'escalier.

— Alors allez ensemble au Royaume des Morts ! s'exclama Dalzhel sans se départir de son calme.

Il frappa Mardug à la tête, du plat de la lame ; le mutin tomba à genoux. Lang plongea dans le dos du lieutenant. Cyric bloqua l'attaque et l'envoya s'écraser contre le mur d'un coup de pied en plein estomac. Il cala la pointe de son épée courte sous sa gorge.

— En n'importe quelle autre circonstance, je t'achèverais ! siffla-t-il entre ses dents, tremblant d'excitation. (Une soif de sang comme il n'en avait encore jamais connue bouillait dans ses veines et il eut toutes les peines du monde à retenir son bras.) Mais nous sommes tous bouleversés par la fin tragique de nos camarades. Je fermerai les yeux... pour cette fois. (Il laissa planer un épais silence, puis se tourna vers Dalzhel :) Lang et Mardug peuvent quitter les lieux, ajouta-t-il d'une voix assez forte pour qu'on l'entende de l'escalier. Quiconque veut les imiter maintenant est libre de le faire. Tous ceux qui seront encore ici à l'aube iront jusqu'au bout avec moi.

— Disparaissez, vous deux, appuya Dalzhel, avant que notre commandant change d'avis !

Les révoltés s'exécutèrent, se frayant un passage dans l'escalier bondé. Personne ne leur emboîta le pas.

Cyric se tut. Quand il avait levé son épée, une puissante soif de carnage s'était emparée de ses sens. Elle refusait de se dissiper, et croissait au contraire. Même s'il n'avait jamais eu le moindre scrupule à tuer, une telle avidité était une sensation inconnue. Non seulement il voulait voir couler le sang, mais il doutait de parvenir à fermer l'œil sans cela.

— Qu'allons-nous faire à présent ? demanda Fane, rompant le silence.

— A quel propos ? répondit Cyric machinalement.

— Le meurtrier.

Fane retourna le cadavre du pied, fasciné par ses plaies presque grotesques.

— Vouloir le retrouver peut être pure folie, objecta Dalzhel, grimaçant de voir l'autre jouer avec le mort. Envoyer des hommes le chercher, c'est leur faire risquer le même sort.

Des paroles sensées. Le voleur avait rencontré beaucoup d'hommes mauvais, au cours de son existence. Pas un eût été capable de cette boucherie.

— Que les hommes se rassemblent par groupes de six, ordonna-t-il. Un dans la grande salle...

Un hennissement de terreur monta dans la nuit, interrompant ses instructions.

Les hommes marmonnèrent sans bouger, attendant un ordre.

Cyric sentit un frisson glacé lui parcourir l'échine :

— Nous devrions aller voir ce qui se passe.

Les soldats attroupés dans l'escalier obéirent à contrecœur, Dalzhel et Cyric sur leurs talons. Le temps de descendre, les hurlements s'étaient tus. S'éleva alors une plainte d'outre-tombe. Les premiers arrivés devant l'écurie, épée au poing, étaient peu pressés de se risquer dans les ténèbres. Muni d'une torche, Cyric les écarta et entra. L'envie de pourfendre quelque chose le démangeait.

Le poney gisait dans son box, une dague en plein cœur. Ses babines étaient retroussées d'horreur ; un seul œil ouvert fixait le jeune homme.

Dalzhel vint rejoindre son commandant, sans mot

dire. L'homme à son côté éprouvait-il quelque chagrin de cette mise à mort barbare ? Sur une poutre, un reflet rougeâtre attira son regard : un cercle de gouttelettes de sang... Le Cercle des Larmes. Le symbole de Bhaal, Seigneur du Meurtre, Dieu des Assassins.

CHAPITRE III

CHÊNES NOIRS

Kelemvor tira sur le mors de sa monture et porta la gourde à ses lèvres. Il crut sentir de la fumée, ce qui n'était guère étonnant avec l'atmosphère étouffante malgré l'absence du soleil, qui avait tout simplement omis de se lever ce matin-là. Une brume orange aux volutes fugaces s'accrochait au sol, flétrissant tout ce qu'elle touchait. Elle absorbait la moindre gouttelette d'humidité, et transformait la route en bande poudreuse. Les chevaux renâclaient, avides de la fraîcheur d'un cours d'eau. Mais la brume maléfique ne laissait dans son sillage que des lits secs...

La forêt qui flanquait la route sur leur gauche était à peine visible au travers de ces vapeurs. L'odeur qu'elles charriaient faisait invinciblement penser à la viande carbonisée. A son corps défendant, Kelemvor eut des visions de batailles, de villes rasées, de cadavres entassés.

Le second cavalier, Adon, avait les mêmes impressions.

— Nous devrions aller jeter un coup d'œil, dit Kelemvor.

— Pourquoi ? (Adon désigna la brume :) Il ne me

surprendrait pas que l'air lui-même s'embrase.

— Ne sens-tu pas l'odeur de chair brûlée ? ajouta Kelemvor, reniflant.

Le troisième cavalier fit halte derrière les deux hommes, sa cape noire maculée de limon grisâtre.

— Je la sens aussi, déclara Minuit.

— C'est probablement un feu de camp, soupira Adon. Allons-y.

Après avoir échappé aux zombis, ils étaient allés se réfugier à Wheelon. Le trio n'était pas plus tôt arrivé que le seigneur des lieux, Sarp Barberousse, accusait Kelemvor d'être le meurtrier d'un marchand local. Les trois amis avaient dû fuir sur des chevaux volés. Après cela, six Zhentils leur avaient tendu une embuscade au pont Etoile Liquide. Plutôt que de les affronter, Adon avait sagement conseillé de prendre la fuite.

Kelemvor doutait que leurs assaillants aient vraiment voulu les poursuivre : ceux de Wheelon n'étaient qu'une bande de commerçants ; quant aux Zhentils, ils devaient rester à couvert s'ils ne voulaient pas qu'une patrouille cormyrienne les taille en pièces.

— Ne t'en fais pas, Adon, dit le guerrier. Nous avons le temps de fouiner un peu. Cela au moins est certain.

— Qu'est-ce qui ne l'est pas ? demanda Minuit.

Elle avait appris que les silences de son compagnon étaient souvent plus lourds de sens que ses paroles.

— Je ne comprends pas la présence de Zhentils en territoire Cormyr. Cela n'a aucun sens.

— Au contraire, répliqua Minuit, soulagée qu'il ne s'agisse que de cela. Ils sont au service de Cyric, qui fait tout pour nous pousser au nord.

Kelemvor et Adon échangèrent des regards entendus.

— Si je croyais cela, coupa Kelemvor, ce serait une raison suffisante pour filer au sud.

— A n'importe quel prix, renchérit Adon, hochant

vigoureusement la tête.

— Pourquoi dites-vous cela ? demanda sèchement Minuit.

— Parce que Cyric veut me voir mort, rétorqua Kelemvor.

Minuit soupira.

— Qui nous a sauvés, cinq nuits plus tôt ? rappela-t-elle, faisant allusion à l'archer mystérieux qui était intervenu contre les zombis.

— Je l'ignore, répondit Kelemvor, déterminé à ne pas lui laisser le dernier mot. Mais il ne s'agissait pas de Cyric : c'est moi qu'il aurait visé.

Minuit comprit qu'elle ne parviendrait pas à le faire changer d'avis.

— Finissons-en, dit-elle, agacée.

— Oui, appuya Adon, éperonnant son cheval. Chaque heure nous rapproche d'Eau Profonde.

Kelemvor tira sur les rênes de sa monture.

— Allons voir dans la forêt, ordonna-t-il.

— Mais...

— Je n'irai pas, grogna Adon. C'est seulement un type en train de faire rôtir un bout de mouton !

Enervé, Kelemvor serra les mâchoires, les sourcils froncés. Mais il reprit son sang-froid et tenta de raisonner son compagnon :

— Si tu ne te trompes pas, cela ne prendra qu'une minute. Si tu as tort, quelqu'un pourrait avoir besoin de notre aide.

En dépit de son ton conciliant, Kelemvor était déterminé à enquêter. La mort flottait dans l'air. Quelqu'un avait des problèmes.

Cinq générations durant, les hommes de la lignée des Lyonsbane s'étaient vus contraints de *vendre* leurs talents de guerriers à cause de la cupidité de leur aïeul, Kyle Lyonsbane, un mercenaire implacable. Celui-ci avait abandonné une sorcière en pleine bataille pour piller à son aise. La nécromancienne l'avait maudit en mourant. Il s'était métamorphosé en panthère chaque fois qu'il laissait libre cours à sa cupidité ou à sa convoitise. La malédiction s'était inversée pour ses descendants, se manifestant à chaque geste désintéressé de leur part.

Cet « anathème » avait été la plus terrible des geôles. Kelemvor avait dû se résigner à une existence solitaire et désolée, où tout se monnayait.

Aussi étrange que cela pût paraître, le Seigneur Baine, Dieu des Conflits, l'avait libéré de cet atroce carcan. Le guerrier aux yeux émeraude, désormais libre d'obéir aux élans de son cœur, était résolu à ne plus jamais se détourner des êtres dans la détresse.

Minuit régla le différend à sa manière :

— Je sens bel et bien la chair brûlée. Allons, Adon ; Kel a raison.

Le prêtre soupira, vaincu.

Kelemvor prit la tête sous les frondaisons. La brume n'y était plus aussi épaisse, ni la température aussi élevée. La forêt s'embrasait de feuilles sanguines de sumac aussi loin que portait le regard. A mesure qu'ils progressaient, l'odeur de chair carbonisée s'accentuait. Ils durent descendre de cheval et poursuivre à pied. Un brouillard noir gluant roula le long d'un tertre, se mêlant à la brume orange. Les sumacs se firent plus rares, pour céder la place à une rangée de chênes noirs dominant les lieux du haut de leurs vingt mètres.

Au centre se trouvait un cercle roussi d'une cinquantaine de mètres de diamètre : un grand feu avait nettoyé toute la zone. Ici et là se dressaient des monticules de cendres. Du village presque rasé subsistaient quelques chaumières délabrées d'où s'échappaient des colonnes de fumée.

Désignant un amas de pierres, Minuit fut la première à retrouver sa voix :

— Ce devait être le puits.

— Que s'est-il passé ? hoqueta Adon.

— Voyons si on peut en savoir plus, décida

Kelemvor, attachant sa monture.

Il entreprit de déblayer des pierres fuligineuses : la petite structure avait été érigée avec le plus grand soin.

Le guerrier finit par déterrer une main minuscule. Si elle n'avait pas été tavelée, il l'aurait prise pour celle d'un enfant. Il dégagea le reste du cadavre : celui d'une femme âgée, pas plus grande qu'une gamine et plus légère que son épée. Sa peau cendreuse s'était creusée de sillons sous le poids des ans. Son regard restait doux et amical par-delà la mort.

Kelemvor l'allongea doucement, près de sa demeure en ruine.

— Des Petites Gens ! s'écria Minuit. Pourquoi irait-on raser un de leurs villages ?

Kelemvor secoua la tête. Les petits êtres ne possédaient rien qui ait de la valeur pour les autres races. Le guerrier retourna à son cheval et ôta sa selle.

— Que fais-tu ? s'inquiéta Adon, calculant qu'il ne leur restait plus que deux heures avant la tombée de la nuit.

— Je prépare le camp. Cela devrait prendre un certain temps.

— Non, pas question ! s'emporta le prêtre. On est venus jusqu'ici, d'accord, mais il faut repartir. Je serai inflexible !

— Un homme - même un petit homme - mérite une sépulture décente, répliqua Kelemvor. Il fut un temps où je n'aurais pas eu besoin de te le rappeler.

Adon ne put dissimuler la peine que lui faisait sa remarque.

— Je n'ai pas oublié, Kel. Seulement, Eau Profonde se trouve à des semaines de voyage d'ici, et chaque heure perdue rapproche le monde de l'apocalypse.

Kelemvor laissa choir sa selle, ôta le mors de la bouche du cheval :

— Il peut y avoir des survivants ayant besoin

d'aide.

— Des survivants ? grinça Adon. As-tu perdu la raison ? Cet endroit a été ravagé de fond en comble ! Pas un rat n'a survécu ! (Il se tourna vers Minuit, en désespoir de cause :) Il t'écoutera, toi ! Dis-lui que nous n'avons pas le temps. Cela peut prendre des jours !

Minuit ne réagit pas tout de suite. L'homme qu'elle avait sous les yeux n'était pas celui qu'elle avait connu, égoïste et impénétrable, mais un chevalier, bouleversé par la détresse et le malheur. La malédiction avait dû être responsable de sa vanité et de sa rudesse plus qu'elle ne s'en était rendu compte. Peut-être était-il vraiment devenu un être différent.

Adon avait raison. Kelemvor avait mal choisi le moment de développer sa nouvelle personnalité. Ils ne pouvaient plus se permettre de perdre une journée.

La magicienne mit pied à terre, puis rejoignit le guerrier pour lui faire entendre raison :

— Tu as changé, plus que je ne l'aurais cru ; ce doux Kelemvor me plaît. Mais il nous faut le vieux Kelemvor, celui qu'un titan n'aurait pas ébranlé.

— Si je me détourne de ces malheureux, à quoi bon m'être délivré de la malédiction ?

— Si les Royaumes disparaissent, répondit Adon, qu'importera ta malédiction ? Cesse de ne penser qu'à toi, et en route !

Kelemvor leur tourna le dos et maugréa par-dessus son épaule :

— Faites ce que vous avez à faire, et j'en ferai autant de mon côté.

— Campons, soupira la jeune femme. Nous avons besoin de repos. Cet endroit fera l'affaire.

La jeune magicienne commença à dégager le terrain. Adon lui prêta main-forte en grommelant.

De sous les décombres, les deux hommes exhumèrent deux douzaines de cadavres, certains atrocement brûlés. Chez le jeune prêtre, la colère céda le pas à une profonde tristesse. Même si trois mâles avaient péri en défendant les abords du village, les victimes étaient surtout des femmes et des enfants. On les avait battus, tailladés à coups de couteau, et piétinés. Ceux qui avaient tenté de se réfugier dans leurs chaumières avaient été ensevelis et brûlés vifs. Il n'y avait aucun survivant, aucun indice expliquant ce massacre.

— Nous leur creuserons des tombes au matin, dit Kelemvor, remarquant qu'il se faisait tard. On devrait pouvoir reprendre la route demain midi.

Il espérait que le délai serait acceptable, car il ne voulait pas mettre Adon davantage en colère.

— Il n'y a aucune trace de cimetière, remarqua ce dernier. Mieux vaudrait ériger un bûcher cette nuit.

Minuit avait confectionné des lits de fortune avec de petits branchages. Mais quand elle demanda les provisions, ils s'aperçurent avec horreur qu'on les avait en partie dépouillés de leurs effets : la dague, la cape, les gants et les victuailles de Kelemvor avaient disparu.

Minuit vida à terre la gibecière d'Adon : la Tablette et le miroir en tombèrent, rien d'autre.

— On nous a volé ! s'écria Adon, consterné.

Sa cape, sa nourriture, ses ustensiles de cuisine s'étaient, eux aussi, volatilisés.

Alarmée, Minuit fit l'inventaire de son sac :

— Voilà ma dague, mon grimoire, ma cape... Rien n'a disparu.

Les trois compagnons, effarés, fixèrent ce qu'il restait de leurs biens. Adon serra la Tablette contre lui.

— Nous allons passer une nuit l'estomac vide, remarqua sombrement le guerrier, à moins que je réussisse à attraper du gibier. Allume un feu, Adon, suggéra-t-il, lui tendant le silex qu'il portait toujours autour de son cou.

Laissant Adon surveiller leurs effets, Minuit partit chercher des fruits des bois.

Kelemvor revint bredouille une heure plus tard. Il ne rapportait qu'une cueillette de noix, dont il faudrait se contenter. La nuit était tombée trop vite, saluée par des hululements de hibou.

Minuit décortiqua les fruits secs ratatinés, aussi appétissants que du gravillon. Adon débitait du bois et fut visiblement déçu de ne pas voir son compagnon rapporter de viande. Kelemvor décida de mettre son sac à l'abri.

— Rends-moi le silex et la pierre, demanda-t-il à Adon.

— Dans ton sac, répondit le prêtre, irrité.

— Ils n'y sont pas, dit Kelemvor, retournant la sacoche.

— Regarde encore, dit sèchement Adon. Je les ai rangés il y a une demi-heure.

Kelemvor eut un coup de sang : le voleur était revenu !

Minuit retourna sa gibecière : vide...

— Stupide animal ! s'écria-t-elle, invectivant Adon. Mon grimoire a disparu !

— Tu étais censé surveiller... (Kelemvor s'interrompit, luttant contre sa rage ; la colère ne leur servirait à rien.) Oublions cela. Quelqu'un capable de fouiller dans nos sacs à ton nez et à ta barbe n'est pas un voleur ordinaire.

— Ce n'est pas possible ! s'écria la magicienne, stupéfaite. Ce n'est pas Kelemvor Lyonsbane qui parle !

Jamais elle ne l'avait vu pardonner aussi vite. L'attitude calme du guerrier l'embarrassa, eu égard à sa propre colère. Mais sans son grimoire, elle n'était plus rien.

Adon reprit en bandoulière la sacoche contenant la Tablette.

Même s'il se maîtrisait, le guerrier n'avait pas dit son dernier mot : il inspecta toutes les broussailles entourant leur petit campement. Il découvrit des miettes de biscuit, et appela à voix basse ses compagnons.

Minuit s'élança dans le sous-bois, ne se souciant nullement du bruit qu'elle faisait. Kelemvor et Adon la rattrapèrent vite.

— Doucement, suggéra le guerrier.

— Pas le temps ! rétorqua-t-elle. Il a mon grimoire !

— Il n'ira pas loin cette nuit. Mais s'il nous entend arriver, jamais on ne lui mettra la main dessus.

— Qu'est-ce qui te fait croire qu'il a peur du noir ? répliqua sèchement la jeune femme.

— Explorons chacun un périmètre, en silence, ordonna Adon, prenant la situation en main. Il nous faut un autre indice pour pister notre voleur.

Minuit obtempéra. Elle découvrit peu de temps après une boule de cire de sulfure - un ingrédient de sa composition.

Adon définit mentalement une ligne droite avec pour point de départ les miettes de biscuit et pour point d'arrivée la boule de cire ; elle était perpendiculaire à la direction que voulaient prendre ses compagnons.

« Il » était quelque part dans ce périmètre. Il fallait battre le terrain discrètement. Le trio avança avec précaution. La lueur d'un feu de camp apparut au loin. Les héros s'approchèrent doucement : deux douzaines de Petites Gens, femmes et enfants surtout, étaient assis en cercle, vêtus de simples vêtements de coton identiques à ceux des morts du village. Une matrone se servait de la dague de Kelemvor pour couper des gâteaux de céréales, et trois lièvres appétissants rôtissaient.

Plusieurs enfants se pelotonnaient sous la lourde cape du guerrier, transformée en tente. Un vieil homme buvait du vin dans le pouce du gant du « géant ». Si le camp ne respirait pas la joie et la gaieté, la mélancolie n'y pesait pas non plus. Les Petites Gens supportaient courageusement l'adversité ;

Kelemvor ne put se défendre d'admirer leur détermination.

Adon lui fit signe de se glisser à gauche, et Minuit à droite.

Kelemvor marcha sur une brindille sèche, alertant aussitôt les survivants. Haussant les épaules, il sortit à découvert, les paumes bien visibles :

— N'ayez pas peur.

La matrone resta figée de stupeur et de terreur. Les autres reculèrent, et brandirent leurs armes de fortune en caquetant dans leur langue. Les enfants, affolés, se réfugièrent dans le giron des adultes.

Minuit sortit à son tour. Elle parla de sa voix mélodieuse et rassurante :

— Nous n'allons pas vous faire de mal.

La matrone eut une lueur de compréhension :

— Que voulez-vous ? Finir le boulot ? dit-elle, brandissant la dague dérobée.

Adon surgit du bois :

— Non, ce n'est pas nous qui avons...

La femme cracha dans sa direction :

— Tous les mêmes. Justes bons à piller et à saccager le village des Petites Gens. (Elle agita la dague de façon menaçante.) Vous n'aurez pas Berengaria sans mal.

— S'il vous plaît ! s'écria Adon. C'est notre couteau dont vous vous servez pour nous menacer !

— A moi maintenant, répliqua Berengaria. Butin de guerre, comme tente (elle désigna la cape de Kelemvor) et gourde (désignant le gant).

— Nous ne sommes pas en guerre ! rétorqua Kelemvor, perdant patience.

Ces êtres, vivant si proches de Hilp, semblaient bien sauvages. Etant souvent considérés comme des voleurs, ils ne devaient pas être les bienvenus en ville. Une réputation méritée, semblait-il.

— Nous en guerre ! gronda Berengaria.

Deux petits hommes avancèrent, des pieux pointés

dans leurs mains tremblantes. Kelemvor s'inquiéta : il s'agissait de *woomeras*, des armes assez efficaces constituées d'un bâton d'environ un mètre, cannelé sur toute sa longueur et se terminant en cupule. Le lanceur pouvait caler sa lance dans la rainure, et utiliser le bâton comme une extension de son bras pour catapulter son arme avec une vitesse et une précision remarquables. Un tel dispositif, entre des mains capables, était aussi précis et puissant qu'un arc long.

Adon avança, prenant soin de présenter ses mains les paumes en avant :

— Nous n'avons pas détruit votre village. Nous sommes vos amis.

— Pour le prouver, appuya son compagnon, nous allons vous faire présent de la dague, de la tente et de la gourde.

Adon fronça les sourcils sans protester. Ces « cadeaux » étaient la propriété de Kelemvor. Il pouvait en disposer comme il l'entendait.

— Cadeaux ? répéta la matrone, soupesant l'offre.

— Pour aider votre village à se reconstruire.

— Que voulez-vous en échange ?

— Le grimoire, intervint Adon. Ainsi que la pierre et le silex de Kelemvor. Nous en avons besoin pour survivre.

Berengaria plissa le front, les enfants se mirent à pouffer de rire.

— D'accord, opina-t-elle. Nous...

Minuit poussa un cri d'angoisse et se précipita vers le feu de camp. Dégainant son arme, Kelemvor bondit à son côté devant la matrone et les deux petits hommes.

— Que se passe-t-il ? demanda-t-il.

— Mon grimoire ! hurla la magicienne. Ils l'ont brûlé !

Elle lui arracha l'épée des mains et se mit à remuer les braises où se consumait une grande bande de cuir.

50

Kelemvor lui reprit l'épée et la remit au fourreau. Le feu n'était pas plus recommandé pour une épée que pour un livre.

Minuit contempla le foyer, une larme roulant sur sa joue.

— Détruit, murmura-t-elle.

— Ce n'est pas si grave, tenta de la réconforter son ami.

Minuit fit volte-face, furieuse et désespérée :

— Grave ! Pauvre idiot ! Il s'agissait de mes sorts ! Sans eux, je ne suis plus rien !

Le silence tomba sur le campement. Elle fixa le guerrier, comme si c'était lui qui venait de livrer son grimoire aux flammes.

— Enterrer ces Petites Gens valait-il cette peine ?

Un moment passa. Berengaria s'approcha d'Adon.

— Nous encore passer marché ? demanda-t-elle timidement. Nous encore amis ?

Adon hocha la tête. Punir les Petites Gens ne servirait à rien.

— Nous sommes encore amis. Vous ne saviez pas ce que vous faisiez.

— Elle ne s'est pas rendu compte de ce que ce grimoire représentait, dit une belle voix masculine.

Un petit homme émacié fit son apparition dans la clairière. Sa peau avait la couleur de la cendre, ses yeux étaient rougis, et un pansement de fortune lui entourait le front.

Les autres s'écartèrent, chuchotant entre eux. Il prit deux des lièvres rôtis et en tendit un à Adon puis à Kelemvor :

— Il y en a beaucoup là d'où ils viennent. C'est peu de choses pour tout ce que vous avez perdu.

Kelemvor accepta, sans prétendre manger. Le nouveau venu le mettait mal à l'aise :

— Qui êtes-vous ?

— Atherton Cooper, fut la réponse. Mais la plupart m'appellent Malandrin. Mangez. Berengaria n'a pas été une bonne hôtesse cette nuit.

— Oui, je vous en prie, ajouta cette dernière, souriante. On pourra toujours en attraper d'autres.

Adon ne manqua pas de remarquer que la langue ordinaire que parlait Berengaria s'était tout d'un coup nettement améliorée. Elle les avait pris pour des imbéciles. C'était clair.

— Vous saviez très bien que nous n'avions pas attaqué votre village. Vous avez volé nos affaires alors que nous étions en train d'enterrer vos morts !

— C'est exact, convint Berengaria, mal à l'aise. Mais nous avons conclu un marché. Ce qui est fait est fait, et nous en avons grandement besoin.

Le guerrier grogna en signe d'assentiment et attaqua son lièvre. Il ne reprendrait pas ce qu'il avait donné, même si avoir été grugé ne lui plaisait guère. Il mangea lentement, observant le petit homme du nom d'Atherton Cooper : plus élancé, plus mince que ceux de sa race, il y avait en lui quelque chose de menaçant. Il était le seul mâle valide du groupe, et cela était suspect en soi. Mais il ne s'était comporté ni en voleur, ni en menteur ; Kelemvor était déterminé à le traiter avec le même respect.

— Où sont les autres hommes ? demanda-t-il. Il n'y en avait pas beaucoup au village, et il y en a moins encore ici.

— Partis choyer leur vanité tandis que leurs femmes meurent de faim dans les forêts, répliqua Malandrin.

Berengaria se détourna de Minuit, qu'elle s'efforçait de consoler :

— Ils étaient partis chasser, quand des Zhentils...

— Des Zhentils ? l'interrompit Adon. Vous êtes sûre ?

— Oui : ils portaient les armures de Château-Zhentil. Nos guerriers des Chênes Noirs sont partis pister ces fils de chiens !

— Et se faire exterminer par la même occasion !

interjecta amèrement Malandrin.

— Tu ne leur manqueras certes pas ! rétorqua Berengaria, le foudroyant du regard.

— Ils seront inférieurs en nombre, en taille et en jugeote !

Kelemvor lui donnait raison : les Zhentils, ces brutes vicieuses et sans principes, allaient les hacher menu. Malandrin, sombre, ajouta :

— J'aimerais être avec eux.

— Pourquoi n'est-ce pas le cas ? demanda Adon, encore mal à l'aise en présence du sinistre demi-homme.

— Ils ont refusé, dit-il, haussant les épaules.

— C'est sa faute ! s'exclama Berengaria. Il avait son propre poney et une épée magique, et c'est cela qu'ils convoitaient !

Le regard rougi du petit homme se fit dur, distant :

— Dites, vous n'iriez pas au nord, par hasard ? J'aimerais beaucoup rattraper ces porcs de Zhentils !

Le guerrier allait répondre, Adon l'interrompit sèchement :

— Kelemvor ! Nous avons nos propres problèmes !

Malandrin se redressa de toute sa taille, faisant face à Adon :

— Sans ce grimoire, vous allez avoir besoin de toute l'aide possible. Vous ne trouverez pas meilleur éclaireur que moi, même en dehors d'Arbre-Petites-Gens.

— Alors nous partirons à l'aube, ordonna Adon de sa voix la plus autoritaire.

Kelemvor refusait de céder :

— Non, les morts...

— Seront enterrés par les tiens, termina Adon, un doigt graisseux pointé sur lui. Tu te fiches pas mal de ces gens ! Tu veux simplement prouver que tu n'es plus soumis à cette malédiction ! Ne vois-tu donc pas qu'on le sait ? (Il jeta un coup d'œil à Minuit, toujours prostrée.) Ta démonstration nous a déjà coûté

53

trop cher, Kel. (Il posa la main sur les épaules de la magicienne, affligée.) Espérons seulement que nous parviendrons à Eau Profonde sans l'aide de la magie.

*
* *

Les quatre compagnons, trempés et glacés, quittèrent les Chênes Noirs à l'aube, le ventre creux. Toute la nuit, la brume orange s'était changée en bruine glaciale.

Adon prit la tête, suggérant de se diriger d'abord sur Etoile-du-Soir, puis d'arrêter un autre plan de route pour se rendre à Eau Profonde. Malandrin commit l'erreur d'annoncer qu'il connaissait un raccourci. Adon insista aussitôt pour qu'il reste à leurs côtés et serve de guide. Ni l'un ni l'autre n'apprécièrent de faire route ensemble : la conversation du jeune prêtre n'avait rien perdu de son pédantisme, et Malandrin n'était pas d'un naturel patient.

Soucieux et maussade, Kel les suivait. Il ne réussissait pas à s'excuser auprès de Minuit. La voix lui manquait.

La jeune femme fermait la marche, trop bouleversée pour parler, l'estomac noué de terreur et de douleur. Depuis son seizième anniversaire, elle avait soigneusement recopié chaque sort de sa connaissance, et son grimoire lui était devenu comme un second moi. Elle avait le sentiment d'avoir perdu son enfant, d'être devenue stérile et inutile.

Quelques sorts restaient ancrés dans sa mémoire. Elle pourrait les recopier et les réapprendre. D'autres, comme les sortilèges de force spectrale et de croissance des plantes, étaient si étrangers à son mode de pensée qu'elle ne pourrait jamais les reconstituer. Ils étaient définitivement perdus. Et elle n'y pouvait plus rien.

Même si la situation n'était pas catastrophique, sa

rage restait entière. Elle chercha une cible pour sa hargne et trouva Kelemvor, qui les avait conduits aux Chênes Noirs.

Au fond d'elle-même, elle savait bien qu'il n'était pas responsable. Et les Petites Gens n'avaient pas brûlé le grimoire par pure méchanceté. Un accident, rien de plus...

Adon ne faisait rien pour calmer le jeu. Il avait reproché plusieurs fois au guerrier de les avoir menés aux Chênes Noirs, lui rappelant que, sans ce détour, le grimoire serait encore intact. Chose surprenante, Kelemvor encaissait ces critiques sans broncher : la diatribe du prêtre, la nuit passée, avait comme anéanti sa vivacité d'athlète. Minuit en voulait à Adon. Malgré son propre chagrin, elle n'aimait pas voir Kelemvor brisé.

Absorbée dans ces pensées mélancoliques, elle perdit la notion du temps. A midi, la compagnie s'étant profondément enfoncée dans la forêt, elle n'avait toujours rien fait pour réconforter son compagnon.

Adon ordonna de faire halte et silence. Un grondement identique au pas cadencé d'une armée défilant sur un lit de feuilles mortes monta à leurs oreilles. Des crissements, des craquements, une rumeur monotone...

— Qu'est-ce donc ? interrogea Minuit.
— Je n'en ai pas la moindre idée, répondit Adon.

Malandrin décida d'agir. Il disparut au tournant suivant de la piste. Les trois aventuriers attendirent. La lointaine rumeur se rapprocha, se mua en cacophonie de couinements, de grognements, de sourds tapages. Malandrin revint à toutes jambes.

— Ecartez-vous du chemin ! hurla-t-il. Immédiatement !

Son visage était tordu par la terreur et personne ne s'attarda à exiger des explications. Ils éperonnèrent leurs montures au triple galop, se regroupant à une quarantaine de mètres de la piste.

Un sycomore d'une trentaine de mètres de haut apparut, tordant des douzaines de branches comme des bras vivants. A mesure que ses racines se pliaient en tous sens pour avancer, un crissement à déchirer les tympans se répercutait dans la forêt. Le sol tremblait. Des centaines d'autres suivaient...

Une heure durant, la compagnie regarda dans un silence ahuri les sycomores défiler sur la piste. Quand le millième passa sous leurs yeux, les aventuriers avaient la tête qui tournait. Ils reprirent la route, les oreilles tintant pour le restant de la journée. Ils découvrirent des trous béants plus loin, là où les grands arbres s'étaient arrachés du sol pour se mettre en marche.

Ils atteignirent l'orée nord du bois un peu avant le crépuscule. Etoile-du-Soir se découpait à une lieue de là. La ville, non fortifiée, comptait une cinquantaine de bâtiments d'importance. Ils hésitèrent à s'y aventurer, le souvenir des accusations de meurtre encore trop frais dans leur mémoire, mais la faim et la fatigue l'emportèrent.

Sur une suggestion de Malandrin, ils descendirent à la *Chope Esseulée*. L'auberge était propre et bien chauffée, la grande salle bondée. Même les lattes du parquet étaient d'une propreté impeccable.

Pour éviter un contrôle trop pointilleux du garde chargé de surveiller les allées et venues, Malandrin lui passa discrètement quelques pièces d'or. Le soldat scruta quand même Minuit d'un air suspicieux :

— Vous ne seriez pas une thaumaturge ?

— Non, non, répondit vivement le petit homme à sa place. Rien de la sorte. C'est une dame qui pratique les arts, voilà tout.

— Sa Majesté le roi Azoun IV a décrété que les enchanteurs de tout poil devaient se présenter au magistrat local, sur l'ensemble du territoire de Cormyr. (Malandrin lui glissa une autre pièce d'or.)

Bien entendu, avec tous les voyageurs qu'il y a de nos jours, comment voulez-vous les répertorier !

Sur ces paroles, il laissa les jeunes gens aller louer deux chambres, et s'attabler à leur guise pour dîner.

Le repas, pourtant appétissant, fut maussade. Minuit ne voulait pas s'excuser en présence des autres. Adon et Malandrin étaient les seuls enclins à bavarder... mais pas ensemble. Personne ne voulut discuter avec le prêtre de la meilleure route à suivre jusqu'à Eau Profonde. Kelemvor était perdu dans ses pensées, et Minuit n'appréciait pas du tout qu'Adon se soit proclamé chef de l'équipée. Ils grimpèrent dormir aussitôt le dîner terminé. Les fenêtres des chambres donnaient directement sur la fluide noirceur d'Etoile Liquide.

Adon indiqua la première pièce :

— Les hommes prendront celle-ci, et Minuit l'autre. Personne ne verra d'objection à ce qu'on transporte un troisième lit là.

— C'est absurde, intervint le petit homme. Je reste avec Minuit.

Kelemvor plissa le front, envahi de jalousie, mais ce fut Adon qui s'exclama :

— Ce n'est pas sérieux !

Minuit les ignora et sourit à Malandrin :

— Merci, mais je préfère la compagnie de Kelemvor. (Puis à Adon :) Je ne crois pas qu'il soit nécessaire que tu décides qui dort avec qui, Adon.

— Tu n'as pas adressé la parole à Kel de toute la journée, répondit le prêtre, haussant les épaules. Si c'est ton vœu, toutefois, cela ne me concerne pas. J'essayais de faire preuve de délicatesse.

Malandrin soupira : il eut grandement préféré ne pas avoir à supporter le prêtre toute la nuit.

Kelemvor suivit la jeune femme dans la chambre, incertain de l'accueil qu'elle lui réservait. Il jeta un coup d'œil nerveux au décor, puis défit sa ceinture maladroitement. Il posa son épée à la tête du lit.

— Qu'est-ce qui ne va pas ? s'enquit Minuit, ôtant sa cape mouillée des épaules. Ce n'est pas notre première nuit ensemble, que je sache.

Kelemvor se demanda si elle lui avait vraiment pardonné, ou si elle l'avait attiré ici pour se venger.

— Ton grimoire, répondit-il. Je croyais que tu étais en colère.

— En colère, oui, et plus encore. Mais ce n'est pas toi qui l'a jeté au feu. (Elle eut un semblant de sourire.) Et puis, avec un peu de temps et du parchemin, je pourrai en reconstituer un. (Kelemvor n'était pas convaincu.) Ne comprends-tu pas ? Ce n'était pas ta faute. Tu ne pouvais empêcher que ça arrive.

— Merci. Mais Adon avait raison : j'ai agi en égoïste.

— Non, répliqua-t-elle, lui prenant la main. Il n'y a rien de mal à vouloir venir en aide aux autres.

Le regard émeraude plongea dans ses yeux ; il l'attira contre lui. La passion s'empara de leurs corps amoureux...

Plus tard, la jeune femme ne dormait toujours pas, écoutant les paisibles ronflements de son amant. Son étreinte, cette fois, avait été plus douce, plus prévenante. La malédiction levée, Kelemvor était véritablement devenu un autre homme.

Un autre, plus attirant que celui qu'il avait été avant Tantras... Plus dangereux aussi, car s'il donnait plus, il demandait davantage en retour. Pourrait-elle continuer à le satisfaire, alors que la magie était et resterait à jamais son grand amour ?

Que ferait-elle si elle était amenée à choisir entre la Tablette du Destin et la vie de son amant ?

Un bruit de pas furtif dans le corridor... Une heure plus tôt, elle avait entendu Malandrin se glisser hors de la chambre qu'il partageait avec Adon. Le petit homme avait ses secrets, tout comme elle.

Mais ce bruit de pas n'était pas le sien, car les petits hommes pouvaient être aussi légers que des flocons de neige. Tous les sens en alerte, armée de sa dague, elle se coula jusqu'à la porte, l'entrebâilla, la tête emplie de visions de coupe-jarrets et de filous.

Un homme en cape sombre fit signe à un domestique de s'éloigner ; son nez crochu se découpa à la faible lueur de l'unique torche murale.

Cyric ! Le cœur battant de joie et de peur, Minuit sortit de la chambre. Le voleur se tourna vers elle.

— Cyric ! chuchota-t-elle. C'est si bon de te revoir !

— Toi... Hum, je suis heureux aussi.

— Que fais-tu là ? demanda-t-elle en l'entraînant à l'écart. Ce sont tes flèches qui nous ont sauvés des zombis ?

Cyric hocha la tête :

— La Tablette est à l'abri, n'est-ce pas ?

— Bien sûr. Et les Zhentils qui nous ont forcés à nous diriger au nord, ce sont tes hommes ?

— Exact, là encore. Je voulais que vous alliez à Etoile-du-Soir.

— Pourquoi cela ? Quels dangers nous attendent au sud ?

— Les âmes damnées de Baine, bien sûr, sourit Cyric. Le Seigneur Noir a peut-être péri, mais il comptait beaucoup d'alliés. Voilà pourquoi je suis ici.

Un sombre pressentiment envahit la magicienne.

— Si tu es venu nous rejoindre, il faut être prudents. Kel et Adon n'ont pas oublié Tantras.

— Ce n'est pas ce que je voulais dire. Je suis venu pour toi... et la Tablette.

— Tu veux que j'abandonne... ?

— Ils ne peuvent pas te protéger, déclara-t-il sèchement. Moi, si.

— Je ne peux pas, répondit-elle, secouant la tête. Je refuse.

La colère le rendit un instant muet.

— Réfléchis ! Ne te rends-tu pas compte du pouvoir que tu possèdes ?

— J'ai perdu mon...

— Avec les Tablettes, nous sommes les égaux des dieux !

Minuit eut la désagréable sensation d'entendre un monologue.

— As-tu perdu la raison ? C'est un blasphème !

— Un blasphème ? (Cyric éclata de rire.) Contre qui ? Les dieux sont là, à éventrer les Royaumes pour retrouver leurs précieuses Tablettes ! Nos seuls dieux devraient être nous-mêmes. A nous de forger notre destin !

— Non !

Minuit recula d'un pas. Cyric la retint par le bras :

— Les dieux nous traquent. Il y a deux jours, le Seigneur Bhaal a charcuté trois de mes meilleurs hommes. Je te fais grâce des détails. (Son regard sembla rougeoyer.) Si Bhaal était resté un jour ou deux, il nous aurait tous massacrés. Il ne l'a pas fait. Sais-tu pourquoi ? (Elle ne dit mot.) Sais-tu pourquoi ? répéta-t-il, lui serrant plus fort le coude. Parce que Bhaal te veut, toi et la Tablette ! Il va s'emparer de tes compagnons et les mettre à mort d'une façon que tu ne saurais imaginer !

— Non ! (Elle se dégagea.) Je ne le permettrai pas !

— Alors viens avec moi, insista-t-il. C'est ta seule chance... C'est *leur* unique chance.

La porte de la chambre s'entrouvrit.

— Minuit ? fit la voix ensommeillée de Kel.

Le voleur glissa la main sous sa cape pour empoigner la garde de son épée.

— Va, dit Minuit, le poussant vers l'escalier. Kel va te tuer.

— Ou c'est moi qui le tuerai, rétorqua-t-il, tirant au clair son épée courte au lustre incarnat.

Le guerrier sortit dans le couloir, pantalon enfilé à la hâte, épée au poing. Il se frotta les yeux, comme incrédule, en apercevant Cyric :

— Toi ? Ici ?

Le guerrier se mit en garde, avança.

Minuit s'écarta du voleur.

— Ne me force pas à choisir entre mes amis, l'avertit-elle.

Ce dernier lui jeta un regard glacial :

— Tu vas bientôt y être forcée.

Puis il dévala les marches.

Dans le noir, l'avantage serait à Cyric : le guerrier ne se risqua pas à le poursuivre.

— Ainsi, tu avais raison, dit-il à sa compagne. Il nous a suivis. Pourquoi ne m'as-tu pas appelé ?

— Il était venu parlementer, répondit-elle. Toi, tu l'aurais tué !

Malandrin réapparut à cet instant, muni d'une corde et d'un rouleau de parchemin pour Minuit.

— Vous êtes réveillés ! s'exclama-t-il.

— Oui, grommela Kelemvor. Nous avons eu de la visite.

— Et ce n'est pas fini : une troupe zhentille arrive, leur apprit le petit homme, tendant le parchemin à la magicienne, ravie.

Kelemvor alla tirer Adon de son lit sans ménagement. Puis, à Minuit :

— Tu crois encore que Cyric voulait parlementer ?

— Tu as dégainé ton arme le premier, observa-t-elle.

— Euh... Vous ne pourriez pas en reparler plus tard ? les interrompit Malandrin.

— Nous n'en aurons peut-être plus l'occasion, dit le guerrier. On ne parviendra jamais aux écuries...

— Inutile, répliqua le petit homme d'un ton guilleret. Quand ces infâmes Zhentils ont commencé à fourrer leur nez partout, j'ai sellé nos chevaux : ils n'attendent plus que nous, sous ma fenêtre !

Ils étaient aux abois, mais Kelemvor se permit d'assener une grande claque dans le dos de son nouvel ami, manquant l'expédier à terre :

— Bien ! (A Minuit :) Va chercher nos affaires. On en reparlera...

Elle obéit sur-le-champ, même si elle ne goûta guère le ton péremptoire. Le guerrier passa la corde à une poutre : Adon et Malandrin se coulèrent les premiers par la fenêtre. Kelemvor leur lança le sac contenant la Tablette, puis les rejoignit avec Minuit et le reste des sacoches. Ils s'enfoncèrent dans la nuit par des allées détournées, sans voir un seul homme de Cyric.

CHAPITRE IV

HAUTE CORNE

— Détends-toi, ami Adon, conseilla le seigneur commandant Kae Deverell. Tu es en sécurité ici.

Homme robuste, à la voix profonde et enjouée, il trônait devant une longue table de chêne ; un âtre illuminait la pièce de ses chauds reflets ambrés.

Kelemvor et quinze officiers cormyriens étaient assis à sa droite ; Malandrin, Adon (qui couvait la Tablette), et Minuit à sa gauche, ainsi que six sorciers cormyriens détachés aux opérations militaires.

Le prêtre sourit, sans se détendre d'un iota. Minuit grimaça de la brutale maladresse de son ami. Elle comprenait sa méfiance exacerbée, mais son comportement était déplacé au sein d'une forteresse cormyrienne.

A l'abri de Haute Corne, la Tablette ne risquait rien. S'il restait un seul endroit sûr dans tous les Royaumes... Le fort avait été construit pour défendre l'unique route des Montagnes de Bec-de-Dragon, au sommet d'un pic accidenté. Ses murailles incurvées surplombaient des à-pics de mille pieds. Seules trois sentes sévèrement gardées menaient au formidable bastion, barrées chacune par un pont-levis et un corps de garde triplement barricadé.

Soixante-quinze guerriers et vingt-cinq archers défendaient en permanence les tours, une force similaire surveillait l'enceinte intérieure ; huit soldats gardaient l'entrée de la tour. L'enclave avait été aménagée en caserne pour accueillir les forces appelées en renfort. Les voyageurs avaient le choix entre bivouaquer à la belle étoile, ou passer la nuit dans un baraquement érigé à la hâte, à l'abri des hautes murailles.

Les quatre amis avaient eu droit à un traitement de faveur : Kae Deverell était un ménestrel, désireux de s'amender, au nom de toute sa confrérie, du mauvais traitement infligé à Adon et à Minuit, durant le procès de Valombre. A l'insu des aventuriers, le commandant avait également reçu un message d'Elminster, lui demandant de les aider de son mieux s'ils se présentaient à la forteresse.

Deverell alla s'asseoir devant Adon.

— Ne ridiculise pas mon hospitalité en t'abstenant de boire, dit-il, lui tendant une chope de bière. Pas un seul rat n'entre ici sans que je le sache aussitôt.

— Ce n'est pas les rats qui m'inquiètent, répondit Adon, repensant à la visite de Cyric à l'auberge...

Un murmure surpris parcourut l'assemblée ; le commandant se renfrogna. Avant qu'il ait le temps d'exprimer son indignation, Minuit intervint :

— Veuillez pardonner Adon, seigneur Deverell. Je crains que la fatigue lui ait fait perdre toute notion de courtoisie.

— J'ai conservé la mienne ! lança Kelemvor, s'emparant de la chope de bière.

Il avait passé plus d'une soirée avec des gens comme Deverell, et savait ce qu'ils attendaient de leurs hôtes.

— Pour plaire à votre seigneurie, dit-il, buvant cul sec.

Deverell tourna toute son attention vers lui :

— Mes remerciements, Kelemvor Tastebane ! (Il imita son exemple avec une autre chope de bière.) Bien sûr, les règles de l'hospitalité exigent que nous vous tenions compagnie dans la bonne chère et la boisson ! (Il fit signe aux officiers attablés aux côtés du guerrier :) Jusqu'à ce qu'on ne puisse plus lever le bras, qu'aucune chope ne reste vide !

Les Cormyriens lancèrent un hourra quelque peu forcé. Adon frissonna ; quand Kelemvor buvait trop, il devenait difficile. Ils auraient peut-être mieux fait de bivouaquer dehors.

Un page se précipita vers le commandant. Il murmura quelques mots que Malandrin n'eut aucune peine à entendre :

— Mon seigneur, le capitaine Beresford me prie de porter à votre connaissance que deux gardes de l'enceinte extérieure ont disparu.

Le commandant plissa le front :

— Pleut-il toujours ?

— Oui. Les gouttes sont rouge sang et gelées comme du givre, répondit le page d'une voix où perçait la peur.

Deverell cessa de chuchoter :

— Dis à Beresford, en ce cas, de ne plus s'inquiéter : nous punirons les déserteurs demain à l'aube. Ils ont sûrement voulu s'abriter des éléments.

Le page prit congé. Le commandant se tourna vers ses invités pour les encourager à festoyer.

Après leur fuite précipitée de la *Chope Esseulée*, Kelemvor avait dû empêcher Malandrin de tendre une embuscade à leurs poursuivants.

Six heures plus tard, aux abords de Tyrluk, Cyric et sa bande n'étaient plus qu'à deux cents mètres derrière eux. Adon les avait entraînés dans la ville, espérant que la milice locale s'en occuperait. En vain. Les quatre amis avaient alors foncé dans la seule direction possible : les montagnes. Une heure plus tard, ils étaient secourus par une patrouille cormyrienne. La bande de Cyric avait aussitôt tourné bride, échappant sans peine aux forces ennemies. Kae Deverell avait offert asile aux quatre compagnons.

— Cela vous fait-il mal, monseigneur ?

Brusquement tiré de sa rêverie, Adon contempla la jeune servante qui venait de lui poser la question.

— Quoi donc ?

— La cicatrice, monseigneur. Vous la frottiez très fort à l'instant.

— Ah oui ?

Il ôta la main de son visage, se tourna légèrement de côté pour dissimuler la balafre.

— J'ai une petite jarre d'onguent ; pourrais-je vous l'apporter dans votre chambre tout à l'heure ? demanda-t-elle, pleine d'espoir.

Adon ne put réprimer un sourire. Cela faisait bien longtemps qu'une femme n'avait plus été aussi audacieuse avec lui. Elle était assez jolie, dotée d'une généreuse silhouette malgré les durs travaux qui ne la mettaient pas en valeur. Ses cheveux dorés retombaient sur ses épaules à la façon d'un châle soyeux, ses yeux bleus pétillaient d'une innocence qui n'excluait pas une certaine expérience. Elle paraissait trop belle pour continuer longtemps à servir de la bière aux festins de cette morne forteresse.

— Je crains que l'onguent n'y fasse pas grand-chose, remarqua-t-il. Et je ne suis pas d'humeur à avoir de la compagnie.

Les bavardages cessèrent ; Kelemvor fronça les sourcils. Le prêtre se rendit compte de son faux pas.

Le seigneur Deverell éclata de rire, suivi de son état-major. Puis, s'adressant à sa servante :

— Tu aurais peut-être plus de chance avec Kelemvor, Treen : une montagne de virilité !

Treen obligea son maître et alla faire son numéro de charme au guerrier imposant.

— Qu'en dites-vous, seigneur Montagne ? dit-elle, lui caressant le bras.

Kelemvor but une bonne rasade, avant de répondre.

— Pourquoi pas ? Quelqu'un doit bien rattraper la rudesse d'Adon, ajouta-t-il avec un regard en coin vers Minuit.

Il la provoquait sciemment. Leur amer désaccord au sujet de Cyric le blessait et le déroutait, l'amenant même à douter de la nature de l'amitié entre la magicienne et le voleur. S'il la rendait jalouse ce soir, il serait au moins fixé.

Quand Treen glissa la main sous la chemise de Kel, Minuit n'y tint plus. Elle repoussa brutalement son verre de vin :

— Adon devrait y remédier par lui-même.

Kelemvor adressa un sourire à la jeune femme furieuse, tandis que Treen retirait prestement sa main.

La magicienne prit sèchement congé du maître des lieux. L'assistance resta silencieuse un moment.

— Je suis désolée, seigneur, dit Treen. Je voulais...

Le commandant leva la main :

— Une plaisanterie qui a mal tourné. Ce n'est rien, femme.

La servante s'inclina, puis se retira aux cuisines, au soulagement d'Adon. Kelemvor redemanda à boire.

Le prêtre savait que Kelemvor et Minuit s'aimaient, même si de mesquines colères les séparaient parfois. Il leur faudrait vite faire la paix, pour affronter le périlleux voyage qui les attendait.

Le page revint au rapport :

— Monseigneur, le capitaine Beresford m'ordonne de vous dire que trois sentinelles supplémentaires manquent à l'appel dans l'enceinte intérieure.

— L'enceinte intérieure ? s'exclama-t-il. Là aussi ? (Il était trop soûl pour prendre des décisions importantes.) La discipline laisse vraiment à désirer ce soir ! Dis au capitaine que je m'en occuperai dès demain matin !

Malandrin échangea un regard dubitatif avec Adon. Cinq gardes portés disparus au cours d'une même nuit...

— Peut-être devrions-nous ne dormir que d'un œil, chuchota le petit homme.

Adon hocha la tête, regardant sombrement Kelemvor engloutir sa troisième chope de bière depuis le départ de Minuit. De mauvais pressentiments l'envahirent.

— Ami, il faut nous reposer, dit-il à son compagnon en se levant de table ; une dure journée nous attend demain.

— Allons, allons ! intervint Deverell. Vous aurez tout le temps de vous reposer ! Minuit n'a-t-elle pas déclaré qu'elle souhaitait s'occuper de son nouveau grimoire ?

— C'est exact, monseigneur, répondit Adon. Mais nous voyageons depuis bien longtemps, et ne sommes plus accoutumés à ces agapes. Kelemvor risque de mettre des jours à récupérer.

Le guerrier aux yeux émeraude n'apprécia guère qu'on se mêle de ses affaires.

— Au matin, je serai aussi fort que mon cheval, se vanta-t-il, vacillant sur ses jambes. De toute façon, qui t'a nommé capitaine ?

— Toi, répondit Adon.

Kelemvor avait perdu sa détermination. Le détour par les Chênes Noirs était un exemple de son incapacité à se concentrer pour retrouver les Tablettes. Minuit, aussi intelligente qu'elle fût, ne semblait guère disposée à prendre les choses en main. Restait Adon pour diriger la compagnie. Il était décidé à faire de son mieux.

— Va au diable ! répondit le guerrier d'une voix pâteuse, retombant sur son siège. Je ne suivrai pas un prêtre sans foi.

Adon frémit, mais ne rétorqua rien. Kelemvor devait être bouleversé - ou fin soûl - pour blesser aussi durement un ami.

— Comme tu voudras, soupira-t-il, ramassant ses

affaires.

L'autre se rendit compte de sa cruauté :

— Je suis désolé. Ma remarque était déplacée.

— Je comprends. Essaie de ne pas trop boire cette nuit. (Adon se tourna vers le seigneur des lieux :) Si vous voulez m'excuser, je suis très las.

Kae Deverell hocha la tête, heureux d'être débarrassé de ce rabat-joie.

L'humeur de Kelemvor ne fit qu'empirer. Il sombra dans une parfaite morosité. Malandrin dut porter sur ses épaules la suite de la petite fête, récitant des contes et des poèmes. Le commandant finit par tomber ivre mort.

Les six officiers encore lucides, soulagés, le mirent au lit. Ce genre de « devoir » leur incombait un peu trop souvent à leur goût.

Malandrin entreprit d'explorer discrètement les étages de la tour, tandis qu'Adon glissait dans le premier sommeil réparateur qu'il ait connu depuis longtemps. A ce stade d'épuisement, il s'était endormi tout habillé. Une partie de son esprit restait cependant sur le qui-vive. Aussi, quand il se redressa brusquement sur son lit, à l'écho d'un cri dans la nuit, il ne douta pas un instant de ses sens. Son premier réflexe fut de tâtonner à la recherche de la Tablette dissimulée sous son matelas.

Il tendit l'oreille, ne percevant que son propre souffle précipité, et le crépitement de la pluie contre ses volets. Il savait sa peur justifiée : Bhaal était à leurs trousses. Contre le Dieu du Meurtre, seule la protection d'une autre divinité pourrait les sauver. Avait-il eu raison de se détourner de la Déesse de la Beauté, Sunie aux Cheveux de Feu ? Elle n'avait rien fait pour le délivrer de sa disgrâce, mais en ces temps de bouleversements, qu'importait d'être défiguré ? Il parvenait peu à peu à faire la part des choses.

Mais il n'acceptait toujours pas l'indifférence des dieux. Plus il se dévouait aux hommes, plus il en voulait à Sunie d'abuser de ses adorateurs mortels.

Ses dons de guérisseur, hélas, n'avaient existé qu'au temps de sa foi aveugle. Rien ne les restaurerait plus. Les dieux étaient d'essence magique, ils récompensaient la ferveur de leurs ouailles en leur accordant une infime fraction de leurs pouvoirs.

La porte s'entrebâilla, un rai de lumière jaune filtra. Adon sauta du lit et saisit sa masse. Une ombre noire s'abattit sur lui, le faisant hurler de surprise.

— Silence ! chuchota Malandrin. Enfile ça !

Furieux, le prêtre revêtit une cotte de mailles :

— Que se passe-t-il ?

Mais le petit homme avait déjà disparu ; les portes de la grande salle, en bas de l'escalier, s'ouvrirent sur six gardes en armes.

Le sergent ordonna de tout barricader. Surpris, Malandrin se coula vers le premier étage ; quelque chose, dehors, avait fait fuir à toutes jambes les soudards.

Les Cormyriens ignoraient qui les avait attaqués. Une ombre s'était détachée dans la nuit, venue du mur d'enceinte interne ; un homme mince s'était avancé d'un pas nonchalant, et avait tué les deux gardes qui voulaient l'intercepter. Le troisième avait donné l'alerte, avant de tomber à son tour, la gorge tranchée. Le sergent avait préféré réagir immédiatement, même si fuir devant un inconnu pouvait paraître ridicule : il était clair qu'il ne s'agissait pas d'un assassin ordinaire. Cette stratégie de repli s'était avérée inefficace face à la souplesse de l'assassin, qui réapparut comme par magie. Le garde le plus proche était mort, le larynx broyé.

Brandissant son épée, le sergent Fitch hurla ses derniers ordres :

— Au nom d'Azoun, empêchez-le de monter !

Au second étage, Adon entendit le tumulte, suivi de mots aboyés dans une langue inconnue ; la porte de Minuit était également entrebâillée, mais la pénombre ne lui permettait pas de voir si la magicienne était encore là ou non.

A la droite d'Adon, dans la spirale de l'escalier de pierre, à la faible lueur des torches murales se découpaient les silhouettes de quatre soldats apparemment talonnés par un seul homme. Un garde plongea sur l'agresseur. Un rire bas fut suivi d'un hurlement d'agonie. Les trois autres reculèrent.

Adon alla ouvrir les volets de sa chambre ; un crachin glacial lui fouetta la face. Se souciant peu de la tempête, il cala la Tablette contre le rebord de la fenêtre. Il n'hésiterait pas à la jeter dans l'abîme, plutôt que la voir tomber entre des mains ennemies.

Quand il revint à la porte, serrant sa masse, seuls deux gardes affrontaient encore leur adversaire, malgré la terreur qui les étreignaient. Le prêtre vit l'assassin auquel ils avaient affaire.

C'était un petit homme fluet, le crâne chauve tatoué de cercles et de boucles vertes et rouges. Ses yeux globuleux étaient écartés, ses oreilles en chou-fleur, et ses dents semblables à une dentition d'âne. Un faciès à vous faire aimer votre apparence, même quand vous êtes couvert de cicatrices. Quant au corps de l'intrus, c'était un enchevêtrement d'os assemblés par des tendons noueux. Des entailles le couvraient de la tête aux pieds. Il parut écouter quelque chose que lui seul entendait, puis reprit son avance.

Une clameur monta de l'extérieur, avec la nouvelle que la tour de garde faisait l'objet d'une attaque. Le petit homme écarta les hallebardes pointées sur lui comme de vulgaires brins de roseaux.

— Recule ! cria le second garde, lui lançant un coup de pied, qui le percuta en plein front.

Au lieu d'être projeté dans l'escalier, il encaissa le coup sans broncher, puis, avec une vitesse et une grâce sidérantes, il saisit la jambe et la cassa. Le garde hurla de douleur et tomba à la renverse, sa tête heurtant durement le sol.

Adon comprit : c'était l'avatar de Bhaal ! Il resserra inconsciemment sa prise sur sa masse, tandis que l'intrus se tournait vers lui, souriant de toutes ses dents.

La peur submergea le jeune prêtre. Aujourd'hui, la foi ne le protégeait contre le mal. Affronter Baine le Fléau et risquer la mort ne l'avait pas privé de son courage et de ses ressources : mourir au service de la déesse lui aurait valu la gloire dans l'autre monde.

A présent, la mort ne signifiait plus que désespoir et néant. Pire, personne ne prendrait la relève contre ces entités diaboliques. L'humanité serait plongée dans la misère et les ténèbres.

L'unique garde survivant tira son épée ; déglutissant avec peine, Adon se joignit à lui.

Le dieu réincarné n'eut aucune peine à esquiver le premier coup du prêtre, et à expédier son poing dans l'abdomen du soldat, qui revint pourtant à la charge, mal assuré sur ses jambes.

— A l'attaque ! hurla Adon.

Le Cormyrien se fendit en un assaut vicieux. Bhaal l'évita en souplesse et recula en direction de la chambre de Minuit.

La magicienne apparut sur le seuil, dague en main. Elle avait assisté à la bataille, maudissant la perte de son grimoire, et guettant la moindre ouverture pour attaquer. Elle lança sa dague dans le dos du petit homme.

Adon ne laissa pas passer cette chance. Il lui écrasa les côtes d'un coup de masse. L'avatar dévala la volée de marches à la renverse, hurlant de rage.

— Est-il mort ? s'inquiéta la jeune femme.

Bhaal se releva, et proféra des malédictions dans un langage inconnu. Puis il bondit de nouveau sur le palier.

Le Cormyrien hurla et fondit sur lui, épée brandie. L'avatar le percuta, bloqua son coup, les doigts autour de la gorge du malheureux, qui mourut, la trachée-artère écrasée.

Rien ni personne n'arrêterait cet avatar.

Un tumulte assourdissant annonça l'arrivée de renforts à la tour.

— Cours, Minuit ! s'écria Adon. Il est invulnérable !

Le prêtre s'apprêta à retourner dans sa chambre pour jeter la Tablette dans l'abîme ; Minuit, effarée, crut que son ami désertait. Adon réalisa qu'il ne pouvait l'abandonner ainsi, à la merci du dieu. Il balança sa masse, percutant le crâne de l'autre de toutes ses forces. L'avatar porta les doigts à la plaie sanglante, et, sans se retourner, assena un grand coup de pied dans les côtes du jeune homme, qui fut projeté dans sa chambre avec une force inouïe. Il atterrit, doutant de jamais réussir à se relever. Il sentit le sol vibrer sous lui, et entendit un crissement métallique.

— Que se passe-t-il ici ? demanda la voix de Kelemvor.

Bhaal releva la tête (presque réduite à l'état de bouillie sanglante) vers l'inconnu.

— Par le poing ganté de Torm ! s'exclama le guerrier, qui es-tu ?

Bhaal reporta son attention sur la magicienne, impuissante et vulnérable. Le cœur fou, appuyée contre le chambranle pour tenir debout, Minuit se creusait la cervelle pour trouver une défense.

Un puissant rugissement roula dans le hall : Kelemvor bondit, l'épée décrivant de féroces moulinets. Bhaal se plia pour encaisser le coup, et se releva d'un seul mouvement, catapultant son agresseur dans l'escalier. Le guerrier disparut aussi vite qu'il était apparu.

Une série de chocs et de jurons les avertit que les renforts cormyriens venaient d'amortir sa chute. Ils en seraient retardés d'autant. Adon s'obligea à se redresser, souffle court. Sa chambre était à l'exact opposé de celle de Minuit.

La jeune femme referma la porte au tout dernier

instant ; Bhaal, surpris, reçut le lourd battant de bois en pleine face et fut rejeté en arrière. Minuit se barricada, et pesa contre l'huis de tout son poids. Le répit lui permettrait peut-être de trouver mieux.

Bhaal exhala sa hargne dans un chapelet de jurons gutturaux.

Adon leva de nouveau sa masse, tandis que Kelemvor et les huit gardes envoyés en renfort grognaient toujours à l'étage en dessous. Le sol vibra à nouveau sous les pieds du prêtre, avec d'étranges cliquetis métalliques.

Bhaal s'élança et percuta la porte de plein fouet, envoyant bouler la magicienne à l'autre bout de la pièce. Adon manqua de peu le crâne du monstre. Alors, le palier s'effondra sous les pieds de la divinité, la faisant chuter d'un étage dans un vacarme assourdissant.

Effarés, Minuit et Adon fixèrent le trou béant d'où montait un tourbillon de poussière. Quand le nuage se dissipa, ils aperçurent au milieu des gravats le petit corps brisé en une douzaine d'endroits. Les yeux, restés ouverts et lucides, luisaient de rage. Le dieu serra le poing gauche, puis le droit.

Minuit n'en crut pas ses yeux.

— Que faut-il donc pour t'achever ? s'écria Adon.

Comme en réponse, Malandrin pointa le bout de son nez là où se trouvait la poutre de soutien quelques instants auparavant.

— Cela n'a pas fait l'affaire ? Dans quelle galère m'avez-vous donc entraîné ?

— Que s'est-il passé ? demanda Minuit.

— C'était un piège, expliqua le petit homme, désabusé. Une dernière ligne de défense en cas d'invasion : les paliers ont été conçus pour pouvoir s'effondrer, un moyen de retarder l'avance de l'ennemi, le temps de se réfugier sur les toits.

Bhaal avait ramené un genou contre sa poitrine, et se hissait en position assise.

— Il y a une manivelle ! s'écria Malandrin, désignant le haut du chambranle au prêtre.

Adon la trouva et l'actionna : la poutre de soutien du troisième étage s'ébranla dans un terrible fracas.

— Vite ! hurla le petit homme.

Minuit battit en retraite sans demander son reste.

Quand le troisième étage se fut à son tour écroulé sur les décombres du premier, les deux aventuriers risquèrent un regard dans la crevasse, imités par Kelemvor et les Cormyriens arrivés par l'escalier encore intact.

— Est-il mort ? s'enquit Malandrin.

— Non, répondit Adon. Quand un avatar meurt, la destruction qui s'ensuit est apocalyptique.

— Un dieu ! s'exclama le petit homme, manquant tomber à la renverse.

— En effet. Cyric n'a pas menti : Bhaal est à nos trousses.

Comme en réponse, les décombres glissèrent, le nuage de poussière s'estompa pour révéler le petit corps enseveli sous des amas de pierres et de bois. La petite main frémit, et commença à repousser les gravats.

— S'il n'existe aucun moyen de le tuer, peut-on au moins le garder prisonnier ? demanda Minuit.

Adon ferma les yeux, le front barré d'un pli soucieux, fouillant dans sa mémoire.

— Pas que je sache.

— Tous au premier ! ordonna le sergent.

— Vite, avant qu'il se libère ! renchérit Kelemvor, montrant le chemin.

Pour périr dans un combat inutile, songea Adon.

Minuit était perdue dans ses pensées : un sortilège comme elle n'en avait encore jamais conçu lui était venu à l'esprit.

Elle fourragea dans sa cape, à la recherche de deux boules d'argile et d'un peu d'eau. Elle humecta la première boule et l'émietta sur les décombres.

— Je l'emprisonne dans la pierre brute, expliqua-t-elle au petit homme.

Ils n'avaient pas le choix. Elle psalmodia l'incantation sans perdre un instant.

Quand elle rouvrit les yeux, les débris avaient donné naissance à une masse translucide comme la sève de pin, très éloignée de la boue dont elle s'était servie. Au moins l'avatar était-il enchâssé, ses yeux haineux fixés sur la magicienne. La transformation se poursuivait lentement.

— Que signifie tout ceci ? tonna le sergent. Et comment sommes-nous censés attaquer dans cette mélasse ?

— A votre place, je m'en garderais bien, conseilla Adon. Sauf absolue nécessité.

Minuit humecta la seconde boule d'argile et l'émietta sur le globe jaunâtre.

— Que croyez-vous faire ? s'insurgea le sergent, épée pointée.

Malandrin répondit à sa place :

— Peu importe. A ce propos, je m'écarterais, si j'étais vous.

Minuit ferma les yeux et jeta un second sortilège pour solidifier l'ensemble. La lame du sergent cliqueta sur le globe durci comme s'il s'agissait de granit.

— Où as-tu appris cela ? demanda Adon à la jeune femme.

— Je l'ignore, cela m'est simplement venu à l'esprit, dit-elle d'une voix lasse.

Elle se sentit très faible. Adon la contempla, perplexe. Chaque jour semblait lui apprendre un nouveau tour de magie. Songeant à ses propres dons disparus, il ne put se défendre d'un soupçon de jalousie.

Le liquide s'était mué en roche cristalline de la plus belle qualité. L'avatar, figé, contemplait le monde de ses yeux écarquillés.

CHAPITRE V

SOLEIL VERT

Minuit se réveilla dans une pièce où des lueurs matinales verdâtres filtraient au travers des volets clos. Intriguée, elle alla ouvrir sa fenêtre : en lieu et place du soleil luisait un immense œil aux multiples facettes, dont la lumière verte baignait les cieux et le paysage montagneux.

Les rondes des sentinelles ne semblaient nullement affectées par l'incroyable phénomène.

Fascinée par la beauté terrifiante de ce spectacle, elle l'étudia quelques instants avant de s'habiller. Elle n'était pas encore rétablie de sa lutte épique contre Bhaal ; repartir à cheval était hors de question.

Des bruits de menuiserie la découragèrent de retourner se coucher. De plus, elle avait hâte de faire le point.

Le sortilège lui était tout simplement venu à l'esprit - merveilleux et effrayant à la fois. La magie exigeait une discipline rigoureuse, des études longues et austères. Les symboles mystiques à mémoriser contenaient leur charge de puissance occulte, et disparaissaient de l'esprit à chaque utilisation. Il fallait constamment les réapprendre. C'était pourquoi le grimoire avait été son bien le plus précieux.

Enivrée par ce succès inattendu, elle tenta de lancer un nouveau sortilège.

Rien ne se produisit. Elle analysa de nouveau les données. Elle ne parvenait pas à revisualiser les symboles invoqués pour défaire Bhaal. Or, il était virtuellement impossible d'user de magie sans faire appel aux symboles mystiques.

Elle comprit : elle avait directement puisé dans la texture de la magie élémentaire, à son insu, sans recourir à des symboles ou à des runes.

La magicienne réitéra sa tentative en se concentrant sur l'objectif, et non sur les moyens. Une vague de puissance à l'état brut la submergea, l'informant intuitivement des gestes à accomplir. Ses mains se portèrent à son cou, où l'amulette de Mystra s'était greffée à sa peau.

Au premier étage, une douzaine d'officiers affamés patientaient.

Le seigneur commandant fit une entrée titubante, les yeux injectés de sang. Après une nuit de stupeur éthylique, il avait été mis au courant des événements par son valet de pied.

Kelemvor, qui n'était plus habitué à ces excès, n'avait pas quitté son lit. Adon se reposait des émotions de tantôt.

Malandrin était le seul représentant de la compagnie à table. Loin de s'en offusquer, Deverell en fut soulagé ; il n'était pas fier d'avoir dormi pendant la bataille. Moins il y aurait de regards posés sur lui...

Deverell commença par présenter ses excuses à Malandrin (occupé à dévorer un bol de céréales à belles dents) d'avoir manqué à tous ses devoirs d'hôte en ne protégeant pas mieux la citadelle la nuit passée. Malandrin lui répondit gracieusement. Minuit arriva alors.

Avec courtoisie, tous se levèrent.

— Dame Minuit, salua Deverell. Vous semblez en meilleure forme ce matin.

Elle sourit, appréciant le compliment en dépit de sa fatigue.

— Vous ne devez pas vous tenir rigueur des événements de cette nuit, mon seigneur. Notre agresseur était Bhaal, le Dieu du Meurtre.

Il y eut des sifflets tout autour de la table. La magicienne venait de confirmer les rumeurs. Personne ne fit de commentaire.

— Il n'y avait rien à faire, ajouta Malandrin. Nul n'aurait pu l'arrêter.

— Tu l'as pourtant retardé, l'ami, remarqua Deverell. Tu devrais peut-être t'enrôler. Que dirais-tu de devenir capitaine dans ma garde ?

Minuit fronça les sourcils. Elle n'aimait guère l'idée de perdre si vite le petit homme ingénieux et sympathique.

— Je sais que tu es depuis peu avec tes nouveaux amis. Si tu désires rester, mon offre est sérieuse. On a toujours besoin d'hommes à l'esprit vif.

— Vous me flattez, répondit Malandrin, pris de court. (Les humains proposaient rarement des postes de responsabilité à ceux de sa race.) J'aimerais accepter, mais mon destin est de partager encore un temps la route de Minuit.

La jeune femme soupira de soulagement.

— J'ai des affaires à régler avec une bande de Zhentils, expliqua le petit homme.

— Les Chênes Noirs, dit un officier nommé Pell Beresford.

— Comment le savez-vous ?

— Avant l'aube, quarante de vos gens sont passés par ici, sur leur piste. Ces Zhentils ont été repérés par une de nos patrouilles, cette nuit.

— Je dois vous quitter sur-le-champ ! s'exclama le petit homme, bondissant de table. Où sont-ils partis ?

— Patience, l'arrêta Deverell. Ils ont sans doute fui

à l'ouest. Ces terres sont la propriété des Zhentils, si tant est qu'elles appartiennent à quelqu'un. Tu ne les retrouveras jamais, et rencontreras mille embûches pour tes peines. Il serait plus sage de renoncer à ton impossible vengeance et d'accepter mon offre.

— S'il ne s'agissait que de cela, soupira le petit homme.

Il était sincère, et savait que se venger n'apportait jamais rien de bon. Mais il n'avait pas le choix : il devait remettre la main sur l'épée maléfique qu'ils lui avaient volée. Cette chose possédait sa propre volonté - forçant son possesseur à tuer et à massacrer pour le plaisir. Lui-même avait longtemps été victime de cette force exécrable. Libéré de son emprise, il se sentait devenir fou. Il avait perdu le sommeil ; son état mental ne ferait qu'empirer. Le précédent propriétaire était mort, ravagé par la folie. Il s'inclina vers Deverell :

— Mes remerciements pour votre hospitalité. (Il se tourna vers Minuit :) Fais mes adieux à Kelemvor et à Adon de ma part.

— Où vas-tu ? demanda la jeune femme.

— Traquer les meurtriers qui ont détruit mon village. Autant que je me souvienne, tu désirais les éviter.

Minuit ignora la pique :

— Vas-tu te joindre aux poursuivants ?

— Ils refuseront, tu le sais bien, rétorqua-t-il sèchement.

Deverell, perplexe, secoua la tête.

— Es-tu fou ? s'exclama la magicienne, l'agrippant par l'épaule.

Il n'osait répondre comme il l'aurait voulu, devant toute l'assemblée. Il jugeait plus sage que personne ne connaisse la malédiction dont il était victime.

— Je dois y aller, dit-il en se dégageant.

— C'est du suicide ! protesta-t-elle, frustrée par tant d'obstination.

— Peut-être pas, intervint Deverell. Nous envoyons souvent des patrouilles importantes dans les plaines de Tun. Si tu te joins à l'une d'elles, tu ne risqueras rien en chemin. (Il se tourna vers Minuit :) La patrouille pourrait également escorter votre compagnie jusqu'à la Passe de Serpent-Jaune, si c'est votre route.

Entendant cela, plusieurs officiers s'estimèrent heureux d'être de garde au fort en permanence.

— Avec grand plaisir, approuva Minuit.

Cette solution serait meilleure que faire route au sud pour rejoindre une caravane. Ses compagnons seraient d'accord.

— Bien, conclut Deverell. Vous aurez besoin de vivres, de poneys de montagne et d'équipements chauds pour l'hiver...

*
* *

Cyric se pelotonnait au creux d'une grosse roche, une cape détrempée sur les épaules. De tous côtés, des pics enneigés éventraient un ciel grisâtre de leurs cimes déchiquetées. Ses soldats bivouaquaient dans le seul espace dégagé à des lieues à la ronde : un champ de rocs à hauteur d'homme, à la base d'une falaise imposante. L'avancée rocheuse mourait au sommet d'une autre falaise, qui surplombait la route de Haute Corne.

Une douce brise soufflait sur la vallée. Il ne poussait pas un arbre à perte de vue, rien que de la broussaille.

Dalzhel vint transmettre une requête raisonnable des hommes à Cyric.

— Pas question de faire de feu, répondit-il, se demandant où ils trouveraient le bois, de toute manière.

Après un crachin glacial, un œil insectoïde était

apparu dans le ciel à l'aube, verdâtre, dépourvu de chaleur. Les hommes, déjà démoralisés, avaient grommelé de plus belle. A mi-journée, des nuages étaient venus masquer l'œil.

Cyric se moquait du temps glacial. Être assis devant une fournaise ne l'aurait pas mieux réchauffé que le contact de son épée aux reflets sanguins.

— Nous ne sommes pas armés pour une expédition en montagne, maugréa Dalzhel, nez et oreilles couverts de poussière de givre. Les hommes sont gelés et affamés.

L'un d'eux poussa des plaintes stridentes mettant les nerfs à rude épreuve.

— Pas de feu, réitéra le voleur au nez crochu. Quand nous poursuivrons Minuit et ses acolytes, dès qu'ils seront en vue, nous nous réchaufferons assez vite.

— Entre-temps, la moitié des nôtres auront péri gelés.

— Réfléchis ! rétorqua sèchement le voleur. Nous sommes tout près de la citadelle, forte de cinq cents hommes, et des patrouilles rôdent dans tous les coins !

Dalzhel frissonna : la nuit passée, une de ces patrouille les avait surpris près de la forteresse, et ils avaient dû se réfugier dans les montagnes, talonnés par les Cormyriens aux poneys agiles et sûrs. L'ennemi avait tourné bride quand les survivants s'étaient embusqués dans un défilé. Ensuite, Fane s'était cassé les deux jambes lors d'une mauvaise chute, deux chevaux étaient morts de la même façon, et la moitié des montures s'était foulé les jambes sur ce terrain accidenté.

De la pointe de son épée, Cyric dessina une carte imaginaire sur un morceau de roc : au nord de leur position actuelle...

— ... Le Marais Reculé, terres du peuple reptile. (Pointant à l'ouest :) la Forteresse Noire.

— Rien à craindre de ce côté-là. Les forces de la Forteresse Noire ont été décimées lors des batailles de Tantras et de Valombre.

Fane hurla de nouveau ; les chevaux hennirent. Les deux hommes revinrent à leur conversation.

— Nous avons tout à craindre de la Forteresse Noire ! contra Cyric. A l'heure actuelle, le commandant doit écumer la région à la recherche de recrues. Nous ferions très bien l'affaire, à ses yeux.

Dalzhel fut obligé d'en convenir. Ils resteraient prisonniers de la citadelle pour le restant de leurs jours.

— Et si on tente de s'évader, gémit l'homme, ils nous tortureront...

Excédé par le pleutre, Cyric sentit sa soif de sang le reprendre, et chercha un moyen d'éloigner son lieutenant au plus vite. C'était plus fort et plus sinistre que tout ce qu'il avait déjà expérimenté.

— Tu ferais mieux d'aller surveiller les environs, grommela-t-il. Et préviens-moi à la minute où ils seront en vue.

Dalzhel obéit sans discuter. Il ne tenait pas à aggraver la colère son commandant.

Cyric soupira de soulagement, et reposa la lame maléfique sur ses genoux. De cramoisie, elle avait viré au beige.

Il éclata de rire au sentiment d'apitoiement qui le submergea : de la compassion pour un morceau de fer !

Fane hurla à nouveau, irritant le voleur.

Tue-le.

Cyric jeta l'épée au loin ; elle rebondit sur la rocaille. Une voix féminine s'était infiltrée en lui.

— Tu es vivante ! s'exclama Cyric, les oreilles et le nez mordus par le froid pour la première fois.

L'épée enchantée garda le silence.

— Parle-moi !

Seuls lui répondirent les gémissements de Fane.

Quand il reprit l'arme en main, la chaleur l'envahit de nouveau, ainsi que l'impulsion d'achever le blessé. Le voleur se rassit, l'épée en travers des genoux.

— Je n'ai pas décidé de le tuer ! remarqua-t-il, fixant la lame d'un air furieux.

Elle se ternit sous ses yeux. La déception se glissa dans son cœur. Il éprouva une faim, à lui faire oublier le monde entier.

Derrière son dos, une voix adolescente s'éleva :

— J'ai faim.

Il fit volte-face : c'était une toute jeune fille d'une quinzaine d'années, vêtue d'une robe rouge diaphane soulignant des courbes prometteuses, ainsi que des côtes saillantes et un estomac distendu par la faim. Des cheveux noirs soyeux encadraient un visage émacié ; de fatigue et de désespoir, les yeux étaient enfoncés dans leurs orbites.

Derrière elle s'étendait, à l'infini, une plaine blanche. Cyric se tenait sur une terre désolée, lisse comme une table, et aussi informe que l'air. Il n'y avait plus ni roches, ni montagnes, ni épée.

— Où suis-je ?

La fillette tomba à genoux.

— Cyric, aide-moi, je t'en prie, supplia-t-elle. Cela fait des jours que je n'ai plus rien mangé.

Inutile de demander comment elle savait son nom. L'épée et la femme-enfant ne faisaient qu'un. Elle l'avait transporté en un lieu où elle pouvait lui apparaître sous une forme plus séduisante et en appeler à sa pitié.

— Renvoie-moi d'où je viens !

— Nourris-moi alors.

— Te nourrir de quoi ?

— Donne-moi Fane, supplia-t-elle.

Cyric ne recula pas devant la hideur d'une telle demande. Il fronça les sourcils et réfléchit.

— Non, répondit-il.

— Pourquoi pas ? Fane ne signifie rien pour toi. Ni

aucun de tes hommes.
— Exact, admit-il. Mais *je* décide de leur fin.
— Je suis faible. Si je ne me nourris pas, nous ne pourrons pas revenir.
— Ne me mens pas, la prévint-il.

Il eut une intuition : il se concentra sans la quitter des yeux. Il était possible qu'elle manipule son imagination, et en ce cas, il pouvait se libérer d'un simple effort de volonté.

— Je me meurs ! hurla-t-elle, titubante.

Elle vint s'écrouler à ses pieds.

Son cri tira Cyric de sa concentration. Ils étaient toujours au milieu du désert blanc. La peau de l'adolescente avait viré au gris ; elle semblait réellement sur le point de mourir.

— Alors au revoir.

Les yeux de la fille devinrent vitreux :

— Je t'en prie. Aie pitié de moi.

— Non, gronda le voleur, la fixant d'un regard glacial. Absolument pas.

Quelle que soit la nature exacte de cette épée, elle était maléfique et manipulatrice. Céder à ses prières reviendrait à s'enchaîner pour l'éternité.

La fille se mit à sangloter. Cyric l'ignora. Il se concentra pour voir les roches à ses pieds. Ses essais vers le ciel s'avérèrent tout aussi vains. Les montagnes refusaient de réapparaître.

Comme lisant ses pensées, la fille reprit :

— Le scepticisme ne te sauvera pas.

La voix avait mué ; le timbre était plus grave, plus mature et sensuel.

C'était devenu une femme à la silhouette voluptueuse reposant sur un grand lit blanc.

— Tu es dans mon univers, à présent, susurra-t-elle. Aussi réel et tangible que le tien.

Il n'avait d'autre choix que la croire. De toute manière, il ne pouvait quitter ce lieu sans l'aide de la créature.

— Je suis tienne, invita-t-elle.

La tentation eût été irrésistible si Cyric n'avait pas eu conscience qu'elle cherchait à l'asservir.

— Je te réchaufferai quand les autres auront froid, promit-elle. Je te garderai en forme, même blessé. Je te donnerai les victoires dont tu rêves.

Promesses intéressantes : il aurait besoin de magie dans les jours à venir. Il résista pourtant :

— Que veux-tu en échange ?

— Pas plus que ce qu'une femme attend de son homme.

De telles paroles donnaient matière à différentes interprétations. Cyric était résolu à ne pas s'engager.

— Soyons plus réalistes, déclara-t-il d'un ton dur. Je te nourrirai uniquement quand et où je déciderai. En retour, tu m'obéiras comme à ton maître.

— Quoi ? s'écria la femme, le visage tordu par la rage. Tu oses suggérer que je devienne *ton* esclave ?

— C'est ton unique planche de salut. Sers-moi ou meurs de faim.

— C'est toi qui vas mourir ! grogna-t-elle, pleine de hargne, découvrant deux longues incisives.

Il fit volte-face au bruit d'un craquement dans son dos : un mur crasseux surgit du néant, suivi de trois autres et d'un toit... Une prison !

Sous sa robe couleur sang, la femme s'était muée en une obscène parodie de féminité. Ses yeux enfoncés luisaient de haine et de méchanceté. Une paire de menottes à la main, la démone avança sur lui :

— Donne-moi Fane.

Avec ses muscles noueux et ses doigts crochus aux ongles acérés, elle pouvait l'étriper sans mal. Cyric ne trahit aucune peur. Reculer, c'était s'avouer vaincu, devenir son esclave. Il était déterminé à pourrir dans le plus infâme des culs-de-basse-fosse plutôt que servir quelqu'un d'autre que lui.

Il lui flanqua un direct en pleine mâchoire, la silhouette aux reflets sanglants recula sous l'impact, stupéfaite, avant de bloquer le second coup de poing.

— Imbécile ! (Elle lui passa une menotte au poignet.) Tu vas me le payer !

Sa seconde attaque la prit encore par surprise. Elle s'écarta, ébahie et déroutée.

— Je peux te tuer ! dit-elle, comme consternée d'avoir à mentionner une telle évidence.

— Si tu veux mourir de faim ! rétorqua Cyric.

Il entortilla la chaîne à son poignet : elle était d'une longueur adéquate pour servir d'arme.

— Ramène-nous à Féerune, ordonna-t-il.

— Pas tant que tu ne me nourriras pas, railla-t-elle, méprisante.

— En ce cas, nous mourrons tous les deux.

Le voleur projeta une chaîne à la façon d'un lasso. La vieille sorcière l'évita.

— Gare ! menaça-t-elle.

La peur se lisait au fond de ses yeux. Il ne lui était jamais venu à l'esprit que sa victime pût attaquer.

Cyric lança à nouveau la chaîne d'acier, qui se volatilisa soudain entre ses mains. Il bondit et lui décocha un uppercut. Elle tomba à la renverse.

— Tu es mienne ! hurla-t-il. Fais ce que je te dis !

Elle faucha ses jambes d'un coup de pied et lui sauta à la gorge. Il roula de côté ; les griffes lui lacérèrent le dos. Il se remit à genoux ; elle lui expédia un coup de coude en pleine face. Il ne céda pas : s'il voulait maîtriser l'esprit maléfique, il devait l'affronter sous sa forme la plus hideuse. Il sourit de toutes ses dents avant de lui percuter la tempe d'un direct, et de lui glisser l'avant-bras sous la gorge. Malgré un coup de poing en plein dans les côtes, il resserra sa prise de toutes ses forces.

La créature, blêmissant, lui déchira le bras de ses doigts griffus, entaillant profondément la chair. Elle tenta de lui arracher les yeux, sans y parvenir. Les doigts en fourche, elle attaqua de nouveau les côtes de son agresseur, mais elle était trop affaiblie.

— Ramène-nous ! ordonna-t-il. Ou je jure que je te tue sans attendre !

Les bras de la sorcière retombèrent, inertes, mais Cyric maintint sa prise. Au bout d'un moment, son corps s'affaissa contre lui, sa tête roula sur son épaule, les yeux révulsés. Les contours du visage s'adoucirent, se brouillèrent.

— Ramène-nous ! répéta le voleur.

— Chef, vous vous sentez bien ?

C'était Shepard, l'un de ses Zhentils. Il le regardait, l'air inquiet.

— Je suis revenu ! hoqueta-t-il, regardant autour de lui, son épée courte, pâle comme de l'ivoire, en main.

Ses hommes l'avaient vu parler tout seul et lutter avec son épée. Ils se demandaient s'il ne perdait pas la tête.

Cyric se secoua pour s'éclaircir les idées. La lutte avait été bien réelle.

Il rabroua ses compagnons, car il ne tenait pas à expliquer ce qui venait de se passer. La colère de leur commandant rassura les soudards : il allait tout à fait bien.

Furieux, Shepard s'inclina.

— Comme vous voudrez. Mais à votre place, je laisserais Dalzhel examiner ces morsures, dit-il avant de s'éloigner.

Cyric baissa les yeux sur ses avant-bras et vit qu'ils étaient à vif.

— J'ai gagné ! murmura-t-il, ravi. L'épée m'appartient.

Il remit la lame au fourreau et se rassit. Les plaintes de Fane ne l'irritaient plus. Elles le ravissaient, au contraire.

Une heure plus tard, Dalzhel, alarmé, se présenta au rapport :

— Les espions sont revenus de Haute Corne.

— Et ?

— La femme et ses compagnons viennent dans

notre direction.

— Dressez une embuscade, ordonna sèchement Cyric.

— Il y a plus. Ils chevauchent en compagnie de cinquante Cormyriens.

Vingt hommes ne faisaient pas le poids contre un détachement de cette importance.

— Ils finiront bien par se séparer, déclara le voleur. Il n'y aura qu'à les pister.

Dalzhel secoua la tête :

— Ils surveillent leurs arrières pour empêcher qu'on les suive.

— En ce cas, nous les devancerons, et utiliserons des guetteurs pour surveiller leur progression.

— Ils ne s'attendront pas à cela, sourit le lieutenant.

— Prépare les hommes, commanda Cyric, réajustant sa cape trempée de sang sur ses épaules.

Dalzhel ne fit pas mine d'obéir.

— Une chose encore.

— Quoi ? s'irrita Cyric.

— La sentinelle a vu quarante petits hommes passer ce matin. A son avis, c'est nous qu'ils cherchent.

— Des Petites Gens ? répéta le voleur, incrédule.

— Oui, ils sont à un jour de marche d'ici. Seuls les dieux savent ce qui se passera quand ils rebrousseront chemin.

Cyric jura. Etre pris en tenaille entre Cormyriens et Petites Gens ne lui disait rien qui vaille.

Fane poussa un hurlement à glacer les sangs, qui se répercuta de roches en roches. Il fallait le faire taire au plus vite.

— Cette nuit, dit Cyric, envoie quelques hommes fabriquer une fausse piste. Détourne les Petites Gens vers la Forteresse Noire.

— Voilà pourquoi tu es notre général, sourit Dalzhel. Mais que fait-on pour...

—... Fane ?

Un sourire aux lèvres, le voleur alla près du sergent blessé. Dalzhel le suivit.

— Il ne peut plus monter à cheval, expliqua Cyric. Même s'il le pouvait, ses plaintes nous trahiraient. Bâillonne-le.

Dalzhel se renfrogna, n'aimant guère l'idée de tuer un des leurs.

— Obéis !

Dalzhel s'exécuta. Cyric enfonça sa lame dans la poitrine de l'homme. Fane se débattit un bref instant, mordant la main qui étouffait ses cris, avant d'expirer. Quand le voleur retira la lame, et l'essuya, elle avait retrouvé ses belles couleurs.

CHAPITRE VI

LA PLAINE DE TUN

Malandrin tira sur les rênes de sa monture et jeta un coup d'œil à la ronde. Un océan d'herbe ondoyante l'entourait. Sous un jour clair et lumineux, on apercevait les Montagnes du Couchant, au nord-ouest, semblables à un nuage terre de Sienne sur la ligne d'horizon.

Alors qu'il examinait la chaîne montagneuse, l'herbe de la prairie, sous les sabots de son poney, se mit à onduler et à siffler. La bête hennit et renâcla contre l'immobilité forcée. La végétation maléfique se nouait autour de ses jambes au moindre arrêt.

Malandrin chercha des yeux d'autres cavaliers. Il se gardait de mettre pied à terre et d'éprouver sa force contre celle de la végétation, haute de près d'un mètre. Malgré ces difficultés, il aperçut des mottes de terre, soulevées par des sabots de chevaux.

Radnor, un Cormyrien aux yeux d'un bleu profond, le rejoignit, heureux que le petit homme se soit avéré si compétent. Sa mission était d'effacer toute trace de leur passage dans ces plaines, enchâssées entre les Montagnes du Couchant et celles de Bec-de-Dragon. L'étendue séparant la Forteresse Noire de Haute

91

Corne était une zone neutre, que les deux fiefs s'efforçaient de contrôler. Haute Corne envoyait régulièrement des patrouilles importantes dans le secteur.

La Forteresse Noire exerçait son influence par l'intermédiaire d'hommes de paille, des bandits aux dents longues et aux pratiques infâmes. Ainsi, les patrouilles cormyriennes, quand elles rencontraient des voyageurs dans ces plaines, ne savaient jamais exactement à qui elles avaient affaire. Le capitaine Lunt avait adopté une stratégie radicale pour conduire les aventuriers jusqu'à la Passe de Serpent-Jaune : éviter toute rencontre. Radnor étant chargé d'y veiller.

Jusqu'ici, l'éclaireur avait admirablement œuvré. Après cinq jours de voyage, la patrouille n'était toujours pas détectée.

Malandrin désigna les mottes de terre :

— Un autre groupe se dirige sur la Forteresse Noire. Une vingtaine d'hommes environ.

C'était la dixième trace de passage qu'ils rencontraient, mais ni l'un ni l'autre ne fit de commentaires.

Le Cormyrien ne posa pas plus de questions sur les empreintes de chevaux boiteux filant vers le nord. Le petit homme lui avait déjà fait plusieurs fois des réponses assez évasives pour que sa position soit claire.

Malandrin ne voulait pas dire que ces traces étaient celles de Cyric et de ses hommes. Il n'avait pourtant aucun doute. Quelques jours plus tôt, il avait trouvé un campement abandonné à la hâte, un cadavre exsangue gisant contre un rocher.

Ainsi l'épée du voleur était bien dans le groupe de Zhentils : le petit homme ne connaissait aucune autre arme ayant la particularité de boire le sang de ses victimes.

Mais il s'était gardé de parler de sa trouvaille. Le seigneur Deverell lui avait proposé de faire route avec la patrouille, qui ne manquerait pas de croiser le fer avec les pillards. Mais le capitaine s'était empressé de ne pas tenir cette promesse, interdisant tout contact lors de la traversée des plaines. Malandrin tenait à ce que Lunt respecte l'engagement pris par son chef, dût-il pour cela mener la patrouille en plein campement ennemi.

Cependant, il avait mentionné à Radnor un bout de corde de woomera trouvé deux jours après leur départ : les Petites Gens étaient également sur la piste de Cyric et de sa bande.

Malandrin devait rattraper les Zhentils le premier afin de récupérer son épée. Les Petites Gens, heureusement, se dirigeaient sur la Forteresse Noire.

Radnor, avec Kelemvor et Minuit, était l'un des rares humains que le petit homme appréciait : bien qu'éclaireur expérimenté lui-même, il ne manquait jamais de complimenter Malandrin sur la finesse de ses observations.

En réalité, le petit homme commençait à apprécier la compagnie des humains. Contrairement aux villageois de la région des Chênes Noirs, ceux-là ne s'offusquaient pas de son comportement digne et sérieux. Ils le respectaient et le traitaient sur un pied d'égalité, chose rare dans les relations entre Petites Gens et humains.

Malandrin avait conscience que sa sympathie croissante pour ses compagnons de route risquait de provoquer sa perte. Il se sentait coupable de les trahir, et devait repousser la tentation de tout révéler à Kelemvor et Radnor.

Le petit homme sentit le découragement le gagner. La plaine de Tun était trop vaste pour qu'il envisage de rechercher le voleur tout seul. Si frustrant que ce fût, il devait attendre. Cyric n'avait pas fait tout cela pour abandonner la partie à ce stade.

Au pire, le petit homme soupçonnait qu'il lui restait un faible espoir de survie. Depuis le vol de son épée, il n'avait plus fermé l'œil un instant, et se languissait de l'objet enchanté. Mais aucun autre signe de folie ne pointait. Si sa condition n'empirait pas, sa volonté lui permettrait peut-être de survivre. Peut-être...

*
* *

A vingt lieues au sud de la patrouille s'étendait le marécage de Tun aux vapeurs fétides. On racontait là-dessus d'épouvantables légendes ; beaucoup de voyageurs faisaient d'invraisemblables détour pour éviter les monstres qui hantaient ces brumes.

Cyric savait qu'il n'y trouverait rien de plus malfaisant que ce que lui-même apporterait. La bande zhentille s'était installée au nord du marécage. Dalzhel et lui discutaient de l'échec de leurs éclaireurs.

— Où sont passés les éclaireurs ? tonna Cyric.

— Si nous le savions, je serais à leurs trousses en ce moment ! rétorqua son lieutenant.

— Mon plan ne vaut rien si nous ne retrouvons pas Minuit.

— Et même si nous la retrouvons...

Le voleur au nez crochu se retourna pour darder sur Dalzhel des yeux luisant d'une telle méchanceté que l'homme, d'instinct, empoigna le pommeau de son épée.

— Je connais Minuit, déclara Cyric. Elle ne trahira pas ses amis, et elle ne me trahira pas davantage *moi*.

— Jamais je ne remettrai ma vie entre les mains d'une femme ! grommela Dalzhel.

— Je ne te le demande pas. Tout ce que je veux, c'est que tu la retrouves. Si nous n'avions pas perdu de temps à voler des chevaux...

— Toutes nos montures boiteraient, et nous aurions perdu trace des Cormyriens ! (Il relâcha la garde de son épée :) Au moins, nous avons des chevaux frais maintenant.

Cyric soupira. Son lieutenant avait raison. Personne ne pouvait forcer des bêtes à marcher sur des pattes estropiées - ce n'étaient pas des hommes.

— Si Minuit est capturée...

— La Forteresse Noire ne la capturera pas. J'ai posté des sentinelles près des trois groupes susceptibles d'intercepter les Cormyriens.

Cyric, effrayé, écarquilla les yeux :

— Comment sais-tu que tes sentinelles ne vont pas nous trahir ?

— Il faut bien courir ce risque. Il n'y a pas d'autre moyen pour être les premiers à les voir, quand ils se sépareront de la patrouille et iront vers le sud.

— Les gangs de la Forteresse Noire opèrent bien dans les villes du sud ? demanda le voleur.

— Pour autant que nous le sachions.

— On peut raisonnablement présumer que Baine a mobilisé le gros des troupes de la Passe de Serpent-Jaune pour attaquer Valombre et Tantras, n'est-ce pas ? continua-t-il, l'air songeur.

— Oui, c'est probable, répondit Dalzhel, intrigué.

Cyric sourit. Il avait d'abord pensé que Minuit resterait sous la protection cormyrienne avec sa compagnie pour suivre la route de Bec-de-Dragon jusqu'à Proskur, et de là se joindre à une caravane jusqu'à Eau Profonde. Dès que la patrouille protectrice rebrousserait chemin, Minuit et les siens se dirigeraient plein sud, pour atteindre la ville fortifiée de Hluthvar.

Mais le détachement cormyrien avait fait route à l'ouest.

— Et si Minuit n'allait pas à Hluthvar ?

— Où irait-elle en ce cas ? s'étonna Dalzhel.

— La Passe de Serpent-Jaune est à l'ouest de Haute Corne, remarqua Cyric.

— Pas un mendiant n'y passe sans la permission de la Forteresse Noire, objecta Dalzhel. Tes amis n'essaieraient même pas !

— Oui, rétorqua le voleur. Nous ne sommes pas les seuls capables de nous douter que le bâtiment zhentil est à l'abandon... Une forteresse fantôme.

Choqué, le lieutenant ouvrit de grands yeux :

— Je vais donner ordre de lever le camp. Dans une heure, nous serons en route.

*
* *

Sept jours après avoir quitté Haute Corne, l'expédition avait atteint la Passe de Serpent-Jaune. Appelé ainsi en souvenir du dragon qui avait infesté les lieux des siècles auparavant, la passe boisée était désormais paisible.

A la clarté de l'aurore, le décor n'était pas moins imposant que baigné par le soleil couchant. Un profond canyon serpentait du cœur des Montagnes du Couchant jusqu'aux plaines de Tun. Les conifères touffus et les peupliers aux écorces blanches tapissaient la vallée, piquetée d'énormes promontoires vermeils pointant leurs lèvres lisses dans la moquette végétale. Ces falaises se succédaient en autant de marches naturelles, taillées pour des jambes de titan, jusqu'aux sommets de la chaîne montagneuse.

Des crêtes acérées flanquaient la vallée comme des rangées de dents aiguisées. Elles composaient des murs naturels aussi escarpés et réguliers que des tuiles sur le toit d'une maison. Les cimes se veinaient d'ocres chauds, conférant à toute la vallée une étrange impression de crépuscule. De temps à autre, le ruban argenté d'un ruisseau dévalait d'un des coteaux du canyon, pour s'achever en bouquet d'écume. La piste ondulait des plaines jusqu'aux lointains sommets.

Minuit étudiait le splendide décor, partagée entre admiration et appréhension. Face à cette munificence naturelle, elle se sentait rassérénée et insignifiante à la fois. Elle savait ce qu'une telle beauté avait de trompeur : des chemins montagneux toujours semés d'embûches et de périls, des fièvres mystérieuses, des avalanches...

Si seulement il ne s'agissait que de dangers d'ordre naturel... Mais l'ennemi, tapi près de là, ne reculerait devant rien pour la capturer, elle et la Tablette divine. Heureusement, les Zhentils semblaient avoir déserté la vallée.

— Nous vous accompagnons dans cette passe, décréta le capitaine Lunt, serrant les mâchoires. La peste soit des ordres !

— Que savez-vous sur notre périple ? demanda Minuit, souriante.

— Pas grand-chose. Le seigneur Deverell nous a dit que la sécurité de Féerune dépendait de votre succès. Mais je suis sérieux : nous allons avec vous.

— Nous en serions heureux, capitaine, intervint Adon. Mais le seigneur Deverell a ses raisons. Un petit groupe attirera moins l'attention dans ces montagnes.

— Oui, vous avez raison, admit Lunt, déconfit. (Il se tourna vers Minuit :) Jusqu'à ce que nos épées se décroisent.

— Jusqu'à ce que nos épées se décroisent, répéta rituellement la jeune femme.

Les Cormyriens partirent sans autre cérémonie, si ce n'est que Malandrin et Radnor échangèrent leurs dagues en gage d'amitié.

— Tu prends la tête, Malandrin, ordonna Adon. Je prends la suite, juste avant Minuit et Kelemvor.

Kelemvor grogna mais ne rétorqua rien, malgré l'air surpris des autres.

— Qu'est-ce qui ne va pas, Kel ? s'enquit le prêtre.

Le guerrier se détourna, empoignant ses sacoches de bât.

— Rien, je pensais à la poussière soulevée, voilà

tout.

— Adon, pourquoi toi et moi n'échangerions pas nos places ? proposa la jeune femme. Je crois que c'est moins une question de poussière que de compagnie.

— C'est ridicule ! s'exclama Adon, irrité. Vous n'avez pas cessé de vous chamailler depuis Etoile-du-Soir !

— La paix ! coupa Minuit, éperonnant son poney.

— Adon, intervint Kelemvor, ce ne sont pas tes sermons qui résoudront le problème.

La remarque fit taire le prêtre, mais le reste de la journée se passa en querelles acariâtres, entrecoupées de longs silences moroses, à l'instar des pics inquiétants qui écrasaient de leur masse la petite piste. Les poneys grimpaient lentement la sente poussiéreuse bordée de conifères. L'ascension était d'une lenteur et d'un ennui lancinants. Malandrin les mena dans le sous-bois à deux reprises, pour éviter des patrouilles zhentilles. L'animosité ambiante était telle qu'ils se restaurèrent sans descendre de selle.

Kelemvor savait qu'Adon avait raison, comme très souvent ces temps derniers. Ils ne pouvaient se permettre de compromettre leur mission par des luttes intestines.

Minuit retournait dans sa tête des conclusions similaires. Mais Kelemvor avait délibérément envenimé les choses à Haute Corne. Cyric était mercenaire et ne songeait qu'à son intérêt. Mais le guerrier avait été pire dans le passé, avant de trouver la rédemption. Il serait injuste de refuser la même chance à leur ancien compagnon. Elle n'était pas disposée à renoncer.

Le crépuscule, enfin. Malandrin les conduisit jusqu'à une petite aire boisée, en retrait. La falaise, non loin de là, surplombait une partie de la vallée. Adon s'enfonça dans la forêt avec la Tablette, cherchant un peu de solitude. Malandrin le suivit pour chasser.

Restée seule avec le guerrier, Minuit partagea quelques biscuits, qu'il accepta en grognant.

— Adon a raison, dit-elle. Nous ne devons pas laisser nos sentiments mettre en danger notre mission.

Le guerrier s'enroula dans sa couverture. Vexée d'être rejetée de façon si cavalière, la jeune femme alla s'isoler au bord de la falaise.

Une vingtaine de minutes plus tard, le petit homme la fit sursauter ; elle ne l'avait pas entendu venir. Il lui offrit une poignée de mûres.

— Je vais monter la garde cette nuit, proposa-t-il, percevant un bruit sec de brindilles assez loin dans la forêt. Je ne peux pas dormir.

Elle hocha la tête. Elle avait vite remarqué l'insomnie du petit homme, sans doute liée à la disparition de son épée. Le petit homme avait systématiquement éludé le sujet à chacune de ses questions.

— As-tu aperçu Adon ? demanda-t-elle.

— Je ne comprends pas pourquoi Kel et toi acceptez des ordres de lui.

— Il est plus sage que nous, en ce moment, expliqua la jeune femme.

— C'est un imbécile.

Il y eut un autre craquement de brindille sèche, que Minuit entendit aussi.

Tandis que Malandrin s'éclipsait de nouveau dans les bois, elle resta assise, à méditer.

— Tes compagnons sont de plus en plus courts sur pattes, Minuit, ironisa une voix familière dans son dos.

Elle fit volte-face : le nez crochu caractéristique dépassait du capuchon rabattu du nouveau venu.

— Cyric !

Il sourit. Dans les bois, sa bande encerclait le petit campement. Espérant convaincre la magicienne de se joindre à sa cause de son plein gré, le voleur avait tenu à lui parler seul à seul, une dernière fois. Elle

99

remarqua que l'épée maléfique était en train de vibrer.

— Oui, tu n'espérais pas me semer si facilement ?
— Que fais-tu là ?
— Je suis venu te raisonner, expliqua-t-il, les bras croisés.
— Si Kelemvor te voit, il va...
— Laisse-le. Il est temps que nous ayons une petite explication tous les deux.

Au même instant, Kelemvor donna de la voix :
— Cyric ! Tu ne m'échapperas pas cette fois !

Il se précipita dans la nuit, épée au poing.
— Retiens-toi, Kel ! s'interposa Minuit. Il est venu parlementer !

Kelemvor chercha à contourner la jeune femme aux cheveux de jais. Le voleur se tenait parfaitement immobile, la main posée sur la garde de son arme.

Au-delà du camp s'éleva une clameur de surprise.
— Réveillez-vous ! s'écria Adon, qui accourait à toutes jambes. Nous sommes cernés !

Cyric dégaina son épée, qui parut émettre un grognement de plaisir et vira au rouge plus intense.

Ignorant l'avertissement tardif du prêtre, Minuit supplia les deux hommes :
— Kelemvor, Cyric, baissez vos armes !

Cette idée les fit ricaner. Adon armé de sa masse se rangea au côté de Kelemvor.
— Tu es stupide d'être venu ici, déclara-t-il au voleur. Mais tu ne vivras plus assez longtemps pour refaire la même erreur.
— Non ! s'interposa Minuit. Il est venu parlementer !
— Mensonges ! répliqua Adon, méprisant. Ses hommes camouflés dans les bois sont en train de nous encercler !

Cyric brandit son épée à la lame de sang.
— Si c'est là ce que vous voulez, mes amis, c'est ce que vous aurez ! Dalzhel ! cria-t-il.

Une douzaine d'ombres émergèrent de l'orée du

bois, à cent mètres du petit groupe. Kelemvor se retourna vers Cyric :

— Tu vas mourir avec nous, tu le sais.

— Personne ne va mourir cette nuit, déclara fermement la magicienne, avançant vers Kel.

Le guerrier renifla de mépris, l'écarta brutalement de son chemin. Il chargea, épée haute, suivi d'Adon.

Cyric esquiva la première attaque et se faufila derrière le guerrier. Mais le prêtre leva sa masse avec une force suffisante pour réduire en bouillie le crâne d'un géant.

L'épée courte dessina un éclair dans l'air et para le coup. L'impact se répercuta dans tout le corps du prêtre, qui recula, hébété. Cyric faucha les jambes d'Adon ; Kelemvor dévia l'estoc destiné au prêtre et porta une attaque à la tête du voleur. Cyric plongea, Kelemvor le suivit à terre, déterminé à lui trancher la gorge.

Minuit cria ; le combat l'avait prise au dépourvu. Les séides de Cyric accouraient. Avaient-ils tué Malandrin ?

Il lui fallait arrêter ces hommes coûte que coûte. Elle prit le risque d'invoquer un mur de flammes, à l'aide d'un peu de phosphore.

Cyric et Kelemvor croisaient toujours le fer ; les yeux du guerrier s'écarquillèrent de surprise, et le voleur s'apprêta à lui transpercer la poitrine. Kelemvor l'évita de peu, assenant un coup de pied dans l'estomac de Cyric, qui fut projeté à six pieds du rebord de la falaise.

Les acolytes du voleur n'étaient plus qu'à cinquante mètres. Des filaments de fumée se matérialisèrent devant les hommes qui chargeaient, ondulant dans la brise tels des épis de blé. Dalzhel et ses hommes ralentirent prudemment, ne sachant trop à quoi s'attendre. Adon et Cyric s'étaient remis sur pied ; le voleur, acculé à la falaise, cherchait une échappatoire. Kelemvor vit une étrange silhouette se profiler dans son dos... Un petit homme.

— Ton art du combat s'est nettement amélioré, observa le guerrier, cherchant à détourner l'attention de Cyric. Ou est-ce la nouvelle épée que tu manies ?

— Tu le sauras bien assez tôt.

Kelemvor fit signe à Adon : les deux hommes prirent le voleur en tenaille. Cyric entendit un bruit dans son dos.

Malandrin bondit. Un seul regard sur son épée perdue avait suffi à ranimer son désir et son courage.

Cyric bondit de côté, projetant le petit homme contre Adon. Il évita de peu un puissant revers de Kelemvor, mais pas un violent coup de pied en plein dans les côtes, qui le propulsa trois pas en arrière, souffle coupé, tordu en deux sur le bord de l'à-pic.

Un autre coup de pied jeta le voleur à terre. Un cri de rage et de douleur s'échappa des lèvres du jeune homme.

Dalzhel, de l'autre côté de l'écran de fumée, jura en entendant les cris de son chef : il plongea dans la fumée et, voyant qu'elle était inoffensive, fit signe aux autres de le suivre.

A l'approche des Zhentils, Kelemvor se prépara à porter le coup de grâce.

Minuit, d'un cri, lui ordonna d'arrêter.

Kelemvor cala la pointe de son épée sous la gorge du voleur terrassé.

Adon reprit sa précieuse sacoche, tandis que le petit homme disparaissait à nouveau dans les ombres.

— Si tu le tues, s'écria la magicienne, nous mourrons aussi !

— Nous ne mourrons pas seuls, répliqua le guerrier sans quitter l'autre des yeux.

— Personne n'a besoin de mourir ! hurla Adon, se tournant vers les Zhentils qui n'étaient plus qu'à trente mètres. Arrêtez ou Cyric est un homme mort ! leur lança-t-il.

Dalzhel suspendit sa marche :

— Mon seigneur ?

Pour la première fois, le voleur se risqua à bouger. Il dégagea lentement son épée coincée sous son corps :

— Attendez là.

— Qu'allons-nous faire à présent ? demanda le guerrier à Adon. Château-Zhentil a envoyé Cyric à nos trousses pour dérober la Tablette. Il ne renoncera jamais.

Cyric eut un rire amer :

— Tu te trompes. Ce ne sont plus mes maîtres. J'ai mes propres raisons pour vouloir la Tablette.

— Pour satisfaire ta soif de pouvoir ? coupa hargneusement Kel.

— J'ai vingt hommes : regroupons nos forces. Nous voulons tous ramener cette Tablette aux Plans.

— Tu nous égorgerais dans notre sommeil à la première occasion, répliqua Adon, sarcastique.

— As-tu le pouvoir de lire dans le cœur des hommes, Adon ? s'enquit Minuit. Es-tu un paladin pour savoir quand quelqu'un dit la vérité ? (Le prêtre ne répondit rien.) Alors comment sais-tu ce qu'il a l'intention de faire ? continua Minuit, soulagée que les choses évoluent vers une franche discussion.

Après un long silence, Kelemvor opposa une autre question aux interrogations de la jeune femme :

— Comment sais-tu, *toi*, ce qu'il a l'intention de faire ?

— Je n'en sais rien, admit-elle. Mais c'était notre ami. Il mérite notre confiance, jusqu'à preuve du contraire.

— C'est déjà fait ! s'exclama Kelemvor, railleur.

Une lueur dangereuse au fond des yeux, Malandrin revint muni d'une longue corde. Il en attacha une extrémité à un gros bloc de pierre, près du bord de la falaise.

Dalzhel surveilla attentivement son manège, prêt à intervenir au moindre signe.

— Que fais-tu ? demanda Minuit au petit homme.

— Je vais le retenir en otage pendant que vous descendrez au moyen de cette corde, répondit Malandrin. Vous serez loin tous les trois avant que ses soldats aient contourné la falaise.

— Et toi ? demanda Adon.

— Nous verrons..., répondit le petit homme, haussant les épaules.

En réalité, il tenait déjà son plan : tuer Cyric, récupérer son bien, se laisser tomber le long de la corde avant que les autres la coupent. C'était risqué, mais il n'avait pas le choix s'il voulait à la fois sauver ses amis et reprendre son arme.

Cyric fronça les sourcils devant l'ingéniosité de ce nouvel ennemi.

— Je sais reconnaître quand je suis battu, dit-il, espérant gagner du temps. Si vous me laissez aller, nous ne vous importunerons plus.

— Il ment ! vociféra le petit homme.

— Sans l'ombre d'un doute, renchérit Adon. Mais nous survivrons au moins à cette nuit.

— Je veux le tuer, intervint Kelemvor, pressant la pointe acérée de sa lame contre la gorge tendre. Ne peux-tu stopper ses hommes par la magie, Minuit ?

— Non ! s'exclama la magicienne aux cheveux de jais. Je refuse d'essayer !

— Alors tu vas vivre, Cyric..., soupira Kel, frustré. Pour encore un moment. Lève-toi.

Cyric se releva avec précaution, sachant que l'autre pouvait encore le tuer d'une simple flexion de poignet.

— Vos ordres, mon seigneur ? cria Dalzhel.

— Dis-lui de descendre au pied de la falaise, ordonna Kelemvor à son prisonnier, sans le quitter un seul instant des yeux.

Cyric hésita :

— Comment saurais-je si tu vas tenir ta promesse ?

— Ma parole vaut plus que la tienne ! cracha le

guerrier. Et tu le sais ! Quand je serai parti, tu pourras descendre le long de la corde. Dis-le-leur !

Cyric hésita un long moment : Kelemvor tiendrait parole, il n'en doutait pas une seconde. Mais après avoir été si près du but, comment supporter de les voir à nouveau lui échapper !

Kelemvor imprima une infime flexion à son poignet : une goutte de sang perla.

— Je ne sais combien de temps je pourrai encore résister à la tentation, souffla-t-il. Renvoie-les.

Cyric était fait comme un rat, et il le savait.

— Fais ce qu'il dit, Dalzhel, ordonna-t-il.

Le lieutenant s'exécuta, lançant un dernier défi à Kelemvor :

— Si vous ne le relâchez pas sain et sauf, nous reviendrons.

Adon se rendit à l'orée de la forêt quelques instants plus tard, puis revint :

— Je pense qu'ils sont partis.

— Bien, dit Malandrin. Tuons-le maintenant.

— Je ne manquerai pas à ma parole, s'indigna Kelemvor. Si jamais je vois...

— Tu n'en auras pas l'occasion ! brailla Cyric.

Il bondit vers le rocher et s'entoura la cuisse et l'épaule de la corde, sans rengainer sa lame. Puis il entreprit la descente d'une seule main.

— Ne me fais pas regretter de t'avoir sauvé ! lui lança Minuit.

Le petit homme se sentit submergé par une vague de désespoir ; il bondit à la suite de Cyric. Le temps que ses compagnons, stupéfaits, réagissent et se penchent au-dessus de l'abîme, Malandrin n'était plus qu'une ombre mouvante.

Cyric, surpris par la secousse, crut d'abord que le guerrier venait de couper la corde. Levant la tête, il vit l'autre arriver sur lui.

— Je veux mon épée ! hurla Malandrin.

— Viens la chercher !

Un instant plus tard, le petit homme l'avait rattrapé. Cyric bloqua l'attaque, envoyant la dague tournoyer dans la nuit. Cela ne découragea pas le petit homme, qui se laissa choir sur les épaules du voleur, s'agrippant d'une main et empoignant l'épée tant convoitée de l'autre.

Cyric se dégagea d'une secousse et pointa sa lame sur la gorge de l'agresseur.

— Tu es fou ! s'écria-t-il, sidéré.

Le petit homme était à son entière merci.

— Rends-moi mon épée, supplia-t-il.

Cyric comprit la raison de cette attaque suicidaire ; il eut un cruel sourire.

— Tu ne cesseras jamais de me pourchasser, tant que je l'aurai, n'est-ce pas ?

Le petit homme se rendit compte que mentir ne lui servirait à rien.

— Tu n'aurais pas dû la prendre, répondit-il, faisant une faible tentative pour agripper de nouveau l'arme ensorcelée.

— Oh si !

Et il égorgea Malandrin.

Du haut de la falaise, les trois compagnons n'entendirent pas les gargouillements du malheureux ; ils virent une silhouette indistincte basculer sans un cri dans l'abîme.

Choqués, les trois amis mirent un moment à réaliser que le petit homme était mort. Quand le voleur reprit sa descente, Minuit tenta d'appeler Malandrin. Un hoquet étranglé s'échappa de ses lèvres.

— Cyric ! vociféra Kelemvor.

Le voleur releva la tête : on coupait la corde. Il s'y était préparé et s'accrocha instantanément à une saillie rocheuse de la paroi.

— Nous ferions mieux de vider les lieux sans attendre, murmura Adon. Cyric est vivant... Et il ne tiendra jamais parole.

CHAPITRE VII
TOUT LÀ-HAUT

L'après-midi s'était écoulé sans que la tâche soit accomplie. Dans le corps de garde de la forteresse Haute Corne, une douzaine de soldats s'escrimaient à hisser Bhaal et sa prison d'ambre au-dessus du sol. Les maçons avaient coulé des supports de mortier afin d'adosser le divin trophée contre un mur.

A la lumière mourante du crépuscule, le seigneur commandant Kae Deverell faisait les cent pas dans la cour, un parchemin fripé au poing. La crête du Dragon Pourpre, sceau royal d'Azoun IV, pendait encore du cachet de cire rompu. Deverell grognait dans sa barbe.

Sa Seigneurie le haut maréchal et duc Bhereu arrive à Haute Corne pour enquêter sur l'ivrognerie et le relâchement de la discipline. En ces temps de crise, de tels comportements sont à proscrire. Ses recommandations seront mes désirs. Beau temps chez vous. Son Altesse Royale, Roi Azoun IV.

— Ivrognerie et relâchement de la discipline ! On va voir ce qu'on va voir !

Le seigneur commandant avait sa petite idée pour donner le change au haut maréchal. Voilà pourquoi on

107

s'efforçait de dresser contre le mur la lourde plaque d'ambre : le haut maréchal en entrant aurait à regarder Bhaal droit dans les yeux, et serait forcé de poser des questions. Bhereu serait contraint d'admettre que le commandant de Haute Corne avait la situation bien en main. Après tout, les lâches et les ivrognes ne captureraient pas des dieux.

Le vent était glacial, des nuages filaient sur eux ; la nuit s'annonçait mauvaise. Deverell donna quand même l'ordre de poursuivre l'opération.

Le seigneur commandant partit, sans se soucier du ressentiment des hommes, ni remarquer le petit poing de l'avatar, seule partie de son corps que la matière solidifiée n'avait pas immobilisée.

Pell Beresford, capitaine de la garde nocturne, redoutait la créature démoniaque qui avait coûté la vie à tant d'hommes de valeur.

Il n'avait encore jamais vu Deverell sobre et lucide au petit déjeuner. D'avoir entendu proposer son poste à un petit homme avait été la goutte d'eau excédentaire.

Aussi avait-il dépêché un messager à Suzail pour protester par voie officielle. Il ne s'attendait pas à ce qu'un haut maréchal soit détaché sur les lieux. Mais ce n'était pas la première plainte contre Deverell, et il le savait.

Toutefois, Pell était trop bon officier pour désobéir à un ordre direct. Hors de la présence de Deverell, l'opération fut achevée l'heure suivante.

Beresford passa le reste de la nuit à effectuer scrupuleusement ses rondes et à vérifier la solidité des attaches malgré les assauts des vents nocturnes. Il posta deux hommes supplémentaires.

Ceux-ci ne remarquèrent pas le manège de l'avatar qui utilisait sa main libre pour effilocher la corde à portée de ses doigts. Quand des traînées de lumière grisâtre se profilèrent à l'horizon, seul un fil retenait encore la prison de Bhaal au-dessus du sol.

Pell savourait l'heure sereine et privilégiée du petit matin, quand un craquement sinistre rompit le calme. Il se tourna vers un page :

— Va réveiller le seigneur Deverell et l'informer que son trophée s'est cassé la figure.

Mais c'était bien pis que cela : la châsse d'ambre gisait à terre, brisée et vide. Les deux sentinelles avaient la gorge tranchée, le pavé luisait de sang frais.

L'avatar du dieu s'était volatilisé.

— Qu'on sonne l'alarme. Qu'on réveille tous les hommes...

Le page revint à toutes jambes :

— Bhaal est dans les appartements du seigneur Deverell !

Tous s'élancèrent vers la tour de garde. Ils grimpèrent en moins d'une minute. Pell fit voler la porte en éclats : les soldats, hallebardes pointées, entouraient un corps inerte, au crâne tatoué... Le prisonnier d'ambre ! Le feu ne brûlait plus au fond de son regard sans vie. Son âme s'était envolée.

— Qui l'a tué ? interrogea le capitaine.

— Personne, répondit le page. C'est ainsi que nous l'avons trouvé.

— Où est le seigneur Deverell ?

*
* *

Kelemvor avançait pas à pas, menant son poney par la bride.

Deux jours après la mort tragique de Malandrin, les aventuriers s'étaient heurtés à un rideau noir au-delà duquel on ne voyait plus rien. Adon avait vu l'embout d'un bâton disparaître dans l'étrange substance opaque d'origine inconnue.

Ils avaient décidé de ne pas s'y risquer, d'emprunter

une sente au sud du canyon pour traverser la chaîne montagneuse. La piste était périlleuse, imprévisible sous le pied ; le ciel bleu se découpait au loin, entre deux pics enneigés.

Un vent glacé fouettait la face du guerrier et rendait sa respiration douloureuse. Les grimpeurs devaient garder des distances conséquentes, pour éviter les éboulis de pierres. L'écran noir restait visible en contrebas, sur leur gauche.

A leur droite, s'étendaient les plaines de Tun, avec Cyric et ses Zhentils. Mais ce qui aurait surpris le guerrier, c'était la présence de quarante Petites Gens, à l'embouchure du canyon. A soixante lieues de la Forteresse Noire, un de leurs éclaireurs était tombé sur la piste de Cyric ; les guerriers des Chênes Noirs avaient bifurqué au nord. Le corps déchiqueté de Malandrin, dans un ravin, leur avait confirmé qu'ils étaient sur la bonne voie.

De petites fleurs blanches poussaient en grappes sur les roches couleur rouille. Des lichens au vert délicat les accompagnaient. Nul autre végétal n'eût survécu sous un climat si rigoureux. Cette terre désolée faisait naître un sentiment de solitude.

— Allez, Adon ! encouragea Kel. On atteindra ce sommet tôt ou tard !

— Tard ! fut la réponse, nerveuse et lasse.

Kelemvor reprit sa lente ascension. L'ennemi principal, c'était le vent glacé.

Avec la mort de Malandrin, et le différend entre Minuit et lui, le guerrier se sentait redevenir un mercenaire. Sa colère contre sa maîtresse restait entière. Deux fois, il avait eu le voleur à sa merci ; deux fois, Minuit lui avait sauvé la vie. Pourquoi s'aveuglait-elle tant ?

Son amour pour elle ne faisait qu'aggraver les choses. Il se sentait trahi, même s'il savait que seule une amitié liait la magicienne au voleur. Cette conviction ne suffisait pas à le réconforter.

Il avait voulu s'expliquer une centaine de fois - en pure perte : Minuit n'avait pas vu Cyric l'espion passer d'un camp à l'autre durant l'affaire Knightsbridge, à Arabel, et il n'avait aucune idée du machiavélisme du jeune homme. La naïve magicienne prêtait une noble nature au traître, qui n'attendait qu'une occasion, selon elle, pour voler à leur aide.

— J'espère que c'est le sommet ! s'exclama Adon. Je n'ai plus d'énergie pour continuer.

— Peut-être aurais-tu préféré tenter ta chance avec le rideau noir ? railla Kel.

Adon fit une pause, envisageant sérieusement cette éventualité.

Ils parvinrent au sommet... La piste redescendait de l'autre côté du col. Elle aboutissait sur une corniche escarpée, courant sur une quinzaine de lieues jusqu'à une petite chaîne montagneuse aux arêtes accusées. Au faîte de la corniche, la piste se divisait en deux : l'embranchement le plus usité, à gauche, menait à une cuvette verdoyante, et se perdait dans un canyon très boisé, à l'horizon. L'autre descendait le long de la paroi, jusqu'aux rives d'un lac de montagne. De là, une piste suivait le cours d'un fleuve jusqu'à une vallée aux flancs abrupts, au nord-ouest.

Le guerrier buvait la beauté du paysage, sa mélancolie oubliée.

— Nous y sommes ! brailla-t-il, heureux.

Adon le rejoignit et, à son tour, puisa dans la majesté du spectacle une nouvelle énergie. Kelemvor se tourna en direction de leur compagne et demanda :

— Comment va-t-elle ?

Adon redevint morose :

— Elle continue à penser à Malandrin.

Kelemvor lui tendit les rênes de son poney, mais Adon les refusa d'un geste rapide.

— Elle est exténuée ! objecta le guerrier. Et je suis assez fort pour la porter.

— Elle ne veut pas qu'on l'aide, répliqua Adon, qui

lui avait fait la même proposition deux heures plus tôt.

La magicienne avait menacé de le transformer en corbeau.

— Laisse-la parvenir jusqu'ici par ses propres moyens, reprit Adon. Ce n'est pas le moment de laisser entendre qu'elle ne tient pas sur ses jambes.

Kelemvor n'était pas d'accord :

— Il y a cinq minutes, j'aurais donné mon épée pour que quelqu'un me porte. Je ne crois pas qu'elle se fâcherait.

Le prêtre secoua la tête :

— Minuit a sauvé Cyric, Cyric a tué Malandrin. A la place de Minuit, ne te sentirais-tu pas un peu responsable ?

— Elle nous a accusés de ce meurtre. Cyric était venu parlementer, et nous l'avons attaqué. (Il plissa le front.) Tu ne vas pas être d'accord avec elle ?

— On a bel et bien attaqué les premiers.

— Se pourrait-il, répondit Kel, que nous nous trompions sur le compte de Cyric ?

— Ses hommes encerclaient notre camp, dit Adon, haussant les épaules : il n'était sûrement pas venu avec des intentions amicales.

Kelemvor hocha la tête.

— Que ressent Minuit, à ton avis ? Depuis la mort de Malandrin, c'est à peine si tu lui adresses la parole. Ne crois-tu pas qu'elle se sent plus mal encore que nous deux ?

— Probablement, marmonna le guerrier, tête basse.

Minuit semblait toujours si maîtresse d'elle-même, qu'il ne lui était pas venu à l'esprit qu'elle pût endurer les mêmes affres que lui.

— Minuit se reproche sûrement la fin tragique de Malandrin, même si elle affirme le contraire, poursuivit Adon.

— Très bien, conclut Kelemvor. Alors, ne retournons pas le couteau dans la plaie. La vie était tellement plus simple quand la malédiction de mes pères m'interdisait l'altruisme ! J'avais au moins une excuse. (Il sentait la rage monter.) Et voilà que je n'ai pas changé d'un iota ! Je suis toujours maudit !

— Sûr, opina Adon. Ni plus ni moins qu'un autre.

— Raison de plus pour la porter sur les mètres qui restent : je pourrai m'excuser.

Adon se demanda si le guerrier l'avait écouté :

— Pas encore. Minuit a déjà l'impression d'être un fardeau ; inutile d'en remettre. Assieds-toi et attends-la.

Kelemvor obtempéra. Le prêtre alla prendre une carte dans sa musette.

Le guerrier réfléchit aux changements qui s'étaient opérés chez son ami : Adon avait recouvré son assurance, mais tempérée par une compassion qui lui avait fait défaut avant Tantras.

— Tu me surprends, Adon, observa-t-il. Je ne te connaissais pas cette finesse en matière de cœur.

Adon releva la tête de sa carte :

— Je suis aussi surpris que toi.

— Sunie est peut-être plus proche que tu ne le crois, suggéra le guerrier aux yeux verts.

Le jeune homme eut un sourire triste :

— J'en doute. (Il prit un air rêveur, lointain, avant de se ressaisir.) Mais merci tout de même.

Embarrassé par la sentimentalité inhabituelle de l'instant, Kel reporta ses regards sur Minuit. Le guerrier se surprit à admirer la grâce de sa compagne, reflet de sa force intérieure.

— Survivra-t-elle à tout ceci ? interrogea-t-il, envahi par l'inquiétude.

— Oui, répondit Adon, serein. Elle est aussi capable que toi ou moi.

— Ce n'est pas ce que je voulais dire. Nous ne sommes que deux guerriers placés au mauvais endroit au mauvais moment. Elle est plus que cela. (Il se remémora l'amulette de Mystra.) Je ne sais comment dire, mais... la magie serait-elle une source d'énergie inépuisable pour elle ?

Adon, songeur, baissa la carte :

— Je ne suis pas versé dans les arts occultes, et cela ne servirait à rien de toute façon. Ses pouvoirs augmentent, sans le moindre doute. Cela ne peut que la changer !

Minuit releva la tête à cet instant ; Kelemvor, éprouva une vague de tendresse le parcourir :

— Je ne supporterais pas de la perdre. J'ai mis longtemps à la retrouver !

— Prudence, mon ami, conseilla Adon. Ce sera à elle d'en décider.

Le vent retomba d'un coup. Des nuages gris obscurcissaient les cieux. La magicienne n'était plus qu'à deux cents mètres.

Adon mit la carte sous les yeux de son compagnon.

— Regarde : le plus court chemin vers Borcolline passe par le canyon ouest. Une descente sur le fleuve Allonge serait plus rapide encore. Qu'en penses-tu ?

— Après la descente du fleuve Ashaba, j'aurais cru que tu en avais ta claque, remarqua le guerrier sans jeter le moindre coup d'œil à la carte.

— Cela nous économiserait une semaine, répliqua le prêtre, grimaçant à ces mauvais souvenirs.

Kelemvor secoua la tête : si Adon s'y entendait mieux en relations humaines, ses dons stratégiques le disputaient plus que jamais à ceux du baudet.

— Aucun rafiot ne tiendra le choc dans les rapides de ce canyon, Adon. Même si on ne périssait pas noyés, on serait tués dans les chutes.

Adon scruta le canyon dans le lointain.

— Je vois.

Cinq minutes plus tard, le ciel était devenu d'un noir d'encre. La jeune femme gravit les derniers mètres avec un soupir de soulagement.

Le guerrier ne put réfréner son enthousiasme :

— Tu es là !

— Je crois, dit-elle, ironique, jetant un regard circulaire.

Elle ne partageait pas son enchantement, toujours courroucée, sans plus trop savoir pourquoi.

Une pluie noirâtre et glaciale se mit à tomber, irritant la peau. Une longue plainte s'éleva, alors qu'il n'y avait plus le moindre souffle d'air. Ils ne s'inquiétèrent pas outre mesure de ces curieux phénomènes.

— Je suggère que nous poursuivions notre route avant que la pluie nous ronge la peau ! s'exclama Minuit.

La rudesse de leur amie déconcerta les deux hommes, qui s'employèrent à la suivre.

— Combien de temps encore avant qu'on se réconcilie ? murmura Kelemvor.

Après deux jours d'ascension, il ne leur fallut qu'une demi-journée pour descendre le versant opposé. Trempés et irrités par la pluie noirâtre, ils atteignirent la corniche séparant le lac et le canyon boisé un peu avant la tombée du jour. Ils trouvèrent une petite grotte où s'abriter et passer la nuit.

Minuit consacra son tour de veille à s'interroger sur les raisons de l'échec de son dernier charme. Quoi qu'il en soit, la nature de ses liens avec la texture de magie élémentaire s'était définitivement altérée.

Sinon, l'incantation, correcte ou non, ne se serait jamais imposée à elle.

Elle ne cessait de revivre la dernière rencontre avec Cyric. La mort de Malandrin l'avait convaincue de la justesse du raisonnement du voleur : sa présence mettait en danger la vie de ses amis. A cause de Cyric, des Zhentils et de Bhaal.

Une heure avant l'aube, elle jugea pouvoir s'éclipser sans mettre ses compagnons en danger. Elle attacha la Tablette à sa monture et fit silencieusement ses adieux avant de mener les trois poneys par la bride. Elle relâcherait les deux bêtes supplémentaires une fois quelle serait loin.

CHAPITRE VIII

TRAVERSÉE DANGEREUSE

Minuit s'agenouilla près d'un arbre à l'écorce noueuse. Au-delà de la prairie se dressaient les pics rosés des Montagnes du Couchant, où elle avait abandonné ses amis quatre jours plus tôt.

Une piste, bien entretenue, menait du promontoire surplombant le fleuve Allonge à un petit relais, construit sur un encaissement.

Deux sentinelles zhentilles gisaient mortes, des lances courtes saillant de leur poitrine. Une trentaine de Petites Gens, percés de flèches noires, étaient étendus dans la clairière. Une poignée de petits guerriers avait atteint le bâtiment et attaqué ses occupants. Des taches de sang maculaient les murs.

Le cœur lourd, la jeune femme comprit qu'elle était tombée sur les hommes du village des Chênes Noirs.

Ne dormant que quatre heures par nuit, les petits hommes s'étaient dirigés droit sur Serpent-Jaune, et avaient rattrapé leur proie la veille au soir. L'expédition punitive avait surpris les sentinelles à l'aube, d'une volée vicieuse de woomeras. N'écoutant que leur rage guerrière, les petits hommes téméraires s'étaient lancés à l'assaut du relais. Les Zhentils, bien entraînés, avaient aussitôt riposté. La plupart des petits guerriers étaient tombés sous la pluie de flèches meurtrières avant d'atteindre la bâtisse.

Minuit sentit la colère l'envahir : plus de trente morts, et qu'avaient-ils accompli ? Les survivants ne feraient plus grand mal à leur ennemi ! Abandonner des Petites Gens entre des mains impitoyables était plus que ce qu'elle pouvait supporter.

Il y avait plus : l'attaque démente de Malandrin lui avait prouvé que la bande de Cyric était celle qui avait rasé le village des Petites Gens. La présence du voleur en ces lieux prouverait qu'il violait sa promesse de ne plus les pister. Il lui fallait en avoir le cœur net.

Elle revint vers son poney, attaché à un arbre. Elle pensait à lui comme à un être humain, tant elle se languissait de Kelemvor et d'Adon. Elle regrettait de les avoir quittés en mauvais termes. Mais ce qui était fait était fait. Mieux valait les chasser de ses pensées pour l'instant.

L'attention exagérée qu'elle portait aux humeurs de sa monture l'avait sauvée à deux reprises. D'abord d'une patrouille de gobelins, puis d'une escouade de Zhentils, escortant une statue haute de trois mètres : un golem ! Les golems de pierre étaient pratiquement invulnérables à la magie. La jeune femme avait pris la fuite sans demander son reste.

Elle revint à pas de loup à son poste d'observation, sacoche en bandoulière. Nulle trace de vie dans le relais. La pluie reprit, froide et malodorante. Elle cherchait des yeux une quelconque sentinelle, quand lui parvinrent des rires de gorge derrière le bâtiment ; une voix haut perchée implora :

— Pas encore, par pitié... Aaaagggh !

Elle contourna la bâtisse avec mille précautions, dissimulée dans les broussailles. Un hurlement strident retentit à nouveau, puis plus rien. Le mauvais crachin se mua en pluie battante. Minuit s'immobilisa à l'orée de la clairière, à une trentaine de mètres du relais, avec une vue dégagée entre ce dernier et le fleuve.

Immergés à mi-poitrine, quatre Zhentils maintenaient contre le courant un rondin long de trois mètres, creusé en son milieu. Dans cette profonde cannelure reposait la jointure de deux longues perches, attachées à angle droit. Ils avaient ligoté un petit homme à l'extrémité de chacune des perches, lui laissant les bras libres pour qu'il puisse nager.

Le diabolique résultat de ce mécanisme était qu'un prisonnier ne pouvait pas nager sans plonger sous l'eau son compagnon d'infortune, à l'autre bout du balancier. Deux malheureux gisaient déjà sur la berge, l'un noyé, l'autre toussant faiblement.

Les bandits s'esclaffaient, prenant les paris sur qui survivrait. Un autre se tenait à l'écart, visiblement peu intéressé par ce jeu cruel : carrure imposante, cheveux noirs nattés, barbe drue, cotte de mailles scintillante.

Une silhouette en cape alla le rejoindre. Minuit la reconnut instantanément.

— Allons, Dalzhel ! lança Cyric. Viens te distraire un peu !

— On perd du temps.

— Billevesées ! Les hommes s'amusent !

— Et la femme ? Nous devrions être à sa recherche.

— Pas besoin, répondit le jeune homme, sûr de son fait. A Borcolline, les espions l'ont aperçue, seule. (Il sourit.) Elle vient par ici.

Les Zhentils poussèrent des cris : un prisonnier avait refait surface, plongeant l'autre sous l'eau.

— Un autre plan, mon seigneur ? demanda Dalzhel, ignorant les acclamations des hommes.

Cyric rit, observant les petits hommes qui se débattaient.

— Elle va se jeter dans nos bras, dit-il.

Minuit frissonna ; elle avait manqué de peu tomber dans le panneau, en effet.

— Même si elle sait où nous trouver, avança le lieutenant, dubitatif, je doute qu'elle vous fasse encore confiance après le massacre des Petites Gens.

— Me faire confiance ? pouffa le voleur. Voilà qui m'étonnerait bien ! Je ne joue plus à ce jeu-là avec elle !

— Alors pourquoi viendrait-elle à nous ? demanda le soldat, dérouté.

Cyric rit de plus belle, désignant le fleuve :

— Le gué, expliqua-t-il. C'est le seul à soixante lieues à la ronde. Elle n'a pas le choix.

L'embarras se dessina sur les traits de Dalzhel :

— Bien sûr, mon seigneur. Nous allons lui tendre une embuscade.

— Sans Kelemvor pour la défendre, elle va se retrouver ligotée et bâillonnée avant d'avoir dit ouf !

Minuit sentit le sang se glacer dans ses veines. Cyric était un traître. Plus besoin d'autres preuves. Elle se jura de lui faire payer.

La pluie fétide se mua en grêle. La longue plainte inquiétante reprit. Pas le moindre souffle de vent, pourtant.

Cyric et Dalzhel en furent plus affectés : la dernière fois que cette plainte s'était fait entendre, des hommes de valeur étaient morts.

— Je vais inspecter les sentinelles, dit Dalzhel.

Minuit eut la chair de poule. Que personne n'ait détecté sa présence prouvait que quelque chose clochait.

— Je vais en finir avec les captifs, maugréa Cyric, repartant vers le fleuve.

Les Zhentils ne prêtaient plus attention à leurs prisonniers, se souvenant de ce qui était arrivé la dernière fois que la lamentation avait retenti. Ils jetèrent des regards nerveux autour d'eux, main sur leurs armes, comme s'ils s'attendaient à voir surgir Bhaal d'un instant à l'autre.

Pour libérer les malheureux petits prisonniers,

Minuit devait s'en remettre à la magie, qui devrait dénouer les liens.

A son étonnement, *toutes* les cordes se délièrent. Les deux petits hommes, libérés, flottèrent sur l'eau. Les cordes nagèrent en direction de la rive, tels des serpents de mer. Des cris de surprise et de colère éclatèrent. Cyric cria de mettre immédiatement à mort les captifs.

Tous s'élancèrent à la poursuite des fuyards, qui, épuisés, avaient du mal à maintenir la tête hors de l'eau. Les courants étaient rapides ; il n'était pas impossible qu'ils s'échappent. Furieux, Cyric pénétra dans le fleuve à son tour, brandissant son épée rougeoyante.

L'un des soldats désigna les cordes :

— Elles ont l'air de mener quelque part !

Minuit recula ; le bruissement de feuilles n'aurait pas attiré l'attention si les cordes, en venant vers elle, n'avaient pas déjà focalisé les regards sur sa position.

— Il y a quelqu'un caché là !

Minuit se leva, prête à fuir à toutes jambes.

— Minuit ! s'écria Cyric. Te voilà enfin !

Il tira à lui un des petits hommes à la dérive.

— Oui, gronda-t-elle. (Elle décida de ne pas s'enfuir, de gagner du temps.) Et je sais désormais qui tu es.

— Ah oui ?

Haussant les épaules, il tira machinalement le petit homme et lui trancha la gorge.

— Monstre ! hurla Minuit, sidérée. Tu le paieras !

Cyric rejeta le corps inerte à l'eau, continuant d'avancer. Il fit signe à ses hommes de rester où ils étaient.

— Nous étions des amis, tu te souviens ?

— C'est du passé !

Elle voulut le tuer, et l'incantation idoine lui vint aussitôt à l'esprit.

— Tu m'as trahie, Cyric, tu nous as tous trahis, et

par la peau bleue d'Aurile...

— Attention à qui tu invoques, conseilla Cyric, abordant la berge. La Déesse des Glaces fait davantage partie de ma confession que...

Ses yeux s'écarquillèrent soudain de terreur, les lèvres arrondies sur un cri.

Minuit hésita - elle percevait une présence derrière elle... Une poigne de fer s'abattit sur elle et la bâillonna, un bras d'acier se glissa autour de sa taille ; tout son être se révolta.

L'agresseur la souleva de terre et disparut.

*
* *

A la nuit tombée, le ciel se coloria de mille teintes différentes, comme si les cieux se paraient de gemmes. Ces lueurs jetaient une beauté macabre sur le paysage. Mais Kelemvor eût été plus heureux avec la lune et les étoiles d'antan.

Adon, lui, s'absorbait dans la contemplation des flammes de leur feu de camp, près du fleuve Allonge. Il s'était replié sur lui-même, s'abîmant dans les circonvolutions de la méditation.

— Toujours rien, Adon ? le questionna son compagnon aux yeux verts.

L'interruption brisa sa transe : le prêtre réintégra Féerune, la tête lourde, les doigts enfoncés dans la boue gelée.

Depuis le crépuscule, il n'avait ni mangé, ni bu, ni remué d'un cil. Son dos lui faisait mal, ses jambes étaient engourdies, ses yeux le brûlaient. Irrité, il lança :

— Combien de temps cela fait-il ?

— La moitié de la nuit, peut-être plus, marmonna le guerrier, doutant de la sagesse de l'avoir interrompu. J'ai rassemblé du bois une douzaine de fois.

Il n'ajouta pas qu'on les observait. La surprise d'Adon donnerait l'alerte à l'inconnu.

Adon s'étira, laissant son irritation s'estomper avec la raideur de ses muscles. Il ne pouvait en vouloir à Kel de son impatience.

— Je n'ai rien découvert. Sunie ne m'entend pas... Ou refuse de me répondre.

Cela ne surprenait pas le jeune prêtre défiguré, ni ne le décevait. C'était l'idée de Kelemvor. Il s'y était prêté, n'ayant rien à perdre.

Le guerrier fut déçu.

— Alors, Minuit est perdue, dit-il tristement.

Adon posa une main réconfortante sur l'épaule de son ami :

— Nous la retrouverons.

— Cela fait quatre nuits qu'elle nous a quittés. Nous ne la rattraperons jamais.

Minuit avait chevauché plein nord, vers l'embouchure du fleuve Allonge. Là où elle n'avait mis que quelques heures à cheval, il avait fallu un jour aux deux hommes pour gagner la petite clairière, où paissaient leurs montures. Elle avait un jour et demi d'avance sur eux.

Kelemvor avait également repéré les empreintes d'une douzaine de cavaliers. Cyric et ses Zhentils sans l'ombre d'un doute.

Adon n'avait pas la plus petite idée de ce qu'ils pouvaient faire ; Kel n'était plus en état de prendre la moindre décision. Il se releva et déroula la carte de Deverell pour réfléchir. Il finit par désigner un point en aval :

— Allons à Borcolline ; Minuit y trouvera une solide monture, et nous de même.

Kelemvor, main sur la garde de son épée, lui fit signe de se taire : à cinquante pas de là, venue du fleuve, approchait une femme.

— Est-ce toi, Minuit ? appela le prêtre qui avait

suivi le regard de son compagnon.

— Non pas, répondit une voix mélodieuse et douce. Puis-je me joindre à vous ?

Les yeux d'Adon n'étaient plus accoutumés à l'obscurité ; il répondit pourtant le premier :

— Soyez la bienvenue.

La mystérieuse inconnue leur apparut à la lueur des flammes : aussi grande que Kelemvor, des cheveux d'un brun soyeux, des yeux d'un marron profond. Sa peau blanche se teintait de mille chaudes nuances sous les éclats célestes, accentuant sa beauté et y ajoutant un je-ne-sais-quoi d'éthéré. Son visage allongé, à l'ovale pur, détonnait un peu sur un corps aux courbes somptueuses. Tranchant avec sa beauté raffinée, elle portait les rudes vêtements des êtres habitués à la vie au grand air.

Adon fut envahi d'une impossible espérance :

— Sunie ? demanda-t-il d'une petite voix.

— Vous me flattez, dit-elle, rougissante. Si seule la Déesse de la Beauté est la bienvenue dans votre camp...

— N'en prenez pas ombrage, intervint Kelemvor. Nous n'attendions personne, surtout pas... heu... une belle femme.

— Une belle femme, répéta-t-elle d'une voix distante. Le pensez-vous vraiment ?

— Certainement, répondit Adon, avec une révérence. Adon de... Juste Adon, et Kelemvor Lyonsbane, pour vous servir.

— Javia de Chauntea, à votre service, répondit-elle, sur une autre révérence.

Chauntea, la Grande Mère... L'inconnue était une druidesse, ce qui expliquait sa présence en ces régions reculées.

— J'ai observé votre prière de feu, expliqua Javia. Est-ce Sunie que vous imploriez ?

— Oui, répondit Adon, lugubre.

A la lueur de l'âtre, Javia découvrit la balafre qui

défigurait le jeune homme. Ses yeux s'emplirent de compassion.

Adon se tourna de côté pour dissimuler sa cicatrice. Elle rougit, et sourit timidement :

— Pardonnez-moi. Je rencontre rarement des voyageurs, et j'en oublie les bonnes manières.

— Que faites-vous par ici ? s'enquit le guerrier.

— J'interromps peut-être quelque chose, avança Javia, percevant la méfiance de son interlocuteur.

— Pas du tout, Javia, protesta Adon, la guidant par la main jusqu'à un rondin. Prenez place, je vous en prie.

— Oui, renchérit Kel, maussade. De toute manière les prières ne servent à rien.

— Ne dites pas cela ! s'exclama la druidesse.

— Je ne voulais pas..., s'excusa Kelemvor, pris de court par sa réaction véhémente. (Il décida de dire la vérité :) Dans notre cas, c'est hélas vrai. Toutes les prières du monde n'ont pas délivré Adon de cette balafre, alors qu'il l'a reçue au service de Sunie.

— Sûrement pas au service de Sunie, objecta-t-elle d'un ton de reproche. Ce n'est pas une déesse guerrière !

— Vous pensez que c'est la raison pour laquelle la Maîtresse me laisse souffrir ? demanda Adon bouleversé. Parce que j'ai combattu pour une mauvaise cause ?

— Votre cause a pu être tout à fait juste, reprit Javia adoucie. Mais attendre qu'une déesse se soucie d'un adorateur...

Adon sentit la colère l'envahir :

— Et de qui se soucie-t-elle, alors ?

Javia parut décontenancée par cette question ; elle ne se l'était sans doute jamais posée :

— D'elle-même, bien entendu.

— D'elle-même ! répéta le prêtre, indigné.

— Oui. Sunie, ne peut se préoccuper du bien-être de ses fidèles. Toutes ses pensées vont à la beauté.

Penser à la laideur, ne serait-ce qu'une fraction de seconde, apporterait de la laideur à son âme. Et alors nous n'aurions plus d'idéal - toute beauté aurait une part de laideur.

— Dis-moi, s'insurgea le prêtre, courroucé, que représentent les adorateurs aux yeux des dieux ?

Kelemvor soupira ; beaucoup de choses valaient la peine qu'on en discute, mais la religion n'en faisait pas partie.

Javia contempla son interlocuteur un long moment, avant de reprendre la parole, d'une voix douce :

— Nous sommes comme de l'or.

— Comme de l'or, répéta Adon, percevant un sens caché sous la surface des mots. Comme des piécettes dans une bourse divine ?

— Quelque chose comme ça. Nous sommes l'aune à laquelle les dieux mesurent...

— L'étendue de leur pouvoir, l'interrompit-il. Dis-moi, à quel jeu mesurent-ils leurs forces en ce moment ? Cela vaut-il l'anéantissement de notre univers ?

Javia leva les yeux vers un ciel bouleversé, étincelant ; elle parut indifférente à l'indignation de son confrère :

— Je crains que cela n'ait rien d'un jeu. Les dieux se battent pour reprendre le contrôle des Royaumes et des Plans.

— En ce cas, j'aimerais qu'ils choisissent un autre champ de bataille, rétorqua Kelemvor avec véhémence, désignant les cieux d'un index accusateur. On ne veut pas s'en mêler.

— Nous n'avons pas notre mot à dire, rétorqua-t-elle sèchement, pointant un doigt vers le guerrier, comme si elle sermonnait un petit enfant.

— Comment peux-tu les défendre ainsi ? s'étonna le prêtre. Pourquoi tant de dévouement ? Nous ne représentons rien pour eux !

Même s'il était en parfait désaccord avec la druidesse, Adon était heureux de son arrivée. Malgré leur discussion passionnée, il se sentait en paix pour la première fois depuis longtemps. L'opposition tranchée et sans nuance de Javia lui prouvait qu'il avait eu raison d'abandonner Sunie. Se dévouer corps et âme à une déesse qui n'avait cure de ses adorateurs était non seulement stupide, mais mauvais. L'humanité avait trop de problèmes à résoudre pour perdre son énergie à supplier d'égoïstes divinités.

Le débat se poursuivit, Javia ancrée dans ses convictions religieuses, Adon résolument hérétique. Finalement, Kelemvor prit congé et alla dormir. Si ces deux-là voulaient argumenter toute la nuit, ils pouvaient tout aussi bien monter la garde !

CHAPITRE IX

MAUVAISE COMPAGNIE

La piste s'incurvait au sud. Le soleil enflammait de nuances dorées l'herbe terne qui mouchetait le sol poudreux. Ici et là, quelques escarpements cramoisis pointaient à flancs de coteaux. La lumière éclatante de la matinée embrasait les roches sableuses.

Sans raison apparente, l'un des pics s'enflamma, et disparut totalement du paysage. De petites roches livrées aux flammes déboulèrent.

Bhaal, dissimulé sous les traits de Kae Deverell, hagard, menait par la bride sa monture et celle de Minuit. La jeune femme, à demi consciente, délirait de souffrance. La main de l'avatar lui avait brûlé les lèvres et le menton ; la souillure de son contact l'avait rendue nauséeuse.

Seules les entraves à la corne de sa selle et aux étriers maintenaient encore assise la jeune femme épuisée.

Elle n'aurait jamais cru qu'un corps humain puisse endurer autant de mauvais traitements. Bâillonnée, ligotée, elle était ballottée au trot de sa monture depuis un jour et une nuit. Au détour d'un rocher en flammes, le cheval trébucha, et, sous le choc, la Ta-

127

blette lui scia le dos. Bhaal avait ficelé sa sacoche à l'aide d'une cordelette de cuir, qui lui entamait la peau. Le sang coulait de la blessure.

La magicienne espérait encore s'échapper avec la Tablette.

Mais s'échapper pour aller où ? Bhaal la retrouverait où qu'elle aille. Que ferait Kelemvor le guerrier dans sa situation ? Lui connaissait à coup sûr des méthodes d'évasion. Même Adon le prêtre, étant au fait des faiblesses des dieux, aurait peut-être trouvé une solution.

Elle ne pouvait s'empêcher de languir d'eux. Jamais elle n'avait été à ce point livrée à la solitude et à la peur. Mais Bhaal les aurait assassinés, s'il les avait trouvés près d'elle. Kelemvor mort, elle n'aurait plus eu l'énergie de poursuivre la quête.

Elle se morigéna d'avoir voulu sauver les Petites Gens, ce qui avait mis la Tablette en péril. Mais passer son chemin ne lui aurait pas pour autant évité la capture.

Ils s'arrêtèrent au sommet d'une colline. A quinze lieues au sud se trouvait une forêt aux tons fauves, qu'ils avaient longée la nuit passée.

Bhaal descendit et attacha sa monture.

— Les chevaux ont besoin de repos, grommela-t-il, en la libérant. Descend.

Minuit obéit avec joie. Bhaal la saisit au poignet, provoquant un élancement fulgurant qui se diffusa jusqu'aux omoplates. Elle hurla.

— N'essaie pas de t'échapper, gronda-t-il. Je suis fort et tu es faible.

La douleur ravivée la tira de sa torpeur. Ôtant son bâillon, elle caressa un instant l'idée d'en appeler à la magie, mais renonça. Bhaal devait être prêt à toute éventualité. Elle se racla la gorge :

— Que voulez-vous ?

L'avatar la fixa sans répondre. Le visage du commandant Deverell était devenu cireux, les yeux enfoncés dans leurs orbites, la peau étirée sur des os saillants.

Il lui ordonna de tenir ses mains jointes, et lui lia les pouces ensemble. Puis répondit :

— Toi.

Elle crut avoir mal entendu :

— Moi ? Pourquoi ?

— Tu vas tuer Heaume.

Il lui lia les annulaires, puis tous les autres doigts, pour l'empêcher de tracer ses symboles occultes dans les airs.

— Je ne peux pas tuer un dieu ! glapit Minuit, interloquée.

— Tu as tué Torm, gronda Bhaal. Et Baine.

Il serra douloureusement la cordelette de cuir autour de ses phalanges.

— Tout ce que j'ai fait, c'est sonner la cloche d'Aylan Attricus ! J'ai sauvé Tantras, Baine et Torm se sont entre-tués !

— Pas de fausse modestie. Myrkul est furieux de la disparition du Seigneur Noir. Après que Baine eut détruit mes assassins, *moi*, j'étais *heureux* de le voir disparaître.

— Mais je ne l'ai pas tué... Ni Baine. Et *je ne peux pas* tuer Heaume !

Les assertions erronées de Bhaal l'effrayèrent et la courroucèrent. Le dieu déchu commettait une terrible erreur.

— C'était la cloche ! insista-t-elle.

Bhaal haussa les épaules et ôta la selle de son cheval.

— C'est du pareil au même. Tu as pu faire sonner cette cloche quand personne d'autre n'en était capable.

— Même si je pouvais détruire Heaume, répliqua-t-elle, trouvant un endroit où s'asseoir, je ne le ferais jamais. Il faut que vous le sachiez.

— Non, répliqua-t-il avec dureté. Tu feras ce qu'on

129

te dit de faire.

— Qu'est-ce qui vous fait croire cela ?

Que Bhaal ait fait référence à Baine était des plus intéressants. Elle résolut de profiter de sa captivité pour en apprendre davantage.

— Même si tu as délaissé tes amis, nous savons à quel point tu tiens à eux.

— Que voulez-vous dire ?

— C'est plutôt évident, tu ne crois pas ?

— Kelemvor et Adon ne sont plus dans la course, rétorqua-t-elle sèchement, la peur au ventre.

— C'est entendu, soupira l'avatar. Et ce sera le cas tant que tu feras ce qu'on te dit de faire.

— C'est impossible ! hurla-t-elle, se dressant sur ses jambes. Je n'en ai pas le pouvoir ! Vous êtes un dieu ! Pourquoi êtes-vous incapable de comprendre une chose aussi simple ?

Bhaal l'étudia de ses yeux morts.

— Ce n'est pas le pouvoir qui te fait défaut. Tu ne sais pas encore t'en servir, voilà tout. Tu as besoin de Myrkul et de moi pour cela.

— Besoin de vous ? hurla-t-elle.

L'idée d'être l'instrument du Seigneur du Meurtre et du Seigneur des Morts lui envoya des frissons glacés dans tous les membres.

— Tu penses qu'il te sera aisé d'exercer des pouvoirs divins ? Sans nous, tu te consumeras tout entière. La Déesse de la Magie était très forte quand elle t'a transféré sa puissance.

— Des pouvoirs divins ?

Elle nourrissait des soupçons de cet ordre depuis plusieurs semaines : sa maîtrise de la magie croissait de jour en jour, rendant inutile l'usage de grimoires, et lui permettant de psalmodier tout naturellement d'étonnants sortilèges qu'elle n'avait jamais appris.

Ses intuitions se confirmaient : ce fut un choc pour elle. Elle en resta effrayée, interdite, désarmée. Il y avait trop d'implications.

Bhaal profita de son silence :

— Notre maître nous a spoliés de nos pouvoirs divins. A présent, toi seule peux encore faire face à Heaume. Si nous voulons réintégrer les Plans, tu dois détruire le Dieu des Gardiens.

— Ne serait-il pas plus simple de lui rendre les Tablettes du Destin ? Le Seigneur Ao ne rouvrira-t-il pas les portes aux dieux ?

Bhaal fit volte-face, fou de rage :

— Crois-tu que nous soyons heureux d'être bloqués dans cet univers piteux ? Cet avatar m'a coûté tous mes adorateurs ! Nous rendrions les Tablettes à l'instant même, si cela était possible !

Minuit n'était pas convaincue. Les dieux, croyait-elle, se disputaient l'honneur d'être celui qui les rendrait au Seigneur Ao. Mais Bhaal insinuait le contraire.

— Serait-il impossible de les restituer ?

Le dieu désigna sa sacoche :

— Pourquoi crois-tu qu'on t'a permis de garder celle-là ? Elle ne vaut rien.

— Rien ? s'écria Minuit, anéantie.

— La seconde est hors de notre portée, expliqua-t-il. Sans les deux Tablettes, Heaume ne nous laissera jamais revenir. Voilà pourquoi il faut l'abattre.

— Où est l'autre ? Est-elle détruite ?

— D'une certaine façon, oui, fit l'avatar, méprisant. Elle est cachée dans le Château des Ossements, et elle y restera jusqu'à notre délivrance.

Le Royaume des Morts, domaine de Myrkul dans les Plans, était devenu inaccessible aux dieux déchus.

— Tu vois, reprit-il, nous menons le même combat : nous voulons retourner dans les Plans, et tu veux que nous débarrassions les Royaumes de notre présence. Comprends-tu la nécessité de se défaire de Heaume ?

Minuit ne souffla mot. Si elle pouvait détruire un dieu, ne pouvait-elle pas se rendre au Château des

131

Ossements ? Même après trente heures épouvantables, secouée comme un prunier, saucissonnée, elle gardait assez de lucidité pour ne pas croire Bhaal. Il lui fallait en savoir plus.

— Si c'est nécessaire, je le ferai, mentit-elle. Mais je dois être certaine qu'il n'y a pas d'autre solution. Pourquoi ne pas avoir envoyé un mortel chercher la Tablette dans le Royaume des Morts ?

Le dieu maléfique en resta bouche bée, trahissant sa surprise.

— Ce n'est pas si facile !

Que recouvrait cette surprise, elle n'aurait su le dire. Les deux divinités alliées avaient déjà dû envisager une solutions aussi simple.

— Répondez, insista-t-elle. Il doit y avoir moyen pour des humains d'atteindre le Royaume des Morts.

— En effet, concéda Bhaal.

— Lequel ?

Le Dieu des Assassins tordit la face émaciée de Deverell en un mauvais sourire :

— Mourir.

— Vous pouvez me forcer à coopérer en menaçant la vie de mes amis, mais vous ne serez jamais tout à fait sûr de mes intentions tant que vous ne répondrez pas à mes questions. Pourquoi n'avoir pas envoyé de mortel à la recherche de la seconde Tablette ?

— Nous avons essayé. Le Seigneur Myrkul a délégué ses prêtres les plus compétents au château de Lancedragon, mais...

— Le château de Lancedragon ? s'exclama-t-elle.

Il s'agissait d'une ruine délabrée sur la route d'Eau Profonde.

— Le château de Lancedragon, confirma-t-il. Au-dessous se trouve... (il parut chercher ses mots) un... pont entre ce monde-ci et l'autre.

— Alors pourquoi n'avez-vous pas déjà la deuxième Tablette ? demanda Minuit, anxieuse de changer de sujet avant d'éveiller ses soupçons.

— Les humains y entrent mais n'en reviennent pas, répondit-il. C'est un lieu dangereux pour de simples mortels.

— Comment cela ? Les prêtres de Myrkul...

— Assez parlé du Royaume des Morts, s'irrita-t-il. Tu *vas* nous aider, Minuit... Ou tes amis paieront pour ta stupidité et ton entêtement. (Elle feignit la surprise et l'indignation, mais n'ajouta rien.) Dors tant que tu en as l'occasion, grommela-t-il. Nous repartirons dès que les chevaux seront reposés.

Il se détourna avec un petit sourire de satisfaction. Jusqu'à présent, tout marchait comme le Seigneur Myrkul l'avait prévu.

*
* *

Kelemvor gardait un œil sur la forêt, au sud de la route. Des ombres planaient dans les arbustes ocre, glapissant à une cadence effrénée contre une chose embusquée dans les broussailles. Un écureuil jaillit sur la route terreuse. Sous l'effet des jeux d'ombre et de lumière, il rappelait étrangement quelque petit démon. L'animal ne bougea pas malgré l'arrivée des cavaliers.

— Etranges bestioles, commenta Adon.

— En effet.

Le craquement d'une brindille sèche... Une masse d'écureuils se jeta contre un homme à l'affût.

Le guerrier espéra qu'Adon n'insisterait pas à nouveau pour aller interroger l'étranger, qui pestait et se débattait. Ils avaient découvert près de quarante cadavres de Petites Gens la veille, au relais du fleuve, et les restes d'un instrument de torture. Ne sachant comment interpréter ces signes, ils en avaient déduit que Cyric avait capturé leur amie.

Ils n'étaient plus redescendus de cheval depuis lors, fouillant toute la région. Mais le guerrier était las de voir Adon harasser les camelots, tandis que Cyric prenait de l'avance.

Il refusa d'abord d'aller questionner cet énième bûcheron, ou chasseur, mais il dut admettre qu'Adon avait raison, une fois de plus.

Il éperonna sa monture et pénétra dans le bois. Des rongeurs bondirent des arbres pour attaquer les intrus. Le cheval les ignora tandis que son cavalier arrachait les petits corps cramponnés à son torse en pestant. Les deux amis s'enfoncèrent profondément dans un monde chatoyant de couleurs et d'ombres automnales.

Adon suivait Kelemvor de près. Il fulminait.

— On a discuté trop longtemps, ragea le prêtre. Il a disparu.

Kelemvor entendit des bruits de sabots étouffés sur leur gauche. Il fit signe à son compagnon de se taire. Au bout de quelques minutes, il entendit un cheval renâcler. Il descendit doucement de sa monture, tendant les rênes à Adon, et se coula dans les fourrés en dégainant.

Il parvint à l'orée d'une clairière : un Zhentil en arme, son cheval essoufflé près de lui, se tenait à côté d'un homme de forte carrure, à la barbe noire. Sept autres soldats dormaient, leurs armures soigneusement posées à côté d'eux.

Adon avait vu juste : l'inconnu était un guetteur.

— Tu es sûr qu'ils ne t'ont pas suivi ? demanda le barbu.

— J'en suis sûr.

Un homme dissimulé prit la parole :

— On ne peut pas courir de risques, Dalzhel. Aussi stupide soit-il, Kelemvor n'est pas dépourvu de ruse.

La voix de Cyric.

— Stupide ! marmonna le guerrier embusqué, courroucé et excité à la fois. On verra qui est le plus stupide des deux quand mon épée te caressera la peau du cou !

Ne voyant Minuit nulle part, il se garda d'attaquer et de mettre sa vie en danger.

— Réveille les hommes, ordonna Cyric.

— Mais ça ne fait pas trois heures qu'ils dorment !

— Réveille-les! (A l'éclaireur :) Et retourne sur tes pas : assure-toi que les deux crétins ne t'ont pas suivi.

Kelemvor, rebroussant chemin en hâte vers son compagnon, coinça son épée dans un buisson... Au bruit insolite, tous se tournèrent dans sa direction.

Le guerrier avait deux choix : battre en retraite ou attaquer.

Il réagit comme toujours : il bondit de sa cachette et chargea. L'assaut brutal les prit par surprise.

Dalzhel heurta du poing le coude de l'agresseur pour lui faire lâcher l'épée qu'il abattait sur lui ; Kelemvor fut contraint de reculer, ce qui permit à l'adversaire de dégainer son arme.

Cyric et les soldats n'avaient pas encore réagi. Sans les réflexes de Dalzhel, trois hommes seraient morts avant d'avoir pu tirer leur épée.

Kelemvor prit la mesure de ses adversaires ; il lui faudrait se battre avec prudence. Il ne commit pas l'erreur de se précipiter sur Dalzhel quand celui-ci adopta une garde haute. Cyric, lui, s'empressa de se glisser hors de portée des épées, derrière un cheval. Le guerrier aux yeux verts se fendit et transperça l'abdomen de l'éclaireur. Dalzhel plissa le front : l'adversaire était dangereux. Entendant des cris, Adon attacha la monture de Kelemvor à un arbre, et fonça au galop.

Du coin de l'œil, Kelemvor vit les autres s'éveiller et s'équiper. Il s'adressa à Cyric sans quitter son autre adversaire des yeux :

— Avant que je te tue, dis-moi où est Minuit.

Le voleur ricana, méprisant :

— Si tu es venu pour elle, tu meurs en vain.

Dalzhel, toi et moi réunis n'aurions rien pu faire pour la sauver.

Adon parvint dans la clairière. Voyant les sept soldats prêts à charger son ami, il décida d'attaquer le premier.

Sitôt que Kelemvor l'entendit arriver, il fondit sur Dalzhel. Il n'eut aucune peine à bloquer les attaques de Cyric et à le repousser d'un violent coup de pied dans l'estomac.

Entre-temps, Adon était occupé à réduire en bouillie les crânes de deux ennemis. A la seconde charge, il vira brutalement à gauche, écrasant la défense d'un troisième guerrier par la violence de son élan : l'épée vola dans les airs, et la masse lui broya les côtes. Dans la panique, le cheval du prêtre piétina un autre Zhentil, avant de repartir au galop.

A l'autre bout de la clairière, Dalzhel frappa son adversaire et le cueillit à la tête : la vue de Kel s'obscurcit, il tomba à genoux.

Adon fit volte-face vers les trois survivants, et leur cria de vider les lieux, avant d'éperonner son cheval pour la quatrième fois.

Après un court instant d'hésitation, les trois reîtres prirent leurs jambes à leur cou. Adon les poursuivit sur quelques mètres, par prudence. Il ne lui vint pas à l'esprit que son ami pouvait être en danger.

Kelemvor allait mourir. Roulant loin de Dalzhel, il se heurta aux jambes de Cyric. Ce dernier bloqua aussitôt la pointe de sa lame sur sa gorge.

Kelemvor attendit la mort. Cyric eût aimé lire de la peur dans les yeux du guerrier, mais n'y trouva que de la haine. Bien qu'il admirât tant de bravoure, il ne l'épargnerait pas.

Kel abattit son avant-bras gauche sur le poignet du jeune homme, et lui fit lâcher prise. La lame maléfique lui frôla le cou, sans faire couler le sang. Kel se releva d'un bond, et faucha les jambes du voleur d'un même élan.

Adon revint à temps pour voir Cyric s'effondrer. Dalzhel s'élança au secours de son commandant ; Kelemvor plongea et le plaqua à terre. Le prêtre fondit sur Cyric qui se relevait.

Au corps à corps Kelemvor ne faisait pas le poids contre Dalzhel : ce dernier était doté d'une force physique supérieure, et possédait plus d'expérience dans l'art de la lutte. Il noua ses mains autour du cou de Kelemvor en une prise mortelle.

Au-dessus de la mêlée, Cyric guettait l'occasion de plonger son épée dans le dos de son ancien ami. Il se tourna vers le cavalier qui arrivait au galop. Mais Adon dut tirer sur ses rênes : il ne pouvait atteindre le voleur sans risquer de piétiner Kelemvor.

— Laisse-le ! hurla-t-il à Dalzhel, brandissant sa masse.

Cyric fit signe à son lieutenant de ne pas lâcher prise.

— Ça va se jouer entre nous quatre, remarqua le voleur, constatant qu'Adon s'était débarrassé de ses hommes.

— Je te garantis que tu ne t'en tireras pas cette fois, Cyric, menaça le prêtre. Libère Kelemvor et dis-moi où se trouve Minuit.

L'apostrophé eut un rire de dément, savourant pleinement l'ironie de la situation. La jeune femme, à l'heure qu'il était, devait affronter un danger pire que la mort.

— Que se passe-t-il ? Qu'as-tu fait d'elle ?

Cyric maîtrisa sa joie hystérique :

— Moi ? Je ne lui ai rien fait. C'est Bhaal qui l'a, et quand nous nous serons entre-tués, il pourra s'amuser tout son soûl avec elle !

— L'assassin ? hurla Adon. Tu mens !

Cyric désigna la clairière d'un grand geste :

— Je ne mens pas. Nous l'avons perdue.

Dalzel desserra légèrement sa prise. Les paroles de Cyric lui faisaient prendre conscience de l'absurdité de leur lutte. Ni les uns ni les autres ne détenaient Minuit et la Tablette ; il ne voyait pas l'utilité de mourir ou de tuer pour une vendetta sans intérêt.

— Je sais que je suis hors course, intervint le lieutenant. Mais je ne suis pas pressé de mourir.

Personne ne prit la peine de le contredire. Sitôt Kelemvor égorgé, Adon foncerait, et tuerait l'un deux avant de tomber sous les coups du survivant.

— Et personne n'aura le dernier mot, poursuivit-il. Le survivant, quel qu'il soit, ne pourra rien contre Bhaal.

— Que proposes-tu ? hoqueta Kelemvor, à demi étouffé.

— Ton ami et toi êtes de bons guerriers. Tout comme Cyric et moi. Ensemble, nous aurions une chance de vaincre Bhaal, mais...

— Je préfère mourir ici et maintenant, souffla le guerrier.

— Très bien, intervint Cyric. Mais en quoi cela va-t-il aider Minuit ? Si Dalzhel te tue d'abord, puis qu'Adon tue Dalzhel...

— Je te tuerai le premier, l'interrompit Adon.

— Tu essaieras, je n'en doute pas, rétorqua le voleur, le foudroyant du regard. Mais qu'adviendra-t-il de Minuit ? Quelle importance, qui va tuer qui... Bhaal gardera la magicienne et la Tablette. Est-ce ce que vous voulez ?

Kelemvor réfléchit. Le traître avait raison.

— Qu'en dis-tu, Adon ? demanda Kel.

Cyric ne put cacher sa surprise. Personne jusque-là ne s'était soucié de l'opinion du prêtre, et surtout pas le mercenaire.

— Ne me dis pas que ce triple ahuri réfléchit à ta place maintenant ? s'exclama-t-il.

Kelemvor ne lui accorda pas la moindre attention.

— Dans ce cas, ami Adon, reprit l'homme au nez crochu, sardonique, faisons la paix le temps de récupérer Minuit. On la laissera ensuite choisir entre nous.

Il y eut un temps où Adon aurait pris de telles paroles pour argent comptant. Mais il n'était plus le jeune homme naïf que le voleur avait connu.

— Nous acceptons, dit-il enfin. Mais je sais que tu ne tiendras pas parole. Comme je te l'ai dit sur l'Ashaba, Cyric, je sais ce que tu es. N'imagine pas un instant pouvoir nous prendre en traître.

— C'est donc d'accord, répondit rapidement Cyric, ignorant la mise en garde. Reprenons la route en amis...

— Nous ne sommes pas des amis, l'avertit Kelemvor.

Dalzhel le laissa se relever.

— Que nos épées tombent avant de se croiser à nouveau, salua-t-il.

Le salut mercenaire archaïque parut tristement approprié aux yeux du guerrier. Il détestait prendre ainsi la route vers un but incertain, en compagnie de gens sans foi ni loi.

— Mais seulement après que nous nous soyons rompu l'échine à soulever des trésors.

Achevant le rituel par la pression de leurs poignets et avant-bras relevés, les deux hommes conclurent la trêve.

CHAPITRE X

LE PONT BOARESKYR

Les quatre cavaliers firent halte sur un promontoire, après trois jours de dure chevauchée.

Malgré une nuit sans lune, des nuages d'une incandescence laiteuse suivaient une curieuse progression géométrique.

La falaise surplombait les courants argentés du fleuve Sinueux. En amont, les cinq arches de pierre du Pont Boareskyr enjambaient le fleuve. Les décombres d'une petite agglomération envahie d'herbes folles lui faisaient face.

— Les chevaux ailés sont près d'ici, indiqua Adon.

A l'est, deux pégases gambadaient dans le ciel. Ces créatures, que le prêtre savait douées d'intelligence, avaient peut-être aperçu Minuit.

A l'insu des cavaliers, Minuit reposait non loin de là, ligotée et bâillonnée, dans les ruines calcinées. Bhaal observait les animaux ailés, une lueur de convoitise dans les yeux. N'y tenant plus, il se lança à leur poursuite. Si Minuit s'échappait, cela correspondrait aux plans de Myrkul. Il décida de laisser la Tablette à la magicienne, afin de ne pas éveiller ses soupçons.

Un hennissement retentit. A pas de velours, le Dieu du Meurtre se risqua à découvert.

Minuit rouvrit les yeux dès qu'elle fut assurée d'être seule. Elle acheva de limer ses liens, apothéose de toute une journée d'efforts patients et discrets.

Une forme indistincte bondit sur la monture de Dalzhel, qui se cabra. L'homme n'eut que le temps de sauter à terre, tandis que l'inconnu brisait cartilages et tendons de la jambe du cheval terrifié.

Devant eux se dressait le commandant Kae Deverell. Il n'avait pratiquement plus rien d'humain. Son corps boursouflé était encore plus écœurant à la lumière argentée des nuages lumineux. Une odeur de pourriture le précédait.

Les quatre aventuriers surent immédiatement à qui ils avaient affaire. Luttant contre sa nausée, Kelemvor réagit le premier, transférant son épée d'une main à l'autre pour s'agripper à la corne de sa selle et se pencher en galopant : l'épée trancha la chair tendre. Mais le poing du dieu fit également mouche : Kelemvor vida brutalement les étriers.

Cyric bondit dans la mêlée à la même seconde ; l'épée maléfique mordit la chair de l'avatar en sifflant. Le dieu enragé fit volte-face et arracha un grand lambeau de chair de la monture de Cyric, qui se cabra, projetant son cavalier à terre.

Bhaal battit en retraite sur la berge.

Adon fonça, manquant piétiner Kelemvor qui se relevait. Mais le dieu avait disparu dans d'épaisses broussailles ; le cheval glissa sur de la glaise, et Adon mordit à son tour la poussière.

Bhaal s'était évanoui dans la nature ; Cyric n'avait plus de cheval, celui de Dalzhel n'avait plus qu'un moignon de jambe. Le lieutenant abrégea rapidement ses souffrance.

Cyric les rejoignit, le regard brûlant d'excitation, son épée luisante en main :

— Kel, Adon, à vous les flancs. Dalzhel, tu prends

la tête. Nous allons nettoyer ces broussailles.

— Et faire quoi ? demanda Dalzhel.

Le Zhentil avait du bon sens, et ne paraissait pas foncièrement mauvais. Kelemvor, qui ne pouvait se défendre d'une certaine sympathie pour lui, avait du mal à saisir pourquoi il s'était mis au service d'une fripouille comme Cyric.

— Tuer Bhaal, bien sûr !

— Tu es fou, répliqua le guerrier.

— Fou ? s'exclama le voleur, levant son épée. Peut-être. Mais avec *ceci*, j'ai blessé Bhaal. Imagine un peu, j'ai blessé un dieu !

— On l'a repoussé, objecta Adon. Un point c'est tout. (Il ramassa une main coupée dans la poussière.) On peut hacher menu son avatar, mais tuer Bhaal..., jamais !

— Faux, insista Cyric. Je peux le détruire, je le sens !

— Là n'est pas le problème, grommela Kelemvor. Nous sommes ici pour retrouver Minuit.

— Regardez ! s'écria Adon, désignant le ciel.

Les nuages formaient des losanges dans les cieux ; les pégases fuyaient.

Les quatre alliés remontèrent le long de la berge sans perdre de temps, puis se scindèrent en deux groupes.

Dalzhel et Cyric tombèrent les premiers sur l'avatar en armure noire. Adon et Kelemvor accourus sur les lieux, hésitèrent à leur venir en aide tant que leur amie restait introuvable.

Le dieu déchu repoussa une première attaque surprise du voleur, dont l'épée l'intéressait au plus haut point. Cyric plongea avec une folle audace, et percuta le flanc de l'avatar. Bhaal, tout sourire, lui empoigna une jambe. Le jeune homme se dégagea instantanément d'un saut arrière. Bhaal avança sur lui, au moment où Dalzhel levait son épée dans son dos.

Cyric fit plusieurs roulades désespérées.

Malgré les conseils d'Adon, Kelemvor n'arrivait pas à se résoudre à abandonner Dalzhel, même si Cyric méritait la mort. Adon eut recours à un autre argument :

— Nous n'aurons pas de meilleure occasion de retrouver Minuit.

Kelemvor en convint sur un soupir.

A deux cents mètres de là, Minuit s'était libéré un poignet, puis l'autre. Elle ôta tous ses liens, reprit la sacoche, et inspecta prudemment les alentours.

Kelemvor, suivant Adon, assista à ce moment à l'attaque de Dalzhel contre Bhaal : le dieu n'eut aucun mal à l'esquiver, percutant de son moignon l'épaule du mercenaire. Le lieutenant, hurlant de douleur, chercha à lui crever les yeux.

Cyric en profita pour revenir à la charge.

Une silhouette indistincte se faufilait à travers buissons et arbustes sauvages.

Bhaal pivota au dernier instant, s'arrachant aisément à l'étreinte de Dalzhel, et retourna l'élan du voleur contre lui pour le projeter plusieurs mètres plus loin.

Dalzhel extirpa son épée du sol et la plongea dans les côtes de l'avatar. Ce dernier lui envoya un direct en plein estomac ; le Zhentil alla s'écraser à son tour à plusieurs mètres de là. Bhaal retira la lame de ses côtes et la jeta. Il bondit sur le lieutenant assommé et lui enfonça son moignon dans la gorge. Il y eut un cri bref, puis plus rien.

Cyric se redressa, groggy, une sensation de vide au ventre. Dalzhel avait été un fidèle lieutenant. Il lui manquerait.

La magicienne embusquée entendit le cri d'agonie. Elle ne pouvait voir à qui Bhaal s'attaquait, mais était déterminée à intervenir. Elle invoqua une boule de feu.

Kel et Adon entendirent l'incantation lancée d'une voix féminine, et se jetèrent aussitôt à terre, s'attendant au pire.

A la lueur du globe éblouissant qui en résulta, ils reconnurent aussitôt la jeune femme. Bhaal et Cyric, placés par hasard du mauvais côté de la source de lumière, étaient trop aveuglés pour distinguer quelque chose.

Le voleur ne perdit pas une seconde à maudire ses anciens associés de l'avoir abandonné. Bhaal avança de nouveau sur lui, dévia son épée, encaissa un coup de pied, et lui saisit les mâchoires dans une poigne d'acier.

La tête prise dans un étau, les oreilles bourdonnantes, le jeune homme essuya une volée de coups de poing, avant de s'affaler à demi mort. Kelemvor et Adon se précipitèrent vers leur amie.

— Comment m'avez-vous retrouvée ? s'exclama-t-elle, joyeuse, étreignant Kelemvor. Peu importe ! C'est si bon de vous revoir ! Qui est aux prises avec Bhaal ? s'inquiéta-t-elle sans pouvoir détacher les yeux du visage bien-aimé.

— Cyric, annonça le guerrier.

Le soleil miniature dans leurs dos éclata en nova, leur brûlant les yeux ; un coup de tonnerre retentit, les projetant au sol.

Seule la luminosité argentée des nuages géométriques éclaira ensuite la scène. Bhaal laissa le corps ensanglanté et inerte de Cyric pour reporter son attention sur le globe magique.

— Tu t'es enfuie ! lança-t-il à Minuit. Je devrai te punir pour cela.

Sans détacher ses yeux de l'avatar, elle reprit la sacoche qui était tombée, et ordonna à ses compagnons de se relever.

— Je suis aveugle ! s'écria Kelemvor qui ne distinguait plus que du blanc.

— Je n'y vois plus non plus ! gémit Adon.

— Alors taisez-vous ! leur souffla Minuit. N'attirez pas l'attention sur vous.

Mais Bhaal avait d'autres préoccupations. Il ne lui

était pas venu à l'esprit que la femme ne s'enfuirait pas à toutes jambes. Il devait la recapturer, s'il ne voulait pas lui mettre la puce à l'oreille.

— Restez où vous êtes ! menaça la magicienne.

— Pourquoi ? ricana Bhaal. Tu n'as pas le pouvoir de me tuer ; pas encore.

Cyric remua faiblement, étonné d'être encore en vie. Le simple fait de respirer irradiait son torse de souffrances.

Il empoigna son épée courte à tâtons.

— Tu as goûté le sang de Bhaal, chuchota-t-il. Si tu en veux plus, aide-moi.

— *Oui, plus*, répondit l'épée maléfique, de sa chaude voix féminine. *Je vais t'aider.*

De la garde de l'épée monta en lui une vigueur et une force nouvelles. Il se releva d'abord sur les genoux, puis s'élança en titubant à la poursuite du Seigneur du Meurtre.

— Rends-toi, Minuit ! dit Bhaal. (Il ajouta, comme après une réflexion :) Et rends-moi la Tablette.

— Non.

— Tu n'as pas le choix, fit-il, en désignant Kelemvor et Adon.

— J'ai une multitude de choix, dont le meilleur est de te tuer, dit-elle, invoquant une autre boule de feu.

Il l'étudia, mal à l'aise. Cette magicienne était capable de mettre ses menaces à exécution !

— Si tu détruis mon avatar, tu tueras tes amis, et toi avec. Tu le sais bien.

Minuit se souvint de la dévastation qu'avait entraînée la fin de Baine et de Torm, à Tantras. Et le château réduit en tas de gravats à Cormyr, après l'anéantissement de Mystra.

Pour une fois, le dieu disait vrai.

Elle vit Cyric se couler derrière lui, l'épée prête à frapper. C'était miracle qu'il parvienne encore à marcher, et à se déplacer alors qu'il venait d'être battu comme plâtre.

— Tu n'as pas le choix, répéta le Seigneur des Assassins.

— Je te détruirai de toute manière, rétorqua-t-elle. Je n'ai rien à perdre.

Cyric n'était plus qu'à deux pas de son but. Minuit abandonna ses préparatifs mentaux pour invoquer une boule de feu, et concentra tous ses efforts sur les sortilèges de télétransportation. Ce serait mieux que de finir entre les mains du dieu sadique, ou de mourir dans l'explosion qu'allait déclencher Cyric par son geste.

Bhaal tordit en un sourire les lèvres craquelées de son avatar :

— Si tu fais ce que je dis, tes amis vivront.

La botte de Cyric heurta un caillou. Alerté, le dieu fit volte-face. Le voleur le transperça de part en part.

— Imbécile ! vociféra Bhaal.

L'épée prit un bel aspect lie-de-vin ; le dieu déchu hurla sa rage ; un cri aussi puissant que le tonnerre, aussi sinistre que les lamentations d'un spectre.

— J'aurai au moins tué un dieu avant de mourir, jubila Cyric entre ses dents.

Au même instant, la magicienne aux cheveux de jais psalmodiait son incantation.

Le hurlement divin s'acheva dans l'explosion du corps de l'avatar. Le sol se déroba sous les pieds de Minuit et de ses compagnons.

*
* *

Une flammèche ocre. Une bougie montée sur une bouteille posée sur une vieille table fendillée. Une chaise branlante dans une pièce sombre et humide, quelque part dans les égouts d'Eau Profonde.

Voilà où s'achevait sa gloire.

Ao le lui paierait, Myrkul en fit le serment. Le Seigneur des Ossements n'appréciait pas de modestes appartements, détestait devoir se cacher des mortels, et avait horreur d'être cantonné dans les Royaumes. Pour toutes ces indignités, Ao paierait - et Heaume avec lui.

Mais il lui fallait être prudent. On avait vu où menaient l'insouciance et la précipitation. Témoin le désastre de Tantras ; il n'avait dû d'éviter le sort funeste de Baine qu'à sa prévoyance. D'une certaine façon, il était devenu mortel : il pouvait périr désormais, tout comme le Fléau, Mystra et Torm avant lui.

Imaginez un peu, le Seigneur et Maître des Morts à l'agonie... La pensée l'aurait fait éclater de rire, si elle n'avait pas été si troublante.

Attaquer de front était pure folie. Il devait rester dans l'ombre, tirer les fils de ses intrigues, prévoir les alternatives, comme dans le cas de Minuit et de ses Tablettes.

Il eût été fort simple de la tuer et de s'emparer de l'objet tant convoité. La contrée fourmillait de prêtres et d'agents tout dévoués à sa cause, et nul ne survivait longtemps à leurs attaques. Mais la jeune femme restait la meilleure candidate pour lui remettre les Tablettes en mains propres - dès qu'elle se serait emparée de la seconde.

Le Seigneur des Morts avait concocté une série de machinations élaborées, qui prenaient toutes en compte le facteur Minuit. Bhaal s'était ingénié à utiliser les compagnons de la magicienne pour la forcer à se plier à ses volontés. Elle lui avait opposé une résistance fort alarmante. Myrkul était convaincu qu'elle triompherait de méthodes de persuasion primaires. Il était plus subtil de lui faire croire que rechercher la seconde Tablette était sa propre idée. Il ne s'aveuglait pas sur la faille de ce scénario : une fois en possession des deux Tablettes, elle les restituerait à Heaume. Pour prévenir cette éventualité, il avait donné comme instruction à Bhaal de la laisser s'échapper près de l'entrée secrète du château de Lancedragon.

Là, un piège attendait la jeune femme. Le but était de lui ravir l'objet sacré, et de la contraindre à descendre au Royaume des Morts. Naturellement, aucun plan n'était parfait, et Myrkul voulait être informé point par point du bon déroulement des opérations.

La flammèche vacilla, puis explosa. Bientôt apparaîtrait le faciès bouffi de l'avatar de Bhaal.

Rien ne se produisit. La flamme resta ce qu'elle était : une flamme.

Une seconde tentative n'eut pas davantage de succès. La seule explication était le décès de son acolyte, l'essence divine de Bhaal étant dispersée à travers les Royaumes et les Plans. La nouvelle le bouleversa : de toutes les divinités, Bhaal et lui avaient été les plus proches. Bhaal présidait au processus d'extinction de la vie et au meurtre, tandis que Myrkul avait la haute main sur les morts. Leur relation avait été osmotique par nature. L'un pouvait difficilement exister sans l'autre.

Myrkul laissa la détresse le submerger un instant, puis revint à ses machinations. Le temps pressait... Minuit, avertie par Bhaal, devait se diriger sur le château, sans escorte, ce qui ne modifiait pas son piège outre mesure.

Si elle avait eu raison d'un dieu comme Bhaal, elle devait avoir le pouvoir d'éviter son piège, de reprendre la seconde Tablette, d'accéder à un Escalier Céleste, et de satisfaire les exigences de Heaume. Le tour serait alors joué.

Myrkul ne désirait pas les Tablettes pour restituer un bien qu'il avait volé - ce dont on ne lui serait reconnaissant -, mais pour empêcher quiconque de s'en emparer et de les rendre.

Le Dieu des Défunts avait dans l'idée que cet instant

signifierait son anéantissement.

Mais Ao allait bientôt se lasser d'attendre. Il punirait les coupables, de toute manière. Myrkul devait attaquer le premier.

A la seconde où la magicienne s'emparerait de la deuxième Tablette, elle libérerait à son insu les esprits de tous les morts. Myrkul la tuerait et prendrait à son compte toutes les énergies méphitiques déchaînées.

Même avec l'énergie de ces millions d'âmes, il doutait de l'emporter sur Ao. Mais c'était son unique chance.

Dans cet afflux d'esprits désincarnés, le danger restait que Minuit s'éclipse à nouveau, munie des deux Tablettes. Il fallait lui arracher la première sans tarder.

*

**

L'épée était entre ses mains : c'est tout ce dont il avait encore conscience.

On l'avait battu à mort.

La mâchoire, les côtes et le nez brisés par des coups de poing durs comme de la pierre, il se rappelait s'être relevé, avoir poignardé l'avatar, et provoqué sa défaite.

Lui n'était pas au Royaume des Morts. Sa tête lui faisait trop mal ; respirer était douloureux.

L'homme au nez crochu ouvrit les yeux sur la pénombre, une route enneigée, et trois silhouettes indistinctes.

— Où sommes-nous ? demanda Adon, qui avait recouvré la vue.

— Plus près de d'Eau Profonde, j'espère, répondit Minuit, lasse. Je vous ai téléportés, ne me demandez pas comment.

Cyric ne bougea pas d'un iota. Il n'avait aucun moyen de se défendre contre trois ennemis, et ses douleurs empiraient.

Kelemvor eut un rire nerveux, puis étreignit sa compagne :

— Je n'arrive pas à croire que tu es vivante !

— Pourquoi es-tu surpris ? dit-elle, lui rendant son étreinte.

Adon grommela :

— Après la façon dont tu as pris la poudre d'escampette...

— J'ai bien fait, l'interrompit-elle, se dégageant des bras de Kelemvor, agacée par la condescendance du prêtre. Sinon vous seriez morts tous les deux.

— Morts ! s'exclama Adon.

Reculant, il trébucha sur le corps trompeusement inerte de Cyric, dont le gémissement de douleur fut étouffé par son interjection de surprise. Kelemvor alla donner un coup de pied dans les côtes du voleur :

— Regardez un peu les détritus qui traînent sur les routes de nos jours ! (Il lui tâta le cou.) Et il est vivant !

Le voleur resserra imperceptiblement sa prise sur son épée.

— Cyric ! lança Adon. Pourquoi l'as-tu sauvé, Minuit ?

— Crois-moi, ça n'avait rien d'intentionnel, rétorqua-t-elle sèchement.

L'objet de leur attention entrouvrit un œil, espérant retrouver un sursaut d'énergie.

Adon s'interposa entre le blessé et Kelemvor :

— On ne peut pas le tuer de sang-froid !

— Quoi ? s'insurgea le guerrier. Il y a dix minutes, tu refusais obstinément que je vienne à son aide contre Bhaal !

— Alors, il était dangereux. Ce n'est plus le cas.

— Je l'ai vu égorger un petit homme sans défense,

et en torturer un autre, accusa Minuit.

— On ne peut pas le tuer dans cet état, s'obstina Adon.

— Il mérite la mort, maintint la jeune femme.

— Il ne nous appartient pas de juger nos semblables, répondit doucement le prêtre. Pas plus que les ménestrels n'avaient le droit de nous condamner à mort.

Kelemvor s'assombrit à ce souvenir, et rengaina son épée. Sans l'intervention de Cyric, Minuit et Adon seraient tombés sous la hache du bourreau, à Valombre.

— C'est différent, insista-t-elle. Il nous a trahis, et m'a prise pour une imbécile.

Kelemvor l'empêcha de lui prendre son épée :

— Non. Adon a raison.

— Si nous le tuons, poursuivit Adon, nous ne vaudrons pas mieux que lui : nous serons des meurtriers. C'est ce que tu veux ?

Minuit finit par lâcher l'épée, avec hargne, et planta là ses amis.

— Laissez-le alors. Il mourra, de toute façon.

Kelemvor regarda Adon d'un air interrogateur.

— On ne devrait pas tuer un homme sans défense. Mais on n'a pas non plus à lui venir en aide. Il serait bien en peine de nous faire du mal dans l'état où il est. Il a perdu ses hommes. Si nous nous pressons, on mettra quelques kilomètres entre lui et nous avant qu'il reprenne conscience. (Il emboîta le pas à Minuit.) Dépêchons-nous avant qu'elle ne disparaisse à nouveau.

Ils la rattrapèrent rapidement.

— Où allons-nous ? s'enquit Kelemvor.

Elle fit halte, mains sur les hanches. A son insu, Cyric pouvait encore entendre ses paroles.

— *Je* vais au château de Lancedragon.

— Alors nous y allons tous, décréta Adon calmement. Allons-nous devoir nous partager les tours de veille, Kelemvor et moi, pour t'empêcher de nous fausser compagnie ?

— Les dieux sont contre moi, avertit la jeune femme. C'est vos vies que vous risquez.

— On risquerait davantage à te laisser seule, répliqua Adon, un sourire en coin.

Kelemvor l'attrapa par le coude, et la força à se tourner pour la regarder droit dans les yeux.

— Dieux ou pas dieux, Minuit, je suis avec toi.

Une telle dévotion lui réchauffa le cœur. Fixant le guerrier, elle s'adressa à ses deux amis :

— Le choix vous appartient, mais écoutez-moi : quelque part sous le château de Lancedragon existe un pont menant au Royaume des Morts.

— A Eau Profonde ? s'écria Kelemvor, sidéré, pensant au fameux cimetière de la ville, connu sous un sinistre nom : « la Cité des Morts ».

— Non, le *Royaume* des Morts, rectifia la magicienne. L'autre Tablette est au château de Myrkul.

Kelemvor et Adon échangèrent des regards, interloqués ; il ne pouvait s'agir des enfers !

— Vous ne devez pas hésiter à rebrousser chemin, poursuivit Minuit, prenant leur trouble pour de la lâcheté. Je pense vraiment que vous ne devriez pas m'accompagner.

— Je croyais qu'on avait le choix, répliqua sèchement Adon.

— Ouais, tu ne nous sèmeras plus aussi facilement ! renchérit Kel.

Minuit n'avait pas osé croire en leur soutien. Maintenant que les choses étaient mises au point, elle se sentit moins seule et beaucoup plus assurée.

La jeune femme se jeta dans les bras de Kelemvor et lui donna un long baiser fougueux.

CHAPITRE XI

LE CHÂTEAU LANCEDRAGON

Depuis cinq jours, les trois compagnons cheminaient sur la route d'Eau Profonde. Adon en arrivait à regretter leur épuisante excursion en montagne.

Le temps avait de l'avance : un linceul blanc tapissait les Hautes Landes, et des draps de glace couronnaient les cours d'eau qui se déversaient du cœur sauvage de la contrée.

Ce froid hors saison s'expliquait : la nature était désormais le champ de bataille de déités luttant pour la suprématie. La famine n'était pas loin...

Un hurlement soudain. Les trois aventuriers quittèrent la route pour se cacher de leur mieux. Douze loups gris, suivis de douze autres, et de douze autres et de douze autres, arrivaient sur eux en rangs serrés.

Devaient-ils prendre la fuite ou rester derrière leur misérable arbuste ?

— Jolie parade, commenta Kelemvor, sortant de sa cachette, l'œil critique.

— Je me demande quelle est leur destination ? s'enquit Minuit avec une nonchalance étudiée.

— La Porte de Baldur, ou Elturel, répondit Kel, le regard perdu au sud... Les moutons se sont révoltés.

153

Minuit et Kelemvor éclatèrent de rire devant l'indignation de leur ami, que cette brèche dans l'ordre naturel des choses n'amusait pas du tout.

— Révolte des moutons, marmonna-t-il. Où êtes-vous allés chercher pareilles fadaises ?

— Pourquoi aurait-on besoin d'une armée de loups sinon ? rétorqua Kelemvor, souriant.

La détente fut de courte durée. Sans chevaux, le trio ne progressait guère. Adon se retrouvait une fois de plus chef de l'équipée, Kel ne manifestant aucune velléité en ce sens. Minuit s'en contentait, alors qu'elle aurait dû logiquement diriger les opérations. Peut-être craignait-elle de donner des ordres à son amant. Peu ravi de la tournure des choses, Adon tâchait de faire de son mieux.

Kelemvor renâclait à poursuivre la marche. Mais Minuit ne voulait pas risquer à nouveau leurs vies. Elle était heureuse qu'un sort ait fonctionné depuis l'échec de Haute Corne. Elle avait craint d'avoir mal interprété la nature mouvante de ses relations avec la texture élémentaire de la magie. Seuls des gestes et des mots lui venaient désormais à l'esprit, pour réaliser ses tours. Il n'y avait plus d'indications pratiques concernant les matériaux ou les conditions physiques.

Parvenue à une petite hauteur, elle aperçut une ruine non loin de là ; ses compagnons accoururent. Nichés contre les hauts-plateaux de Hautes Landes, juchés sur trois grands tertres se dressaient les murs décrépis et les tours effondrées d'une citadelle à l'abandon. Même de loin, elle semblait rivaliser en taille avec Haute Corne.

— Qu'est-ce que nous avons là ? demanda Kel, les yeux tournés vers la route.

— Le château de Lancedragon bien évidemment, répondit Adon.

— Je ne parle pas du château, répliqua le guerrier, avec impatience.

Il désigna un groupe de cavaliers à plus d'un kilomètre. Ils fuyaient vers le château en ruine, poursuivis par des agresseurs pataudes.

— On attaque une caravane ! s'exclama Minuit.

— Ce n'est guère vivace, remarqua Adon. Les assaillants sont sûrement des morts-vivants.

— Tu as sans doute raison, répondit Kelemvor. Ces gens doivent être épuisés.

Le regard vert du guerrier trahissait l'envie de leur venir en aide.

Adon le maudit en silence. Si une douzaine de ces créatures poursuivaient les cavaliers à leur rythme apathique, une douzaine d'autres s'agglutinaient autour de la caravane. Même la magie ne viendrait pas à bout d'autant de zombis. Si seulement Kel se souciait de lui et de leurs vies, comme un homme ordinaire.

Mais un homme ordinaire ne serait pas non plus à la recherche de l'entrée du Royaume des Morts.

— Si nous périssons, se dit Adon à voix haute, c'en est fini des Royaumes.

Il attendit la décision de son compagnon. Il ne voulait pas porter sur ses épaules une telle responsabilité.

Minuit jugea l'avertissement d'Adon à sa juste valeur. S'ils abandonnaient les caravaniers à leur sort, elle se le reprocherait jusqu'à la fin de sa vie. S'ils intervenaient, la Tablette serait en danger.

— On ne peut pas s'en mêler, dit-elle. L'enjeu est trop important.

Adon soupira de soulagement.

— Je ne sais pas pour vous deux, grommela Kel, mais je ne peux abandonner des innocents en danger de mort. Je l'ai trop souvent fait dans ma vie...

— Pense avec ta tête, Kel, pas avec ton cœur, dit-elle avec une douceur surprenante. Avec des dieux pour adversaires, nous ne pouvons pas...

— Mais ils vont mourir ! Si tu permets cela, tu ne

vaux pas mieux que Cyric !

Rien n'aurait pu davantage provoquer la colère de la magicienne.

— Fais ce que tu voudras, répliqua-t-elle d'un ton tranchant. Mais fais-le sans moi !

Kel se dirigea vers le lieu du drame.

Le jeune prêtre ne supporta pas de voir la petite compagnie à nouveau livrée à la zizanie. Mieux valait affronter les dangers ensemble.

— Attendez ! s'écria-t-il. On ne peut pas laisser les morts-vivants pénétrer dans le château, ou nous serons coupés du Royaume des Morts.

— C'est vrai, grommela Minuit à contrecœur, ne sachant si elle devait se courroucer qu'Adon se soit laissé convaincre, ou se réjouir que le prêtre ait trouvé une raison d'intervenir.

— A la vitesse où ils vont, nous aurons atteint le château avant les morts-vivants, soupira Adon. La cour intérieure sera peut-être défendable.

— Dans ce cas, dit Kelemvor, nous laisserons les caravaniers s'y réfugier, puis en couperons l'accès aux autres. C'est leur meilleure chance de s'en tirer...

— Et la nôtre également, convint Minuit. Autant nous presser.

Les trois compagnons lancèrent leurs montures au galop.

Dix minutes plus tard, un cavalier solitaire approchait de la crête de la colline. Cyric, après s'être traîné sur le bord de la route, avait sombré dans un profond sommeil. Un sommeil ponctué par les hurlements stridents des âmes damnées, et pollué par la puanteur de la mort, mais néanmoins réparateur grâce à l'énergie de son épée.

Après deux jours de marche, il avait croisé une compagnie déjà rencontrée par Minuit et les siens. Le voleur leur avait servi une histoire de son cru. A ses dires, le trio l'avait rossé d'abondance et volé, puis laissé pour mort. Compatissants, les cavaliers l'avaient informé que les scélérats chevauchaient de l'avant. Refusant de lui donner un cheval, ils avaient permis au jeune homme de monter en croupe jusqu'à la prochaine écurie. Là, le voleur les avait égorgés dans leur sommeil. S'emparant d'un cheval, d'un arc et d'un carquois, il avait tourné bride au nord, à la poursuite de Minuit et des siens.

Il arrivait juste à temps : la compagnie se glissait déjà dans la première cour du château. Jaugeant la situation, et la bataille sur le point d'être livrée, il éperonna sa monture, encochant une flèche. Il ne voulait pas rater l'occasion de décocher quelques traits dans le dos de ses vieux amis.

La cour centrale était trop délabrée pour offrir un refuge sérieux. Une armée aurait à peine suffi à défendre les brèches. La cour intérieure était mieux préservée : les quatre tours tenaient encore debout, et les murs paraissaient en bon état. Le portail intérieur était hors de ses gonds, mais on devait pouvoir le bloquer.

Après un bref examen, Kelemvor déclara :

— On peut tenir la cour intérieure. Minuit, va à la tour sud et fais-nous savoir quand la caravane atteindra l'enceinte. (Il contourna le portail et inspecta les gonds.) Adon et moi allons nous occuper de ça.

La tour sud était la plus grande et la plus sûre de celles qui subsistaient. Un escalier en colimaçon courait le long du mur extérieur. Il offrait la seule entrée possible. L'escalier ne possédait que deux accès : un au sommet du mur, l'autre à partir de la cour, ou les portes avaient disparu depuis longtemps.

Minuit grimpa la volée de marches. Dans la salle, des tapisseries piquées aux vers et passées pendaient à deux pans de mur, près d'une lourde table patinée. Un chandelier de fer rouillé ne comptait plus que trois bougies intactes.

Une petite fenêtre donnait sur la cour extérieure ; de l'autre on apercevait la cour intérieure et son portail.

Kelemvor et Adon se servirent d'une grande poutre pour redresser le portail. Même si la magicienne se sentait rassurée par ces préparatifs de défense, elle en voulait au guerrier de les avoir entraînés dans ce conflit. Kel jouait avec le sort du monde. Mais l'homme était ainsi : têtu, ne voyant pas plus loin que le bout de son nez, il tenait à réparer chaque iniquité rencontrée sur son chemin.

Minuit s'en accommoderait, mais pas avant que les Tablettes aient réintégré les Plans. D'ici là, elle ne devait plus permettre que ses sentiments la détournent de son devoir.

Elle reprit sa surveillance avec diligence.

Un quart d'heure plus tard, elle vit le premier cavalier atteindre le portail. Il menait quatre montures de bât effrayées. Pas de zombis en vue - mais il s'agissait d'ennemis lents, faciles à distancer. Le problème, c'était que rien ne les arrêtait. Ils épuisaient ainsi leurs proies à plus ou moins longue échéance.

Minuit alla crier un avertissement à ses amis. Kelemvor et Adon se postèrent chacun à un bout du portail redressé. En imagination, le guerrier entendait déjà les acclamations de gratitude. Adon, lui, songeait à la Tablette et regrettait de ne pas l'avoir confiée à la jeune femme. Il était trop tard.

Minuit revint à l'autre fenêtre : les caravaniers hésitaient devant le portail, comme s'ils craignaient plus le château que leurs poursuivants. Ils portaient des capes rayées à capuches.

Minuit s'étonna de leur manque d'empressement à entrer.

Elle finit par leur hurler :

— Hé, vous ! Courez à la tour !

Sans se presser, les caravaniers avancèrent. La colonne était presque au portail quand le premier assaillant escalada une brèche : le zombi portait la même cape rayée, mais son capuchon rabattu en arrière laissait voir d'épais cheveux nattés, des yeux morts, et une peau grise grumeleuse.

Minuit en déduisit qu'une terrible créature devait s'être abattue sur la caravane, massacrant la moitié et dressant ensuite les morts contre les survivants.

Kelemvor et Adon parvinrent à forcer un passage assez large dans leur barrage improvisé pour laisser passer les cavaliers. Les morts-vivants étaient si lents que cela ne devrait poser aucun problème.

Du haut de sa tour, Minuit observait le dernier zombi en train d'escalader le mur d'enceinte. Quelque chose n'allait pas, elle le sentait. Les zombis se déplaçaient *trop* lentement. Les cavaliers n'avaient pas manifesté la moindre gratitude.

Quand le premier caravanier atteignit le portail, un épouvantable odeur de pourriture et de mort assaillit les narines de Kelemvor. Les zombis se trouvaient encore trop loin. Le guerrier soupçonna que les cavaliers n'étaient pas ce qu'ils semblaient être.

— Ferme le portail ! hurla-t-il à Adon, empoignant la poutre sans tarder. Ce sont *tous* des zombis ! Aide-moi, vite !

Commençant à comprendre, Adon attrapa l'autre bout de la poutre.

Trop tard ! Le premier zombi attaquait ; Adon frissonna devant sa face grotesque et boursouflée, son regard mort. Le sourire macabre de la chose dévoila une dentition cariée.

Laissant retomber la poutre, le jeune homme plongea pour attraper sa masse d'armes. L'espace d'une seconde, il regretta de n'être plus sous la grâce de Sunie. Deux autres cavaliers vinrent attaquer le portail.

Kelemvor s'empara de son épée et décapita le premier ; le corps privé de tête resta debout, lançant son poing à l'aveuglette. Deux autres zombis se ruèrent sur Adon. L'un lui flanqua un violent coup de poing dans les côtes, l'autre lui assena un tel revers du bras qu'une symphonie de cloches se mit à carillonner dans le crâne du prêtre.

— Cours ! hurla Kelemvor, tranchant un bras aux chairs pourries avant de s'écarter.

Adon trébucha sur la poutre, se rétablit de justesse, et écrasa le crâne le plus proche. Deux nouveaux morts-vivants l'encadrèrent aussitôt.

Minuit entendait l'impact sourd des coups portés aux infernales créatures, et assistait au combat. Ses sombres pressentiments s'avéraient. Adon et Kelemvor étaient des hommes morts, et la Tablette perdue pour de bon, si elle n'accomplissait pas un nouveau miracle. Une idée lui vint : elle alla couper la corde retenant encore le lustre miteux au plafond.

Adon se crut perdu : trois zombis insensibles à ses coups de masse le cernaient. D'autres arrivaient, terrifiants envahisseurs. Il écrasa une cage thoracique et recula devant quatre doigts griffus et crasseux qui tentaient de le défigurer.

Kelemvor réussit à faire un peu de vide en décapitant un monstre de plus ; le prêtre saisit l'occasion pour lui lancer la précieuse Tablette.

L'attention des zombis se porta instantanément sur la musette, selon les instructions laissées par Bhaal avant sa destruction. Adon comprit en un éclair et hurla à son compagnon de s'enfuir. Kelemvor crut que le prêtre avait un élan d'héroïsme et refusa. Minuit surgit alors derrière les deux guerriers acculés, corde à la main. Elle la déroula, nouant l'extrémité à l'émerillon le plus proche.

Kelemvor entailla profondément un genou, ce qui eût mutilé n'importe quel homme vivant ; d'autres zombis jaillirent. Bientôt le grand guerrier aux yeux émeraude fut immobilisé, dos au mur. Adon lui hurla de fuir en grimpant le long de la corde providentielle. Mais Kel n'avait pas le temps d'attraper le bout du filin sans s'exposer à des coups mortels.

Adon se précipita vers la cage d'escalier la plus proche.

Minuit descendit le long de la corde et cria à son compagnon d'attraper la main qu'elle lui tendait. Kelemvor releva la tête vers elle, ce qui lui valut une nouvelle volée de coups. Il répliqua par de grands moulinets d'épée, qui lui procurèrent un peu d'espace vital.

Il cria à la jeune femme d'attraper d'abord la précieuse sacoche. Elle obéit de mauvaise grâce et regrimpa tandis que le guerrier étrillait d'abondance ses hideux adversaires. Le prêtre arriva en haut du mur et tendit la main à la magicienne. Puis ils jetèrent sur les zombis tout ce qui leur tombait sous la main. D'un bond, Kelemvor fut à la corde ; il escalada le mur en quelques secondes. Les trois compagnons s'engouffrèrent dans la tour, se barricadant dans la première salle rencontrée.

— Je suis désolé de vous avoir fourrés là-dedans, dit Kelemvor, observant d'une fenêtre les mouvements des morts-vivants. Je pensais... Oh ! j'ai perdu la tête !

— Ne te blâme pas, répondit Adon, le saisissant par les épaules. Ces zombis nous auraient attaqués tôt ou tard. Quelqu'un les a envoyés à nos trousses pour s'emparer de la Tablette.

— C'était Myrkul, soupira Minuit. Bhaal et lui conspiraient ensemble. Il a dû contacter Bhaal et découvrir que j'avais fui avec la Tablette.

— Quoi qu'il en soit, maugréa Kel, je devrais être écorché vif et rôti vivant ! Il reste une chance de les attirer à ma poursuite, dit-il, s'emparant de la Tablette.

— Non, Kel, intervint Adon, reprenant l'objet divin. Mieux vaut rester ensemble. (Kelemvor obéit, l'air sombre.) C'est une bonne chose que ça se soit passé ainsi : une attaque nocturne aurait été pire.

— Adon a raison, renchérit Minuit, malheureuse de voir Kel se morigéner. Trouvons l'entrée du Royaume des Morts. C'est pour cela que nous sommes ici, après tout.

— Par où commencer ? s'inquiéta le guerrier, inquiet de la progression des morts-vivants.

Une flèche vint se ficher en vibrant dans le parquet. Minuit tira son compagnon loin de la fenêtre.

Kel ramassa la flèche et hocha la tête :

— Les zombis ne se servent pas d'arc...

— Plus tard ! s'écria Adon. Fichons le camp d'ici !

Ils descendirent en trombe jusqu'au rez-de-chaussée, le prêtre en tête.

— Autant se réfugier dans les fondations, proposa-t-il, nerveux.

— Nous y serons faits comme des rats ! s'exclama Kel.

— C'est déjà le cas, répliqua Minuit, emboîtant le pas à Adon.

— Et les zombis vont se rendre d'abord aux étages, puisqu'ils vous ont aperçus aux fenêtres du haut.

Kelemvor acquiesça ; ils descendirent au sous-sol, où une eau sale chuintait à travers les murs. Une petite croisée donnait sur l'extérieur, au niveau du sol. C'était l'unique source de lumière. La percée était bien trop étroite pour songer à s'évader par là.

Des restes de tonneaux, de vivres pourris, de mobilier délabré gisaient un peu partout. Tandis que les zombis grimpaient, Minuit explora les lieux. Contrairement à leurs espoirs, les morts-vivants restés dans la cour ne bougeaient pas. Ils étaient pris au piège !

Le sol était moisi. Ce n'était pas le cas des autres pièces. La présence d'une corde gâtée et d'un seau mangé aux vers mit soudain la puce à l'oreille de la magicienne :

— Kelemvor, ôte ces planches à l'aide de ton épée, vite !

Quoique surpris, il s'exécuta. Le faible bruissement de l'eau s'accentua.

— Un cours d'eau souterrain ! s'exclama Adon, s'agenouillant à côté du guerrier.

— Une provision d'eau en cas de siège, expliqua la magicienne.

— Les zombis ne nous y suivront pas, sourit Adon.

Passant la tête par l'interstice, Kelemvor distingua une grotte. A en juger au bruit, il devait s'agir d'une rivière souterraine assez importante.

La lumière diminua brusquement. Adon leva les yeux vers la petite croisée et reconnut le nez crochu de Cyric agenouillé. Il hurla un avertissement et plongea sur Kelemvor, lui faisant un rempart de son corps.

Quelque chose siffla aux oreilles de la magicienne et se ficha dans le flanc du prêtre, qui s'écroula en gémissant. Ses yeux se révulsèrent, et il glissa dans le gouffre. Minuit voulut le rattraper par l'épaule, mais resta avec un empennage de flèche en main.

Kelemvor vit Cyric encocher une autre flèche. Il se précipita sur lui, hurlant de rage. Le voleur recula hors de portée de l'épée, narguant son ancien compagnon :

— C'est toi que je visais. Sans ce maudit prêtre pour te protéger...

— Moi, je ne te raterai pas ! s'écria Minuit.

Entendre la voix honnie lui avait glacé les sangs ; le sortilège du cône de glace serait le moyen idéal d'en finir avec lui. Elle pointa le doigt.

Cyric fut rejeté en arrière, s'attendant à mourir de façon atroce ; un treillis de gelée noirâtre jaillit par la petite fenêtre, se roula en boule et ricocha de mur en mur en couinant, semant des stalactites et des stalagmites derrière lui, réduisant la pierre en poussière. La balle enchantée finit par se perdre dans le lointain.

Soupirant de soulagement, le voleur se redressa, puis s'éloigna de la fenêtre. A présent qu'ils étaient avertis de sa présence, il devenait plus ardu de les tuer.

Kelemvor était encore sous le choc de la mort d'Adon.

Minuit gisait à terre, recroquevillée, le souffle court.

Tout ses muscles lui faisaient mal. Seule sa volonté retenait encore son âme dans son corps. Elle se souvint de l'avertissement de Bhaal : elle se consumerait si elle n'apprenait pas à catalyser cette énergie brute. Elle ne maîtrisait pas encore sa puissance. En théorie, tout lui était possible. En pratique, elle risquait l'anéantissement.

Se tournant vers la jeune femme, Kel laissa choir pour la première fois son précieux fardeau et s'agenouilla pour la serrer dans ses bras :

— Que puis-je faire ? Comment t'aider ?

Elle aurait voulu lui demander de la tenir serrée contre lui, de la réchauffer, mais elle avait peine à rester consciente.

Un martèlement de pas... Les zombis arrivaient... Charger lui vaudrait de se faire tailler en pièces ; Kelemvor savait que Minuit resterait à leur merci.

Il noua la corde autour de la taille de la jeune femme et la descendit dans le trou, au moment où les zombis entraient. Le premier s'empara de la sacoche sans s'occuper du guerrier. Kelemvor se tourna et lui coupa le bras. Trois autres zombis s'abattirent sur le guerrier. Obligé de reculer, Kel tomba dans le gouffre. Il se rattrapa à la corde, continuant de couper les têtes et les bras décomposés à sa portée. Un coup d'épée entailla la corde ; le guerrier tomba dans un grand éclaboussement.

Epuisée, Minuit luttait pour reprendre son souffle et ne pas se noyer.

— Minuit ? Où es-tu ? cria Kelemvor dans les ténèbres.

— Ici, croassa-t-elle faiblement.

Le grondement de l'eau couvrait sa voix. Le courant était trop fort pour lui permettre de rejoindre son amant. Kelemvor se laissa emporter comme sa compagne. Si la Tablette venait de tomber entre les mains de Myrkul, il n'était pas question de perdre également sa bien-aimée.

Il nagea, s'arrêtant de temps à autre dans l'espoir d'attraper la magicienne au passage. Mais il avait sous-estimé la puissance de ses brasses. Il se trouvait tellement loin d'elle qu'il n'avait aucune chance de l'intercepter. Au bout d'un quart d'heure, il dut se concentrer sur sa propre survie. Les rapides les entraînaient dans de longs couloirs entièrement immergés, d'où ils ressortaient à bout de souffle, frôlant la noyade, étonnés d'être encore en vie. A d'autres moments, ils rebondissaient contre des roches affleurantes, ou les parois de la grotte. Malgré leurs douleurs, ils tentaient toujours de happer une prise où se cramponner pour se libérer de l'étau liquide.

En vain.

Au bout d'une éternité, la rivière parut se calmer. Un étrange bruit de succion provenant du milieu du cours d'eau alerta le guerrier, qui se remit à nager prudemment. Il lutta de toutes ses forces et parvint à dépasser un petit tourbillon.

— Minuit ! cria-t-il dans le noir, il y a un tourbillon, nage sur la droite !

Il répéta l'avertissement encore et encore, jusqu'à ce qu'il ne perçoive plus le grondement de l'entonnoir liquide.

Même si elle l'avait entendu, avec ses membres gourds de froid et d'épuisement, ses poumons en feu, l'esprit vidé, presque délirant, la jeune femme était trop anéantie pour éviter le danger.

Quand le courant se fit moins fort, elle aspira goulûment une dizaine de bouffées d'air délicieuses, et se laissa porter. Quand elle se rendit compte qu'elle était entraînée vers un tourbillon, elle se détendit totalement, avec un sentiment voisin du soulagement, prête à accueillir la mort. Elle retint son souffle et disparut au cœur de la spirale.

CHAPITRE XII

NEIGE D'ÉBÈNE

Le sort dévié, lancé par Minuit contre Cyric, courait toujours, semant une longue traînée de terre gelée et noire sur son passage. La sève des arbres se figeait dans l'écorce, le sang se glaçait dans les veines des daims...

La boule finit par rebondir dans le lit d'un ruisseau qui débouchait sur un petit canyon rocailleux. Le globe ricocha d'une paroi l'autre, transformant les sources en glaçons sableux.

Sous terre, Kelemvor était entraîné dans un autre boyau immergé. Au bout de trois minutes sans poche d'air, il s'obstrua la bouche et le nez d'une main, luttant contre l'inconscience. Le couloir souterrain déboucha dans une grotte nimbée d'une lueur verdâtre. Kel parvint à s'empêcher de respirer et nagea vers la surface, où il jaillit dix secondes plus tard : il était dans un petit lac de montagne. A sa droite, une chute d'eau plongeait d'une hauteur de vingt mètres. La petite rivière dévalait d'un étroit canyon rocailleux.

Quelque chose de noir et de sphérique rebondissait de paroi en paroi. Une terrible appréhension s'empara du guerrier exténué. Faisant appel à ses ultimes ressources, il nagea vers la rive.

La sphère atteignit la paroi alors qu'il était encore à mi-parcours : la chute se métamorphosa sous ses yeux en cascade de givre noir. La balle rebondit et tomba vers le lac. Kelemvor se mit à brasser l'eau frénétiquement malgré ses muscles douloureux. La sphère magique tombait inexorablement ; elle percuta la surface du lac alors qu'il n'était plus qu'à quelques mètres de la berge. Le globe, en rebondissant, créa des disques de glace noirâtre qui s'agrandirent rapidement. A trois mètres de son but, un étau de givre saisit Kelemvor par la cheville. Il se libéra d'un violent coup de pied. Mais quand il toucha le bord, l'eau se solidifia autour de ses jambes. Il eut beau vouloir se redresser, ses cuisses et sa taille restèrent enserrées dans des tenailles implacables. Il se jeta en avant, et retomba rudement, le menton à quelques centimètres de la terre ferme.

La glace avançait, menaçant d'emprisonner à leur tour ses bras et son torse. Il libéra son poitrail de la mortelle étreinte, et maintint son corps hors de l'eau tandis que la glace progressait.

Après un instant de silence, le lac se fendilla avec force éclats, ajustant sa masse à l'arrivée d'eau gelée. Le linceul de givre se haussa de quelques pouces, et gagna près d'un mètre sur la terre, projetant Kelemvor dans sa gangue de glace.

Le guerrier était immobilisé de la taille aux genoux dans la glace d'ébène. Au-dessous des genoux, il pouvait bouger et créer des remous autour de ses pieds et de ses mollets. A en juger par ses sensations, le linceul verglacé devait être épais d'une douzaine de centimètres.

Ne voyant aucune échappatoire, il poussa un long hurlement de rage que l'écho lui renvoya avec une netteté stupéfiante, aggravant son désespoir. Il plongea les mains dans le sable et prit appui de toutes ses forces. Une douleur fulgurante lui transperça les épaules et la colonne vertébrale. Ses bras lui parurent aussi lourds que des massues. Il persévéra.

Il sentit le givre brûler ses muscles, depuis son visage et son torse, jusqu'à ses fesses et ses cuisses. Ses pieds étaient le plus en danger, malgré ses cuissardes étroitement lacées et ses bottes bien entretenues. S'il ne s'arrachait pas à cette prison blanche, il ne tarderait pas à mourir gelé.

Un corbeau vint se percher sur les branches basses d'un sapin, une lueur avide au fond des yeux ; il attendait poliment que l'homme enchâssé veuille bien rendre l'âme. La bête au plumage lustré et au petit ventre bien rebondi pouvait se permettre ce luxe.

Kelemvor n'apprécia guère l'œil de maquignon du volatile, comme s'il était une cuisse dodue de mouton. Il lui lança gauchement une brindille de bois sec, sans faire mouche.

Le guerrier avait affronté la mort maintes fois, sans jamais ressentir cette terrible détresse. Etait-ce d'avoir laissé la Tablette aux mains des zombis ?

Non. La mort d'Adon, ainsi que l'incertitude du sort de Minuit en étaient sans doute la raison.

Il aurait voulu cesser de penser, s'endormir et découvrir à son réveil que tout cela n'était que cauchemar.

Mais s'il fermait les yeux, il était perdu.

Ses frissons cessèrent ; un début de paralysie l'avertit que la mort était proche. Il battit des mollets sous la glace, martela le linceul de givre sans le moindre résultat. Il était entre la vie et la mort, comme les zombis de tantôt. Cette pensée le fit ricaner, amer.

S'emparant d'une autre branche cassée, il l'abattit de toutes ses forces sur la glace. Il recommença, provoquant à chaque fois un sourd grondement.

Le corbeau vint se percher à proximité du guerrier. Celui-ci agrippa de plus belle le bout de bois et fatigua le carcan de glace encore et encore, jusqu'à ce qu'il sente quelque chose céder. Ses efforts de plus en plus hachés et défaillants l'avaient réchauffé.

Une infime fissure fut le maigre résultat de son acharnement. La glace noire l'avait vaincu.

Il n'y avait rien d'autre à sa portée que des brindilles et l'oiseau. Il allait mourir comme tous les autres... Et il appelait la mort de ses vœux. Aussi surprenant que cela fût, il l'attendait.

Le corbeau sautilla plus près. Peut-être cherchait-il à savoir combien de temps l'humain allait mettre à expirer.

— Je ne vais pas me presser pour tes beaux yeux, grommela Kelemvor.

La bête inclina la tête, ouvrit le bec et siffla. Le guerrier imagina ce bec lui arrachant les yeux, ces pattes griffues fouaillant ses oreilles et son nez. Il frémit.

Une idée surgit dans son cerveau délirant.

Ces griffes étaient bien plus puissantes et efficaces que de pauvres ongles d'humain. Quant au bec, Kelemvor n'était pas en peine de lui trouver une foule d'usages.

Le corbeau considéra sa proie avec une méfiance renouvelée, comme s'il devinait le cours de ses pensées.

— Je pense que j'ai besoin de dormir, fit Kelemvor, articulant péniblement les mots, afin que l'oiseau comprenne bien.

Naturellement, l'oiseau ne comprenait goutte.

Kel reposa la tête sur ses bras, gardant une paupière légèrement entrouverte. La chaleur lui fit du bien, l'épuisement le gagnait.

Dix minutes passèrent avant que le corbeau se décide à enquêter. Il prit son envol et survola l'homme immobile. Il se reposa à moins d'un mètre de la tête aux yeux clos, au souffle imperceptible.

Il piqua du bec et arracha un petit lambeau de chair du nez.

La douleur réveilla Kel, qui eut le réflexe d'agripper l'oiseau par une patte, cassant un os.

La bête couina, se défendant de l'autre patte. Le coup lacéra le front du guerrier. Le corbeau se débattit de plus belle, s'efforçant de lui arracher un œil. L'homme le lâcha en jurant. La bête s'envola à tire-d'aile, de nouveau libre. La poussée d'adrénaline avait rendu sa lucidité au guerrier. Plus que deux heures avant le coucher du soleil, s'aperçut-il.

Effrayé et solitaire, il regretta l'absence de l'oiseau qui lui avait au moins tenu compagnie.

Il n'allait pas tarder à se muer en gigantesque glaçon. Il battit des pieds et des mains, tâchant de refaire circuler le sang dans ses jambes engourdies, ses mains bleuies.

Se réchauffer...

Une idée lui vint. Délire ou non, il lui fallait tenter sa chance. Il rassembla de quoi allumer un feu, arrachant toutes les touffes d'herbe à sa portée, et le petit bois, qu'il amassa dans sa chemise, à même la peau, jusqu'à ce que ce soit plein à craquer. Ses mouvements étaient plus intuitifs que dictés par la raison, à laquelle il ne se fiait plus guère.

Il dressa les trois plus grandes branches en étai, sachant que si le feu démarrait bien, les flammes convertiraient directement la glace en vapeur. Mais pour prendre, il fallait que le feu reste hors de portée de la glace.

Il entassa un petit lit d'herbe sèche entre les branches dressées, puis tira le silex et la pierre de sa bourse pendue à son cou. L'étincelle jaillit. Il souffla sur le feu ; un petit cercle de flammes orange dansa sous ses yeux. Une brise faisait voler les cendres. L'odeur était comme un parfum rare pour ses narines.

Dix minutes après, l'engourdissement fatal s'estompait. Kelemvor eut la satisfaction de voir que la glace magique fondait comme une autre sous l'action du feu. Il ne lui restait plus qu'à trouver un moyen de la rompre.

Il manquait de bois pour allumer un autre foyer près de ses hanches. Et pas le plus petit caillou tranchant à portée de main, en plein paysage montagneux !

Depuis qu'il était réchauffé, ses pensées étaient redevenues alertes : il s'empara d'un morceau de bois et entreprit de fouailler le lit sablonneux de la berge, à la recherche d'un silex assez grand.

Il trouva une pierre convenable, qui lui parut le plus précieux des diamants : ronde et facile à empoigner, elle se terminait sur un tranchant acéré.

Il martela la glace noire avec une vigueur renouvelée, sans autre résultat qu'une volée d'éclats de givre.

L'oiseau réapparut ; le guerrier sourit.

— On dirait que le dîner se fait désirer aujourd'hui.

Puis il s'acharna de plus belle contre la glace : à son ravissement, de grands bouts de givre se détachèrent. Il persévéra pour dégager sa hanche droite.

Il travailla ainsi durant de longues minutes, lançant de temps à autre un autre bout de bois dans le feu. Alors que l'horizon virait au rose pourpre, les flammes eurent raison du linceul de glace, qui sombra dans l'eau.

La morsure du froid réapparut avec la fraîcheur nocturne.

Kelemvor se hissa sur la berge et rassembla de l'herbe et du bois.

Après avoir rallumé un feu, il ôta ses vêtements trempés et examina ses jambes et ses pieds. Les premières, pâles et marbrées, guériraient avec du temps et de la chaleur. Les pieds étaient blancs, ankylosés, glacés sous ses doigts.

Kelemvor avait fait assez de campagnes hivernales pour reconnaître des gelures quand il en voyait.

CHAPITRE XIII

SOMBRE RÉVEIL

Minuit émergea d'un profond sommeil, ankylosée et endolorie. D'abord désorientée, elle découvrit qu'elle gisait le nez dans le sable, à demi hors de l'eau. Une petite cascade, derrière elle, se déversait dans l'étang, lui rappelant son voyage souterrain. Elle s'était échouée là une dizaine d'heures plus tôt, sombrant dans un sommeil réparateur dès le danger écarté. Quoique reposée, elle restait émotionnellement épuisée. Sa propre survie perdait beaucoup de son intérêt avec la fin tragique de son fidèle compagnon, Adon.

Kelemvor était la personne la plus aisément condamnable. Mais l'en accuser était *facile* - trop de coïncidences, trop d'imprévus. Que Cyric se rétablisse aussi vite était impensable - par quel miracle ? Il n'avait pas manqué de les poursuivre et de contre-attaquer. En imputer la faute au guerrier était inutile, d'autant qu'elle n'avait pas davantage que lui prédit la catastrophe.

Elle n'aurait jamais dû laisser Adon la persuader de ne pas tuer Cyric quand elle en avait eu l'occasion. Elle seule était coupable, ayant vu de quels crimes le voleur était capable. La détermination de Cyric n'avait d'égale que sa cruauté.

Elle ne referait pas cette erreur ; elle vengerait Adon à la première occasion.

Ses pensées se tournèrent vers Kelemvor. Il devait l'avoir suivie dans le tourbillon.

— Kelemvor ! Kelemvor, où es-tu ?

Ses cris résonnèrent dans la grotte, sans succès. Se serait-il noyé ? Saisie de désespoir, elle invoqua une flamme magique, imaginant déjà le corps sans vie, à la dérive, de son amant. La lumière la rassura un peu : nul cadavre ne flottait sur les eaux.

Elle était dans une dépression souterraine, avec une voûte d'environ cinq mètres de hauteur, semblable à une cathédrale. Des centaines de stalactites la paraient de leur grâce ; des filons de minerai saillaient des parois rocheuses, comme des peaux de dragon. Des tunnels boueux et des alcôves partaient de tous les coins pour s'enfoncer sous terre.

Sa voix se perdit à nouveau dans les remous de la cascade.

Elle était seule dans ce dédale ; Adon mort, Kelemvor sans doute aussi.

La lueur magique vira au pourpre, comme pour souligner la morbidité de sa situation.

Mais tout n'était pas perdu : elle pouvait encore faire appel à son art, et s'en remettre aux dieux.

Cette possibilité l'aida à ne pas céder à la panique. Kelemvor pouvait avoir été entraîné plus loin...

Elle se souvint qu'elle était toujours sous les ruines du château de Lancedragon, à la recherche de l'entrée du Royaume des Morts. Explorer les environs était la meilleure chose à faire. Avec de la chance, elle dénicherait l'entrée, ou Kelemvor.

La flamme magique s'était éteinte. Elle décida de se passer de lumière pour l'instant, et se mit à longer la berge, à pas précautionneux, les mains devant elle.

L'écho de sa voix appelant Kelemvor lui donna une idée de la profondeur de la grotte où elle évoluait.

Armée de cette information, elle estima que l'étang avait une centaine de mètres de diamètre. La grotte était immense.

Elle passa un long moment à longer la berge, appelant son amant à intervalles réguliers, en prenant garde de ne jamais cesser d'entendre le clapotis de l'eau, son seul repère. Elle parvint ainsi à un autre étang, enclos dans une grotte plus grande encore. Frustrée, découragée, la magicienne s'assit.

Elle s'interdisait d'envisager la mort de Kelemvor. La Cité des Splendeurs, Eau Profonde, était l'unique endroit où ils avaient une chance de se retrouver. S'il avait survécu...

Une silhouette blanche parut soudain flotter dans la caverne, et s'approcha à trois mètres d'elle. Une barbe drue, une mâchoire carrée, un regard franc - un homme robuste, *sculpté* dans la lumière. Sa musculature rappelait celle d'un gaillard habitué aux travaux pénibles, peut-être un forgeron.

Après un instant, il repartit d'où il était venu.

Minuit lui cria de l'attendre, hurla qu'elle était perdue. En vain. Elle se remit debout tant bien que mal, et fit l'impossible pour ne pas perdre de vue la sphère surnaturelle.

En quelques mètres, la berge sablonneuse fit place à du cailloutis, qui céda bientôt le pas à de la rocaille. Minuit suivit le spectre à vive allure malgré le terrain accidenté. Elle crut plusieurs fois l'avoir perdu de vue dans des cavernes semées d'excroissances rocheuses aux arêtes effilées, de pentes abruptes, de sols qui se dérobaient sous ses pieds. Elle faillit disparaître dans un précipice, et, une autre fois, dut bondir au-dessus d'une crevasse. Elle avait du mal à ne pas se laisser distancer.

Après des heures de ce périple épuisant, la silhouette s'effaça presque dans les ténèbres. L'écho assourdi de sa voix apprit à la magicienne que cette chambre naturelle devait être immense. Elle suivit l'apparition jusqu'à une paroi de granit. Un maçon expert avait assemblé les blocs de manière si parfaite qu'aucune lame n'eût pu être glissée par les interstices. Le poli était tellement achevé que le plus agile des voleurs n'aurait pu trouver la moindre prise.

Le mur courait de chaque côté à perte de vue, s'élevant jusqu'au plafond. Le pouls s'accélérant, la jeune femme suivit le spectre jusqu'à une intersection à l'impressionnante patine, héritage de temps immémoriaux. Une lourde herse en bronze doré gardait l'accès de la voûte ; de chaque côté de l'arche centrale se trouvaient des voûtes plus petites. Les tunnels étaient fermés par des portes en bronze doré.

La plus proche était entrebâillée ; Minuit la franchit derrière le spectre. Depuis des milliers d'années, les murs parfaitement exécutés n'avaient pas joué d'un millimètre. Ils débouchèrent sur une véritable ville : à l'extrémité du tunnel s'étendaient des routes pavées, bordées de maisons grises, à l'architecture simple et fonctionnelle. Des milliers de spectres allaient et venaient dans ce décor morose.

Minuit, dont personne ne s'occupait, déduisit qu'elle avait découvert la Cité des Ames mortes. Refusant d'écouter sa peur, elle résolut de se lancer à la recherche de la seconde Tablette.

A plusieurs reprises, des ombres l'approchèrent, cherchant à reconnaître en elle un ami, un parent cher, un bien-aimé.

Au fil de sa progression dans la cité fantomatique, elle se sentit impressionnée par la logique et le raisonnement qui avaient présidé à sa construction. Les intersections étaient à angle droit, les habitations étaient toutes semblables. L'architecture reflétait un stoïcisme évident, faisant rimer simplicité des formes et beauté pure. Des reliefs externes soulignaient le rectangulaire des structures. Portes et fenêtres suivaient le même modèle de bâtiment en bâtiment, donnant une impression d'apaisement. Le troisième quartier de la cité se constituait d'un seul et unique bloc épousant le plafond de la gigantesque grotte. Sa seule ouverture était une grande arche, par laquelle Minuit pénétra.

Elle déboucha dans une cour entourée de trois promenades et de portes voûtées qui conduisaient à de spacieux appartements. A l'extrême gauche, un bâtiment massif s'élevait sur des colonnades du marbre le plus fin ; la présence de cet autel suggérait qu'il s'agissait d'un temple.

A l'autre bout de la grande cour, une immense fontaine, jaillissant en une belle écume, évoquait une étrange et irrésistible harmonie. Minuit fut aussitôt attirée. Les spectres qui s'y morfondaient ne lui adressèrent pas le moindre regard.

L'eau du bassin était figée comme du givre, noire comme le cœur de Bhaal, et pourtant transparente comme du verre. Elle crut contempler un autre monde à travers le miroir liquide, pénétré de tranquillité et de paix.

Sous la surface s'étendait une grande plaine où grouillaient des millions de minuscules entités.

A contempler cette vue magnifique, quiétude et fatalisme, dans le coeur de Minuit, remplacèrent le chagrin dû à la disparition d'Adon et l'anxiété liée au sort de Kelemvor. Ils seraient bientôt réunis, elle en eut la conviction.

Une voix rauque interrompit sa rêverie :

— Je suis désolé de vous voir ici.

Relevant la tête, elle ne put réprimer un frisson. La voix était celle de Kae Deverell, mais pour elle ce corps évoquerait toujours l'essence sadique de Bhaal.

— Ne soyez pas désolé.

— Et vos amis - j'ai oublié leurs noms -, comment se portent-ils ? s'enquit le fantôme, s'asseyant sur la margelle de la fontaine.

— J'ignore où est Kelemvor, mais Adon doit être ici.

— Et le petit homme ? Qu'est-il arrivé à Malandrin ?

— Il a péri dans la Passe de Serpent-Jaune, répondit Minuit, sans avoir le cœur d'ajouter des détails.

— J'avais espéré entendre de meilleures nouvelles, soupira Deverell.

Un spectre jaillit des ombres, plongea dans l'eau fabuleuse et s'en alla vers la plaine en longues et gracieuses spirales. Le seigneur commandant le regarda disparaître avec un mélange de jalousie et d'effroi.

— L'oubli... Quel enchantement pour nous, dit Deverell, une main abandonnée à la bienfaisante eau « noire » : oublier l'anxiété d'être mort, oublier l'existence passée à Cormyr.

Bientôt, le temps viendrait, pour lui aussi, de sauter.

Dès le trépas, les âmes mortes étaient inexorablement attirées par la magie de Myrkul vers une des Fontaines de Léthé. En temps normal, l'attraction était si puissante que les spectres bondissaient immédiatement, pour ressortir à l'autre bout, sur la plaine.

En l'absence du dieu exilé, la magie s'était considérablement affaiblie. Les spectres regroupés autour des fontaines tentaient de résister à l'ultime appel de la mort.

Deverell reporta son attention sur la jeune femme :

— Dites-moi, qui a les Tablettes maintenant ? Que va-t-il advenir de Cormyr et des Royaumes ?

— Kelemvor a l'une des Tablettes ; la seconde est ici, quelque part.

— Ici ? répéta Deverel surpris. Dans ces sinistres murs ?

— Dans le Château des Ossements, expliqua-t-elle. Myrkul l'a prise.

— Alors les Royaumes sont condamnés.

— A moins que je puisse y accéder, et la récupérer. Pourriez-vous m'y conduire ?

Le spectre devint plus blême encore, si une telle chose était possible, et se détourna.

— Non, marmonna-t-il, je ne suis pas prêt pour le Grand Saut. Et même en ce cas, je ne suis jamais allé au Royaume des Morts.

— Nous n'y sommes pas ?

— Par bonheur, non ! Nous sommes à Kanaglym, à en croire les autres.

— Kanaglym ?

— Construit par les nains au temps où les Landes Hautes étaient fertiles. Au bout d'un an, le puits s'assécha. Ils en creusèrent un plus profond, donnant directement sur les Eaux de l'Oubli. Ils se rendirent compte de leur erreur au bout d'un mois, et abandonnèrent la ville. Les plus têtus errèrent dans les ténèbres, ayant perdu toute mémoire. Si vous plongez dans ce bassin pour atteindre le Royaume de Myrkul, vous y laisserez vos émotions et vos souvenirs.

Minuit ne s'en inquiéta pas outre mesure, songeant à la téléportation. Une idée encore meilleure lui vint à l'esprit : un « Couloir des Mondes », créant en théorie une connexion inter-dimensionnelle entre les différents plans d'existence.

Etonnée, elle se rendit compte qu'elle connaissait tout de ce sortilège concocté par le Mage Elminster, sans l'avoir jamais étudié, de sa structure à la théorie qui le sous-tendait. Cela lui était venu à l'esprit tout naturellement.

Sa curiosité éveillée, elle se concentra pour recenser tout ce qu'elle connaissait des sortilèges du vieux mage. Une kyrielle d'incantations, de théories, d'élaborations mystiques envahirent son esprit. Chancelant sous la masse d'informations, elle jugula le processus.

A son insu, son esprit s'était prêté à une prolifération encyclopédique de connaissances ésotériques, comme si elle avait eu accès à un gigantesque grimoire répertoriant les tours de magie existant depuis des temps immémoriaux.

Elle se tourna de nouveau vers le spectre :

— Vous êtes déjà mort. Que vous importe ce que

deviendront les Royaumes ?

— L'honneur d'un homme ne s'attache pas à son existence charnelle, répliqua Deverell. En tant que ménestrel, j'ai fait serment de combattre le Mal en tout lieu, à toute heure.

Il laissa passer un silence et ajouta :

— Vous semblez lasse. Reposez-vous : je vais veiller sur vous.

— D'accord, acquiesça-t-elle, devinant que des occasions de ce type se feraient de plus en plus rares.

Son sommeil, dans un coin de la grande cour, fut tourmenté par de mauvais rêves et de sinistres pressentiments. Elle se réveilla pourtant fraîche et dispose.

Des milliers de spectres s'étaient assemblés dans la cour.

— Pure curiosité, la rassura Deverell.

Elle eut brusquement une idée :

— Si quelqu'un mourait au château de Lancedragon, son âme descendrait-elle à Kanaglym ?

— Bien sûr, acquiesça Deverell. La Fontaine de Léthé est l'accès du Royaume des Morts le plus proche des ruines.

— Kelemvor, es-tu là ? cria-t-elle en s'adressant à la foule.

Les spectres s'agitèrent, mais personne ne répondit. Elle soupira de soulagement.

— Adon, où es-tu ? Viens que nous parlions ! (Elle ne savait pas ce qu'elle ressentirait en voyant son ami mort, mais il lui fallait essayer.) Adon, c'est Minuit !

Cinq minutes plus tard, Deverell dit :

— Il est peut-être effrayé, ou n'a pas résisté à l'appel de la fontaine.

— Cela ne lui ressemble pas : renoncer n'est pas dans son caractère.

— Eh bien, il ne se manifeste pas, répondit Deverell, fouillant la foule du regard. Inutile de l'attendre. Dès que vous serez prête, il nous faudra

179

partir.

Minuit rassembla son courage, et hocha la tête. Ils se frayèrent un chemin dans la nuée de spectres.

— Jusqu'à ce que nos épées se décroisent, la salua Deverell.

Ce signe martial de respect la réconforta.

— Que ton noble cœur apporte la rédemption à ton âme, répondit-elle.

La foule était un essaim de visages impassibles ou étrangers ; aucune trace d'Adon. Elle invoqua le sortilège d'Elminster : un disque chatoyant se matérialisa au-dessus de la fontaine. Inspirant profondément, Minuit avança.

*
* *

Cyric était devant une petite auberge, à mi-chemin entre le château de Lancedragon et le Gué de la Dague. Le ruisseau était pollué par du bétail mort, l'étable réduite en cendres. L'enseigne du *Griffon Juché* gisait dans la neige, à demi carbonisée et illisible. Les volets éclatés laissaient échapper de grasses fumées noires.

Y a-t-il quelque chose pour moi ? susurra une voix féminine dans sa tête.

— J'en doute, répondit le voleur. Mais je vais faire un tour.

Le voleur et l'épée buveuse de sang avaient pris l'habitude de se parler comme de vieux compagnons de route.

Je t'en prie, trouve n'importe qui. Je m'étiole.

— Je vais faire mon possible. J'ai faim, moi aussi.

L'homme et l'arme n'avaient plus rien mangé depuis que les malheureux guerriers de rencontre avaient sauvé Cyric du maléfique trio. Après

Lancedragon, l'épée ensorcelée était devenue trop faible pour l'empêcher de ressentir les tiraillements de la faim.

C'était deux jours plus tôt. Le jeune homme était ivre de fatigue.

Pensant que Minuit et Kelemvor avaient péri des mains des monstres, il avait suivi la caravane de morts-vivants, guettant la moindre occasion de leur ravir la Tablette. En vain. Ils s'étaient enfoncés dans le désert blanc à l'ouest, avant de filer vers le nord.

Caché près de là, il avait assisté au pillage méthodique de la petite auberge par la colonne de morts-vivants. Ce devait être une erreur, puisqu'ils s'étaient donné tant de mal, jusque-là, pour éviter d'être repérés. Leurs instructions étaient vraisemblablement de tuer quiconque les apercevait.

Détruire un établissement public, en pleine route commerciale, ne manquerait pas d'attirer l'attention. Mais les zombis n'étaient pas futés au point de réfléchir à ce genre de détails.

Une fois les monstres partis, Cyric jugea sage d'aller voir ce qu'ils avaient laissé derrière eux.

Une douzaine de cadavres jonchaient le sol.

— Aimerais-tu boire le sang des morts ? proposa Cyric.

Qu'en dis-tu ? Quelqu'un te paraît bon ?

— Je n'ai pas faim à ce point-là, répliqua le voleur, écœuré.

Moi si, répondit l'épée.

Il s'agenouilla près d'une femme d'âge mûr, étranglée, et dégaina l'épée, s'apprêtant à la plonger entre les côtes de la défunte.

— Elle est morte, fit une voix nerveuse. Ils sont tous morts.

Cyric se redressa pour découvrir un homme chauve, corpulent, un arc armé en main.

— Ne tirez pas, demanda-t-il, levant lentement les mains. Ce n'est pas ce que vous croyez.

L'homme ne comprenait pas qu'on pût s'effrayer d'une arme pointée sur soi, ayant oublié qu'il en tenait une.

Il rougit en baissant les yeux sur son arc, et le posa puis passa derrière le comptoir pour offrir à boire au nouveau venu.

— Je m'appelle Farl, se présenta-t-il, emplissant deux chopes.

— Je me nomme Cyric, répondit le voleur avec autant de chaleur qu'il le pouvait. Comment avez-vous survécu à ce... ?

— Cette attaque des zombis ? J'étais à la cave ; j'ai eu de la chance, j'imagine.

Il but cul sec.

L'estomac de Cyric se souleva à l'arôme amer de la cervoise. L'aubergiste, bien qu'hébété, avait l'habitude de deviner les besoins de ses clients. Un bref examen de Cyric lui apprit qu'il n'avait plus rien mangé depuis longtemps.

Le gros homme disparut dans les cuisines.

Farl est un morceau de choix, s'insurgea l'épée.

— En effet. Mais tu devras attendre ton tour.

Je ne peux pas attendre davantage !

— Je suis seul juge ! trancha Cyric.

Je décline...

Cyric n'argumenta pas davantage, un peu marri de se disputer avec une épée. Le ton autoritaire de la lame lui portait sur les nerfs.

Sans moi, tu ne te serais pas rétabli des blessures infligées par Bhaal, insista-t-elle. *Veux-tu que je meure de faim ?*

— Je ne te laisserai pas mourir, expliqua-t-il patiemment. Mais *je* déciderai seul de quel sang tu t'abreuveras.

Farl revint, chargé d'un plateau bien garni.

— A qui parlez-vous ? s'enquit-il.

Tu me dois Farl ! s'écria l'épée.

— Je me parlais à moi-même. L'habitude de voyager seul.

L'aubergiste posa le plateau, et l'invita à se régaler de tomates farcies, d'oie rôtie, de betteraves macérées, de pommes séchées.

Cyric réclama un autre pichet de cervoise.

Il le vida d'un trait, puis dégaina sa lame et la plongea dans la poitrine grasse d'un geste vif comme l'éclair.

Farl s'affala, un faible sourire figé aux lèvres, l'épée fichée dans la chair.

Le voleur mordit à belles dents dans un morceau d'oie, et se pencha par-dessus le comptoir :

— Bon appétit, lança-t-il à son épée.

CHAPITRE XIV

LA PLAINE BLANCHE

Après avoir franchi le disque magique, Minuit quitta Kanaglym et réapparut sur la plaine blanche. Elle eut la sensation que son esprit était un pivot autour duquel avait tourné son corps.

Dès la première inspiration, des vapeurs caustiques attaquèrent son nez et sa gorge. Elle eut beau tenter de focaliser sa vision, seule une désolation d'une blancheur aveuglante l'environnait. Le sol tremblait sous ses pieds comme une entité vivante ; des millions de voix faisaient vibrer l'air, donnant la chair de poule à la magicienne.

Sa vue se rétablit ; le Couloir des Mondes restait suspendu dans les airs. Elle jugea plus prudent de le refermer derrière elle ; il disparut.

L'instant d'après, elle parvint à analyser les informations captées par ses sens : une plaine crayeuse, infinie, foulée par une multitude d'êtres. Contrairement aux spectres de Kanaglym, ces créatures avaient des corps tangibles. On les aurait aisément pris pour des personnes vivantes.

A sa droite, des millions d'êtres avaient le regard tourné vers le ciel, comme en attente de quelque chose. Tandis qu'elle les regardait, un grondement partit de l'horizon et enfla jusqu'à elle, roulant comme une lame de fond.

— Tyr ! cria la foule.

Minuit imagina le cri porté par des millions de voix et traversant le vide interplanétaire jusqu'aux oreilles du dieu flottant dans les Plans.

— Ô Tyr l'Impartial, Dieu de la Justice, Equilibreur des Plateaux, réponds à l'appel de tes fidèles, s'écrièrent les spectres d'une voix nette et distincte, malgré leur multitude. Quand nous délivreras-tu, nous qui avons voué nos existences à ta gloire, à la vérité et à la justice jusqu'aux coins les plus reculés de notre planète, Toril ? Entends l'appel de tes adorateurs, Tyr. Regarde ! Voici Mishkul le Puissant, qui conduisit le roi Lagost vers plus de justice, et voici Ornik le Sage, qui départagea les cités de Yhaunn et de Tulbegh ; voici Qurat de Proskur, qui...

La litanie se déroulait, infinie, proclamant la loyauté des fidèles, énumérant les exploits de chacun. La magicienne s'éloigna de la foule, à la recherche d'un indice.

Après plusieurs heures d'errance, elle voulut demander son chemin à des âmes en peine et vit l'horreur se peindre sur les visages. Nul ne parut connaître l'emplacement du Château des Ossements.

Un hurlement de terreur interrompit ses tentatives. Une femme d'une quarantaine d'années, aux cheveux noirs striés de gris, était attaquée par une espèce de montagne de chair. On avait formé un cercle autour d'elle : Minuit aperçut avec netteté l'amulette de Mystra au cou de l'inconnue.

La chose monstrueuse rappelait un homme ayant un nez, une bouche et des oreilles normaux. Mais ses crocs émoussés bavaient une bile jaunâtre et ses yeux phosphorescents semblaient deux braises incandescentes. La tête trônait sur une amas grotesque, avec des bras ballants, et des replis spongieux de cuir à la place des muscles. Un pus verdâtre suintait d'anciennes plaies à divers endroits. Les jambes rondes soutenaient à peine la masse écœurante ; cette montagne de viande poursuivait pourtant l'inconnue avec une précision et une vitesse remarquables.

— Viens ici, vieux croûton ! hurla la chose, d'une voix si basse et gutturale que Minuit eut peine à distinguer les mots.

L'informe créature brandissait un cimeterre rouillé d'une main, une paire de menottes de l'autre.

L'indécision de Minuit fit rapidement place à la détermination.

— Laissez-la tranquille ! hurla-t-elle.

La femme se précipita dans sa direction ; le monstre, un instant dérouté par l'intervention, protesta :

— Elle appartient au Seigneur Myrkul !

Il lança les menottes à la tête de sa victime, l'assommant proprement.

— Arrêtez ! s'interposa Minuit. Touchez-la et vous êtes mort !

La créature répéta ces paroles insensées, partit d'un gloussement irrépressible, et passa une menotte au poignet de la femme évanouie.

Un puissant sort d'emprisonnement vint à l'esprit de la magicienne. Autour d'elle la texture magique était stable et fiable. Confiante, elle psalmodia le sortilège.

La créature hideuse se figea ; une sphère imperméable et opaque vint l'incarcérer et la transporter dans les airs.

Une fois sa colère et sa détermination retombées, Minuit se sentit sans force.

Elle resta assise, yeux clos, jusqu'à ce qu'une voix d'homme s'élève près d'elle :

— Est-ce que je vous connais ?

Elle rouvrit les yeux sur la centaine d'esprits qui la regardaient fixement. La femme qu'elle avait sauvée avait disparu sans un mot de remerciement.

L'homme, dans sa toge rouge bordée d'or, était

Rhaymon de Lathandre.

— Que fais-tu là, Rhaymon ?

Le prêtre était mort, étranglé par un chêne doté de volonté, dans la forêt de Valombre.

— Tu as bravement défendu cette femme, observat-il. Mais c'était folie. Il n'y en n'a pas qu'un.

— Qu'était cette chose ?

— L'un des séides de Myrkul : un Gardien, expliqua Rhaymon.

— J'aimerais qu'ils cessent de me fixer, déclara Minuit de plus en plus mal à l'aise, désignant la foule autour d'eux.

Rhaymon la guida à l'écart.

— Il ne faut pas y prêter attention. Ce sont tes yeux qui les intriguent.

— Mes yeux ?

— Oui. Ils étaient fermés il y a un instant. Les morts gardent les yeux ouverts, tu sais. J'imagine que tu es vivante ?

— Et si c'était le cas ?

— Ça ne changerait rien. C'est inhabituel, voilà tout. La plupart des défunts n'usent pas de magie, à moins d'être des liches. A ce propos, es-tu une zombie ou vivante ?

— Je suis vivante, Rhaymon, soupira-t-elle. Et j'ai besoin de ton aide.

— Que veux-tu ? demanda-t-il, la guidant près d'un groupe d'adoratrices de Lliira, Déesse de la Joie, de vieilles dames hilares occupées à se rouler par terre.

— Je dois trouver le Château des Ossements. Le sort du monde dépend de mon succès.

— Le Château des Ossements ? s'exclama-t-il. C'est la cité de Myrkul !

— N'est-ce pas son royaume ?

— Pas vraiment, répondit-il. Mais il est facile d'y accéder.

— M'aideras-tu ?

— Tu dois dire la vérité, décida le prêtre mort, ou

tu ne t'exposerais jamais aux souffrances éternelles qui t'attendent dans la cité de Myrkul. Je suis certain que le seigneur Lathandre voudrait que je t'aide de mon mieux.

— Merci, dit Minuit. Où allons-nous ?
— A l'ouest.
— A l'ouest ? répéta-t-elle. Comment sais-tu où se trouve l'ouest ?
— J'ignore comment, sourit Rhaymon, mais je le sais. Être mort confère un certain sens de l'orientation, du moins quand il s'agit de cet endroit. Tu devras t'en remettre à moi pour une foule de petites choses du même ordre.

Au bout de quelques heures de marche à travers la foule, en prenant soin d'éviter les créatures, Minuit trébucha, épuisée. A ses questions angoissées, le prêtre répondit :

— Il n'existe pas de façon plus rapide de voyager. A moins que tu veuilles attirer l'attention des Gardiens de Myrkul. Mais ne t'inquiète pas. Le temps et la distance sont des paramètres différents en ce lieu. Qu'il faille un jour ou un mois pour atteindre le Château des Ossements, il ne se sera passé qu'une fraction de ce temps à Toril.

Ils poursuivirent leur route jusqu'à ce que Minuit tombe d'épuisement. Rhaymon veilla sur son sommeil.

Au réveil, la magicienne en apprit davantage sur le royaume redouté du Dieu des Morts :

— Myrkul possède deux domaines : sa cité sise à Hadès, où nous nous rendons, et qu'il dirige en maître absolu ; et la Plaine de la Fugue, un demi-plan à l'écart, qu'il supervise. Quand une mort survient dans les Royaumes, l'esprit est attiré vers l'un des milliers de portails donnant sur les deux domaines de Myrkul. L'esprit de ses fidèles descend directement à Hadès. Il y a de bonnes chances pour qu'un portail relie le Royaume des Morts à Eau Profonde. Si tu t'évades, tu pourras l'emprunter pour rejoindre la Cité des Splendeurs.

— Merci de la suggestion, répondit Minuit, l'air sombre.

— La Plaine de la Fugue abrite tous les défunts qui ne sont pas des séides de Myrkul, reprit le prêtre. Là, les Gardiens du dieu regroupent les impies et les infidèles..

— Les impies et les infidèles ?

— Les infidèles sont ceux qui ont trahi leur dieu, les impies, ceux qui n'ont vénéré aucun dieu.

— Que font-ils de ces esprits ? s'enquit Minuit, inquiète pour Adon.

— Ils les traînent vers une éternité de supplices, j'imagine. Je l'ignore, mais nous le découvrirons bien assez tôt. Les fidèles, eux, patientent jusqu'à ce que leur divinité les emmène.

— En ce cas, pourquoi la Plaine de la Fugue est-elle encombrée à ce point ?

— C'est notre épreuve finale. A une ou deux exceptions près, les dieux ont choisi de nous abandonner là pour mettre notre foi à l'épreuve.

— Il paraît bien inhumain d'abandonner de la sorte de loyaux serviteurs, observa la magicienne.

— Ils ne nous ont pas abandonnés, contra Rhaymon. Ils viendront nous chercher tôt ou tard.

Une réponse dictée par l'espoir, non par le savoir. Elle n'ajouta rien. Si les dieux se *souciaient* de leurs serviteurs, la Plaine de la Fugue eût été bien moins grouillante de monde.

Leur périple dura deux autres jours. La foule des âmes en peine finit par s'éclaircir.

Rhaymon fit halte :

— Je t'ai guidée aussi loin que je le pouvais. Au-delà, je ne te suis plus d'aucune utilité.

Minuit sourit malgré un soudain sentiment d'abandon et de solitude :

— Tu m'as déjà beaucoup aidée.

— L'entrée de la cité est par là, dit-il en désignant un point à l'horizon. Je t'ai amenée jusqu'ici pour que tu puisses approcher des murs sans rencontrer les Gardiens de Myrkul.

— Les mots ne peuvent exprimer ma gratitude, dit-elle, lui prenant les mains. Tu me manqueras.

— Tu me manqueras aussi. (Il ajouta après une brève pause :) Minuit, ce n'est *pas* le monde des vivants. Ce qui te paraît cruel et mauvais est la norme en ces lieux. Quoi que tu trouves dans la cité de Myrkul, n'oublie jamais où tu es. Si tu te mêles des affaires des habitants, tu ne repartiras plus.

— Je me souviendrais de tes conseils. C'est promis.

— Bien. Que les dieux veillent sur toi.

— Et puisses-tu garder la foi.

— C'est promis.

Il se tourna et repartit vers la Plaine de la Fugue.

Minuit franchit bravement la dernière distance qui la séparait de la cité de Myrkul. Deux heures plus tard, une plainte bizarre lui parvint, ainsi que des relents de pourri. Cela empira à son approche ; elle vit que les murs, qui ondulaient et se tordaient, semblaient vivants. S'agissait-il de serpents ? En ce cas, cela expliquait l'absence de gardes.

A environ quinze mètres du mur, la plainte étouffée se transforma en une cacophonie de sanglots ; la puanteur était insoutenable. Elle vit distinctement les murailles : des milliers de jambes qui se tordaient en tous sens...

Le mur était entièrement constitué de corps humains. Hommes et femmes étaient empilés sur une hauteur de quinze mètres, leurs corps tournés vers l'intérieur de la cité. Les plus corpulents donnaient au mur sa masse et sa hauteur ; les plus fluets remplissaient les interstices. Un mortier verdâtre les liait.

La barrière hideuse faillit faire rebrousser chemin à Minuit, choquée et écœurée. Elle ne pouvait se servir de ces jambes comme points d'appui pour escalader le mur et elle le savait. Elle fit appel à la lévitation.

La magicienne s'immobilisa, recroquevillée, au-dessus de la muraille humaine. Une rafale de hurlements et de cris stridents lui agressa les tympans ; elle était bien dans Hadès.

L'air de la cité était presque irrespirable : un brouillard caustique attaquait les poumons. Un ciel grisâtre nimbait la Cité des Morts de ses faibles lueurs. Les minuscules colonnes de lumière trouant les nuées devaient être autant de couloirs entre le royaume de Myrkul et le monde des vivants.

La mégalopole s'inscrivait dans un gigantesque cratère géologique, dont le bord opposé se perdait dans le lointain, même à la hauteur où Minuit lévitait.

Les conseils de Rhaymon la dissuadèrent d'intervenir pour libérer un convoi d'esclaves à peau grise, peinant sous le fouet des Gardiens.

La ville tentaculaire avait ses beaux quartiers ; ailleurs, des ruelles étroites et tortueuses se perdaient dans des dédales de bâtisses rabougries et branlantes. Nulle part on ne voyait trace du Château des Ossements.

Elle n'avait pas le choix : elle descendit et courut dans la ruelle la plus proche pour semer les escadrons de surveillance. Elle déboucha sur une artère jonchée de détritus. Des fenêtres perçaient des cônes jaunâtres et putrides. La jeune femme inhala une bouffée d'air sulfureux, qui la fit suffoquer. Des volutes noirâtres irritaient sa peau.

Elle s'engouffra dans une allée, grimpa sur un monticule de déchets aussi haut que le bâtiment, et sauta dans la rue qui faisait la jonction. Escaladant un autre dépôt d'ordures, elle parvint à un cul-de-sac.

Il lui fallait impérativement un guide pour se diriger dans ce dédale.

Instantanément le sort permettant l'invocation de monstres lui vint à l'esprit. Après un instant de réflexion, elle sut comment l'adapter à ses besoins.

Il suffisait d'appeler une personne au lieu d'un monstre. Mais qui ? Une simple modification des mouvements de doigts et de l'intonation, et elle se trouva prête à invoquer quelqu'un qui connaîtrait bien la ville, et serait disposé à l'aider.

Elle ne put se défendre d'un soupçon d'anxiété : seuls les plus grands mages savaient altérer les sorts existants.

Un instant plus tard, quelqu'un escaladait le tas de scories. Minuit se prépara à se précipiter dans une maison en cas de mauvaise surprise.

Un petit homme grisâtre se découpa au sommet des immondices : Atherton Cooper n'avait pas la plus petite idée de ce qu'il faisait là. Une seconde plus tôt, il enduisait de mortier une femme qui se débattait.

— Malandrin ? demanda Minuit d'une voix incertaine.

Le petit homme fronça les sourcils, puis se souvint vaguement de Minuit, et de son surnom.

— Minuit ! s'exclama-t-il, dévalant l'immonde dépôt. Que fais-tu là ?

— Ce n'est pas ce que tu crois, répondit-elle, lui tendant les bras. Je suis vivante !

La remarque fit s'arrêter net Malandrin.

— Je suis mort, dit-il sourdement. Pourquoi as-tu laissé Cyric me tuer ?

Minuit ne sut quoi répondre. Elle ne s'était pas attendue à rencontrer Malandrin, ni à devoir se justifier d'avoir sauvé Cyric, une décision qui avait coûté la vie au petit homme.

— Je ne referai pas une telle erreur, dit-elle, les bras ballants.

— Voilà qui ne me console guère ! Regarde ce que je suis devenu par ta faute !

— *Je* ne l'ai pas laissé te tuer, s'insurgea-t-elle. C'est toi qui t'es jeté à sa tête !

— Je n'avais pas le choix ! (Il détourna le regard, brusquement submergé par trop de souvenirs perdus.)

Il détenait mon épée. Je devais la récupérer, ou perdre la raison.

— Pourquoi ? demanda-t-elle, s'asseyant pour se mettre à son niveau.

— C'est une arme maléfique, expliqua-t-il. L'homme à qui je l'avais volée est mort en essayant de la reprendre, comme moi.

Minuit comprit pourquoi Malandrin était dans la Cité des Morts. Ne vivant que pour son épée, il avait trahi son dieu.

— Alors tu es un infidèle !

— Je suppose, oui, dit-il, la regardant enfin dans les yeux.

— Qu'est-ce que cela signifie ? Quel est ton lot ?

Le petit homme haussa les épaules, l'air nonchalant.

— Je fais partie des esclaves de Myrkul. Je passerai l'éternité à maçonner les impies.

Minuit inspira profondément.

— Qu'est-ce qui t'inquiète ainsi ? demanda-t-il, irrité. Je croyais que tu adorais Mystra ? Non qu'être fidèle vaille beaucoup mieux qu'abjurer sa foi, quand on est là. La Plaine de la Fugue déborde d'âmes en peine.

— Ce n'est pas mon sort qui m'inquiète. Quelques semaines après ton trépas, Cyric a tué Adon... Il est mort en ayant perdu la foi.

— Alors le Mur est pour lui, conclut Malandrin, lugubre. Je serai probablement au nombre de ses bourreaux.

— Peux-tu le... ?

— Non, coupa-t-il, levant une main pour arrêter ses supplications. Il a choisi ce destin de son vivant. On n'y peut plus rien. Si c'est la raison pour laquelle tu m'as appelé...

— Non, répondit la jeune femme, attristée. Tu dois me conduire au Château des Ossements.

— Tu ne sais pas ce que tu demandes ! s'exclama le petit homme, les yeux arrondis de stupéfaction.

Quand ils nous captureront, ils...
Que nous feront-ils de pire que ce que je subis ici ?
— Si tu ne m'aides pas, implora-t-elle, le saisissant aux épaules, les Royaumes périront !
— Que m'importe ? Avec un peu de chance, cette cité maudite s'abîmera aussi.
— Aide-moi à retrouver la Tablette du Destin et à la ramener à Eau Profonde. Je t'aiderai à échapper à cet atroce destin !
— Comment ?
— Je l'ignore encore. Mais je trouverai.
Le petit homme eut un haussement de sourcils sceptique.
— Crois-moi ! supplia-t-elle. Qu'as-tu à perdre ?
Rien... Bien sûr. Il risquait les supplices éternels. Et alors ? C'était déjà le cas...
— Très bien, soupira-t-il. Mais comprends que tu viens de faire une grave promesse. Si tu ne l'honores pas, tu encourras le sort réservé aux infidèles quand tu mourras.
— Je sais. Allons-y.
Il la guida dans un dédale de ruelles sinueuses. En chemin, ils croisèrent des avenues bien dégagées. Le petit homme les traversait toujours à la hâte, avant de rejoindre des quartiers insalubres voués à la ruine.
Minuit était heureuse de l'avoir pour guide. Il s'arrêtait parfois pour qu'un infidèle lui précise une direction, qu'il vérifiait systématiquement auprès de deux ou trois autres passants, car, expliqua-t-il à Minuit, leurs semblables adoraient vous expédier dans les bras des Gardiens. Remarquant la lassitude de la jeune femme, il la conduisit sur le toit d'un bâtiment pour qu'elle s'y repose.
Il lui confirma que les colonnes lumineuses étaient des ouvertures vers les mondes des vivants - il n'y avait pas d'étoiles au Royaume des Morts.
— Qu'est-ce qui empêche les morts et les Gardiens d'emprunter ces sorties ? s'enquit Minuit, perplexe.

— Qu'est-ce qui empêche les hommes de se rendre sur les étoiles ? répondit le petit homme d'un haussement d'épaules. Elles sont trop loin j'imagine, et protégées par des barrières. Repose-toi et mange un morceau, si tu le peux.

Elle n'avait plus mangé depuis des jours. Seule comptait sa mission. Et puis les cris des damnés et la puanteur ambiante suffisaient à couper toute faim.

Ils poursuivirent leur infernal descente dans les bas-fonds de la ville, jusqu'à un pont de guingois qui enjambait un fleuve de vase noire.

— Nous y sommes presque, dit-il. Es-tu prête ?
— Oui, répondit-elle, malgré son angoisse.

Après une semaine d'errance dans le royaume de Myrkul, elle se sentait aussi prête qu'on pouvait l'être.

Les deux compagnons empruntèrent une allée qui serpentait le long d'un bas quartier. Une plainte stridente les fit redoubler de prudence. La puanteur féroce manqua faire vomir la jeune femme. L'allée donnait sur un boulevard, de l'autre côté duquel s'élevait un mur de membres humains. Cette vision lui retourna l'estomac et l'enragea : c'était le sort qui attendait Adon !

— Voici le Château des Ossements, l'informa Malandrin, désignant une tour qui pointait dans les airs. Voilà la tour de guet.

Minuit n'en crut pas ses yeux : à une trentaine de mètres s'élevait une tour entièrement constituée d'os humains, s'achevant sur un clocher illuminé de six torches magiques, où trônait une tablette d'argile exposée à la vue de tous.

Comme un trophée convoité et admiré, Myrkul l'avait disposée « au grand jour ».

— La voici ! chuchota la magicienne.
— C'est ce que je vois, soupira Malandrin. Comment vas-tu t'en emparer ?
— Je n'en sais rien encore... C'est trop simple.

Pourquoi l'avoir laissée sans surveillance ?

— Ne commets pas l'erreur de le croire : des milliers de gardes veillent.

— Comment cela ?

— Si nous la voyons, il en est de même pour les Gardiens, et les ducs et les princes.

— Les ducs et les princes ?

— Qui, crois-tu, commande les Gardiens ? Les ducs ont la mainmise sur les quartiers, et les princes commandent les ducs. Chacun est plus vicieux que son vassal.

— Que peux-tu encore me dire ? demanda-t-elle.

— Le meilleur moyen de piéger un voleur est de lui faire croire que le butin n'est pas surveillé. Il y a sûrement un ou deux pièges magiques.

Minuit ne s'étonna pas outre mesure d'une telle compétence en matière de filouterie. Il était de notoriété publique que les Petites Gens apprenaient au berceau l'art de voler pour survivre. Elle étudia un instant la tour coiffée de l'objet tant convoité.

— Nous pouvons nous rendre invisibles, puis...

— Cela ne suffit pas. Les Gardiens - les ducs surtout - nous verront du premier coup d'œil.

— Très bien : on va voler, je désamorcerai les pièges magiques, et on repartira avec la Tablette.

— Combien de temps va-t-il te falloir ?

— Juste ce qu'il faut, répondit-elle d'un air confiant.

— Ce sera trop, la contra le petit homme. Ne rêve pas : ils seront à tes trousses avant que tu aies le temps d'atteindre la tour.

— Alors que faire ?

— Trouver autre chose, et vite. Tu ne pourras pas tenir ta promesse s'ils te capturent.

Minuit tomba dans un long silence. Puis :

— J'ai une idée : je prépare notre retraite avant de m'emparer de la Tablette. Au lieu d'aller à elle, je la descendrai jusqu'à nous. Et nous filons !

— Voilà qui pourrait marcher, admit-il. Mais je dois m'éclipser avant.

— T'éclipser ? Tu ne viens pas avec moi ?

— Non, je suis mort. Dans les Royaumes, je serais réduit à l'état de zombi et encore plus malheureux qu'ici.

— Tu ne sauras jamais à quel point je te suis reconnaissante, commença-t-elle, lui prenant la main.

— Et je m'en fiche ! N'oublie pas ta promesse, c'est tout ce que je demande.

Il retira sa main et remonta la ruelle.

Elle le regarda partir, déroutée et blessée par sa soudaine froideur. Elle se jura en silence de tout faire pour l'aider, une fois les Tablettes restituées à Heaume.

Pour cela, il lui fallait agir vite. Elle se remémora le « Couloir des Mondes » d'Elminster, et consacra quinze minutes d'intense concentration à se pénétrer des complexes mécanismes du raisonnement du vieux mage. Elle modifia l'incantation de manière à aboutir dans la Cité des Splendeurs.

Puis elle agit : une formidable énergie la submergea ; un disque phosphorescent se matérialisa, ouvrant sur l'inconnu. Elle fit appel à la télékinésie : la Tablette vibra. Puis bougea lentement. Enfin, après un instant que Minuit trouva long, l'objet magique fonça sur elle.

Bien qu'assourdie par les cris et les plaintes des damnés, la magicienne imagina les braillements outragés des Gardiens.

Une créature immonde ne tarda pas à apparaître en virevoltant. Elle avait des ailes de chauve-souris, des yeux à multiples facettes et des canines proéminentes - un faciès à mi-chemin entre le vampire et la mouche.

Minuit s'empara de la Tablette volante. A son contact elle sentit un flux d'énergie qui n'émanait pas de la première Tablette. Sans doute l'œuvre de

197

Myrkul.

Le danger se rapprochait, les Gardiens arrivaient par centaines : la magicienne s'engouffra dans le corridor lumineux. A une dizaine de mètres de l'extrémité, elle aperçut un rideau liquide, comme si elle courait à l'intérieur d'un puits. Elle comprit que son enchantement avait fonctionné à la lettre : de l'autre côté se trouvait Toril.

Malgré tous ses efforts, le corridor refusa de se reboucher. A l'autre bout se découpaient les silhouettes des Gardiens ailés. Le plus proche sourit, découvrant ses crocs maléfiques.

— Inutile, dit-il d'une voix sifflante. Où la Tablette va, nous allons aussi. Rends-la !

Minuit comprit le piège machiavélique de Myrkul. La Tablette agissait comme un signal attirant ses séides. La présence de la Tablette à Eau Profonde déchaînerait les hordes du Seigneur de la Mort sur la ville. Elle ne pouvait pas permettre une telle abomination - pas plus qu'elle ne pourrait rendre les Tablettes à Heaume.

Il lui fallait bloquer le corridor à tout prix : le sortilège idéal lui vint en tête. Jamais les spadassins de Myrkul ne reconnaîtraient le globe kaléidoscopique et chatoyant sur lequel ils s'arracheraient les griffes.

L'incantation fit effet sur-le-champ : comme Minuit s'écroulait, la sphère quasi indestructible vint l'entourer et la protéger. Mais elle lui barrait l'accès au monde des vivants.

Minuit avait la tête en feu, le corps meurtri. En quelques minutes, elle venait de réussir les deux tours de magie les plus puissants du monde.

CHAPITRE XV

LA CITÉ DES SPLENDEURS

Après s'être libéré de la glace, et au terme d'une longue nuit passée à se réchauffer au coin d'un feu, Kelemvor avait laissé les Landes Hautes, et s'était traîné sur ses pieds gelés.

A un carrefour, il avait allumé un grand feu, espérant attirer l'attention.

Le guerrier ignorait, on s'en doute, le sort de Minuit. Mais elle devait être en vie, surtout si elle avait eu recours à la magie.

Elle avait peut-être essayé d'arracher la première Tablette aux zombis. A moins qu'elle soit descendue au Royaume des Morts. En cas de succès, qu'aurait-elle fait ensuite ?

La seule hypothèse valable était qu'elle se rendrait à Eau Profonde, la Cité des Splendeurs.

Seul, sans armes, les membres glacés, Kel savait ses chances de récupérer la première Tablette ridiculement faibles. De plus, les zombis devaient avoir rejoint leur maître.

La meilleure solution était d'attendre sa compagne à Eau Profonde. Il recruterait de l'aide et partirait à sa recherche si elle tardait à réapparaître.

Quand les sensations étaient revenues dans ses pieds, d'atroces douleurs avaient duré vingt-quatre heures. Une compagnie de dix cavaliers l'avait trouvé en proie à ses tourments, lui avait prêté une monture, et l'avait invité à chevaucher jusqu'à la Cité des Splendeurs.

Un jour et demi plus tard, ils découvraient les décombres fumants de l'auberge du *Griffon Juché*. Sans raison apparente, on avait massacré tous les clients. Le corps exsangue de l'aubergiste les avait aiguillé sur la piste du vampirisme. Kelemvor avait affirmé qu'il s'agissait des mêmes zombis qu'au château de Lancedragon.

Sept jours plus tard, ses affirmations s'étaient confirmées : des zombis s'étaient attaqués à la compagnie endormie, massacrant la moitié des hommes avant que Kelemvor, boitillant, essaie d'organiser la défense. Les survivants, paniqués, s'étaient enfuis dans la nuit.

Trois jours plus tard, Kelemvor jouait toujours au chat et à la souris avec les zombis en toge rayée, qui filaient au nord-ouest. Les éclaireurs zombis lui avaient tendu des embuscades à plusieurs reprises, condamnant le guerrier à ne plus fermer l'oeil.

Sa résistance faiblissait de façon dramatique. Dans la plaine blanche qui s'étendait à l'infini sur sa droite se cachaient les zombis. A sa gauche, se trouvait un ruban de sable brun : il s'agissait de la Côte des Epées, qui bordait une vaste plaine d'azur liquide, la Mer des Epées.

La route coiffait une petite colline ; le cheval fit halte de sa propre initiative, et renâcla. Kel lui flatta l'encolure, puis distingua, broyée sous les sabots, une chose qui semblait posséder des écailles.

Un serpent ?

Il vit des branchies et des nageoires.

Un poisson.

Il releva la tête : de l'autre côté de la route se

tordaient des milliers de créatures semblables. Elles formaient un immense tapis argenté, comme si la mer était devenue inhospitalière et que les poissons aient gagné la terre pour y chercher des eaux plus accueillantes.

Du haut du coteau, il distinguait Eau Profonde au loin. Les portes fortifiées gardaient la rive de la Côte des Epées. Au sud s'étendait la Mer des Epées, où croisaient quelques gros voiliers. Au nord, un petit escarpement surplombait la plaine blanche. A l'est, la pente douce se terminait en falaise escarpée, d'où partaient les murs de la ville, appuyés de solides tours. La muraille disparaissait au point culminant de la falaise, là où nul être humain n'eût pu l'escalader. Derrière le mur d'enceinte pointaient les fières tourelles de la ville.

Au-delà, un pic s'élevait à environ deux cents mètres au-dessus de la mer, surplombant la cité qui lui devait son nom. Au sommet du mont Eau Profonde se dressait une tour solitaire, flanquée de nuées d'énormes oiseaux. Même à cette distance, Kelemvor distinguait la forme de leurs ailes.

Le cheval reprit la route de mauvaise grâce, comme s'il avait peur de se salir les sabots dans cette masse grouillante.

Le guerrier s'aperçut que les énormes volatiles étaient des lions à tête et à ailes d'aigles : des griffons portant des hommes. Combien leur voyage eût été facilité si sa compagnie avait disposé de telles montures !

Dans sa lassitude, il ne se rendit pas tout de suite compte que son cheval s'était arrêté devant les portes. Deux gardes surveillaient l'accès : leurs cottes de mailles noires arboraient un croissant de lune mordoré entouré de neuf étoiles argentées.

— Halte ! Ton nom, et pour quelles affaires viens-tu ici ? demanda le premier garde, à bonne distance du guerrier plus miteux encore que la plupart des voyageurs habituels.

— Kelemvor Lyonsbane, soupira-t-il.

Le froid, la faim, l'épuisement, sa mine piteuse, tout cela n'était pas la meilleure carte de visite qui se puisse rêver.

— Et pour quelles affaires ?

Sauver le monde, faillit-il s'esclaffer.

Le garde avança, s'irritant de ce qu'il prenait pour un manque de respect.

— Qu'est-ce qu'il y a de drôle ?

Kelemvor se mordit les lèvres. L'ivresse de l'épuisement menaçait de le submerger.

— Rien. Désolé. Il y a des zombis que je traquais...

— Un zombi ? s'inquiéta l'homme, tandis que ses compagnons gloussaient de rire.

— Ils nous ont attaqués et ont tué un de mes amis.

— Ton nom ? répéta un garde.

— Kelemvor Lyonsbane.

Le soldat écarquilla les yeux : c'était un des aventuriers qu'ils attendaient !

— Où sont les deux autres : Minuit et Adon de Sunie ?

— Je vous l'ai dit ! hurla Kelemvor, soudain furieux de devoir se répéter. Les zombis nous ont attaqués ! Adon est mort et Minuit a disparu ! Elle doit être quelque part - il faut que je la retrouve !

— Du calme... Vous êtes en sécurité maintenant, le rassura le garde, conscient que son chef serait plus apte à manier les humeurs incohérentes du guerrier. Mon nom est Ylarell. Vous êtes attendu.

— Vraiment ? (Kelemvor se ressaisit.) Il y a des zombis un peu partout ! Il faut les trouver !

— Ce sera fait, murmura Ylarell. Les morts-vivants ne vous feront plus de mal ici.

Le garde le guida dans la ville. Ils traversèrent une place déserte, à l'herbe givrée, en direction d'une seconde enceinte. Les soldats les laissèrent passer sur quelques mots de Ylarell.

Aventurier pourtant chevronné, Kelemvor se sentait ému par la magnificence et la taille de la cité. Les rues fourmillaient de passants et de calèches ; les gens avaient l'air affairés, déterminés. Les senteurs saumâtres du port filtraient par-delà les toitures des robustes entrepôts et des bâtiments minables. De l'autre côté, se pressaient des grappes d'auberges et d'écuries si collées les unes aux autres qu'il était merveille que des caravanes pussent encore s'y frayer un passage.

Plus avant dans la cité, échoppes et belles tavernes s'alignaient le long des rues. Ils parvinrent à un quartier résidentiel, semé de grandes villas au détour des avenues. Ylarell fit halte devant une tour.

— Qui appelle ? dit une voix à l'intérieur de l'édifice dépourvu de toute ouverture.

— Ylarell de la garde, en compagnie de Kelemvor Lyonsbane.

Une porte se matérialisa *ex nihilo* : un inconnu de haute taille, aux cheveux noirs, apparut.

— Bienvenue, Kelemvor Lyonsbane ! Je suis Blackstaff Arunsun, ami et allié d'Elminster. Où sont tes compagnons ?

Ylarell répondit pour le guerrier :

— Il est bien mal en point, monseigneur.

Blackstaff, compréhensif, hocha la tête :

— Fais-le entrer.

Ylarell l'aida à descendre de cheval, et le guida vers un petit salon. Un autre homme plus âgé, mais tout aussi robuste que Blackstaff, ne tarda pas à se joindre à eux. Son visage aux traits accusés était auréolé d'une chevelure et d'une barbe abondantes.

— Elminster ! gronda le guerrier.

Dans son état d'épuisement, il ne pouvait s'empêcher de blâmer le sage pour toutes les épreuves endurées. Il était évident que le mage avait gagné Eau Profonde avant lui, et avec moins de mal.

— Je devrais te découper du gésier jusqu'à la gorge ! gronda Kelemvor.

— Je n'ai pas de gésier, répondit Elminster, nullement intimidé. Dis-moi ce qui est arrivé à tes compagnons.

Kelemvor narra les événements du château de Lancedragon, sans oublier les nécessaires digressions au sujet de Bhaal et de Cyric. Blackstaff et Elminster s'abîmèrent dans un silence consterné. Ils mesuraient à quel point cela contrarierait leurs plans.

Elminster n'avait pas imaginé que Minuit pût trouver sans aide l'entrée du royaume de Myrkul.

— Si elle est partie seule chercher la seconde Tablette, les Royaumes sont en grand danger.

Kelemvor se sentit revigoré. Le sage supposait que sa compagne avait survécu au tourbillon souterrain. C'était bon signe.

Blackstaff cherchait déjà à formuler un plan pour limiter les dégâts :

— Ylarell, va chercher Gower et retrouve-nous à l'auberge du *Portail Béant*. Puis constitue un détachement pour traquer ces zombis ; il faut retrouver cette Tablette au plus vite.

— Tu penses à l'Etang du Perdu ?

— Gower nous y conduira, acquiesça Blackstaff.

Les deux mages n'eurent pas besoin d'en dire plus. Enfoui dans les entrailles du mont Eau Profonde, l'Etang du Perdu était le plus proche point d'accès au royaume de Myrkul. Ils allaient se rendre à Hadès pour ramener Minuit et la Tablette, si c'était encore possible. Les deux compères s'apprêtèrent à partir sans autre explication.

Kelemvor se demanda s'ils n'avaient pas oublié sa présence.

— Attendez-moi ! s'écria-t-il.

Blackstaff lui lança un regard à la fois compatissant et agacé.

— Ce n'est plus de ton ressort, ami. Il est déjà beau que tu en aies fait autant.

— Je viens avec vous, insista-t-il, s'irritant du ton

paternaliste.

— C'est à peine si tu arrives à aligner deux idées à la suite ! objecta le mage.

— Je vous suivrai de toute manière, les menaça-t-il.

Elminster jaugea froidement le guerrier obstiné.

— Il pourrait s'avérer utile, admit-il enfin. Administrons-lui un fortifiant.

Une fiole d'un fluide verdâtre apparut entre les doigts de Blackstaff.

— Cela te donnera un coup de fouet... Pour un temps.

Kelemvor s'abstint de s'enquérir de la composition. Les deux sorciers n'étaient pas d'humeur conviviale, et il jugea plus sage de réserver ses questions pour des sujets plus graves. Il but le contenu de la fiole cul sec. Le résultat ne se fit pas attendre : il se retrouva en pleine forme.

Sans plus se soucier de lui, les deux compères se dirigèrent plein sud, à travers un dédale d'allées tortueuses, jusqu'à une taverne dont l'enseigne annonçait : *Au Portail Béant*.

Ils allèrent dans une pièce de l'arrière-boutique, où une servante leur apporta sans mot dire une chope de bière.

Le tenancier de l'établissement était un guerrier retiré du service, un homme prudent du nom de Durnan l'Errant. Ce que tout le monde ignorait à l'exception des deux sorciers, c'est que Durnan faisait partie des mystérieux Seigneurs d'Eau Profonde, le conseil démocratique qui gouvernait la cité en secret.

Comme son propriétaire, l'établissement n'était pas tout à fait ce qu'il paraissait. Son enseigne faisait un clin d'œil malicieux aux aubergistes qui avaient tendance aux grandes envolées lyriques ; c'était également une référence à un puits intérieur dont les entrailles plongeaient directement au cœur de la montagne Eau Profonde.

Le guerrier ne rompit pas le silence de ses compagnons. Si leur maintien était imposant, leur attitude n'en demeurait pas moins discourtoise envers un homme qui avait affronté tant de périls à leur requête. Peu importait, au fond. S'ils lui permettaient de revoir Minuit saine et sauve, Kelemvor était disposé à endurer bien plus de brimades de leur part.

Un homme de forte carrure fit son apparition dix minutes plus tard, suivi de Ylarell et d'un nain au nez turquoise. Ne s'encombrant pas de présentations, Blackstaff alla droit au but :

— Gower, tu vas nous conduire à l'Etang du Perdu.

L'apostrophé eut un grand soupir :

— Il va vous en coûter, seigneurs.

— Ton prix ? s'enquit un Elminster circonspect, très au fait de l'habitude des nains de surévaluer le prix de leurs services.

— Quinze... Non, disons, vingt chopes de bière, répondit Gower, tentant sa chance.

— Marché conclu, trancha Blackstaff, sachant que Durnan accepterait volontiers. Mais seulement quand nous serons de retour. On a besoin de toi sobre.

— Sept maintenant...

— Une avant de partir, et c'est mon dernier mot, grommela Blackstaff, avant de se tourner vers l'aubergiste. Durnan, pouvons-nous utiliser ton puits ?

— Aimeriez-vous de la compagnie ?

— S'il est aussi bon épéiste qu'il le prétend..., commença Elminster.

— Je vais chercher mon épée, et la chope de Gower.

Blackstaff ouvrit la marche vers une salle adjacente. Durnan les y rejoignit, muni de son arme, de cordes et de torches qu'il distribua, sans oublier la bière de leur petit guide. Puis il prit place dans un tonneau :

— Manœuvre le treuil doucement, Ylarell. Ça fait un bout de temps que je ne suis plus allé dans ces profondeurs.

Ylarell fit descendre Durnan dans le puits.

Blackstaff suivit, puis Elminster et Gower. Kelemvor attrapa la corde à son tour, prêt pour la descente. De longues minutes s'écoulèrent le long de l'étroit conduit. A trois mètres du fond, Blackstaff tendit la main au guerrier depuis un couloir. Une fois les héros réunis, Gower entra en action.

Sans s'encombrer d'une torche, le nain prit la tête de la colonne ; Durnan et les deux sorciers suivaient, Kelemvor fermait la marche. Ils progressèrent à travers un complexe de galeries à demi effondrées, creusées par les nains, et de bouches naturelles. Par moments, la petite compagnie devait patauger dans des poches d'eau fumante, parfois si profondes que Durnan se voyait contraint de porter le nain sur ses épaules. Ils atteignirent un conduit glissant et boueux, qui plongeait à angle presque droit dans les ténèbres. Celui qui perdait l'équilibre à cet endroit, dérapait jusqu'au cœur même du monde.

Durnan devait penser la même chose car il recommanda immédiatement l'usage de la corde.

— Billevesées ! s'exclama Gower, s'asseyant sur le rebord de l'abrupte inclinaison. Nul besoin de corde ici.

Sur ces mots, il se laissa glisser.

Durnan, Elminster, Blackstaff se lancèrent des regards de défi, sans qu'aucun ne prenne l'initiative. Elminster déclara :

— On pourrait nouer la corde à cet éboulis rocheux.

Durnan obtempéra. Le petit groupe emprunta le même chemin que le nain, qui les attendait en bas, l'air goguenard. Le conduit débouchait sur une grotte en forme de cathédrale, si grande que les torches ne suffisaient pas à éclairer le plafond ou les côtés. Les spectres blafards de milliers d'âmes en peine allaient et venaient sans but.

— L'Etang du Perdu est par là, dit Gower, pointant le doigt vers le milieu de l'immense grotte. Mais quelque chose d'étrange s'est produit.

— Qui sont ceux-là ? demanda Kelemvor, intrigué par les étranges silhouettes.

Elminster ne daigna pas répondre. Toute son attention se concentrait sur un dôme scintillant.

Blackstaff se tourna vers lui :

— Penses-tu à la même chose que moi ?

Son ami acquiesça.

Tous deux reportèrent leurs regards vers le dôme.

— A quoi pensez-vous ? interrogea Kelemvor, s'immisçant entre les deux mages.

Comme de coutume, il n'obtint aucune réponse. Les deux sorciers soupçonnaient qu'il s'agissait d'une sphère prismatique, l'un des sorts de défense les plus puissants. Ils s'efforçaient de comprendre la raison de sa présence en ces lieux.

Un instant plus tard, toujours silencieux, ils approchèrent de l'objet.

Le dôme magique oscillait au-dessus d'une petite mare surmontée d'une margelle ; sa surface inférieure n'était pas visible. Il n'y avait pas le plus minuscule interstice entre le diamètre de la sphère et la margelle de pierre. L'objet clignotait sans cesse, virant du rouge à l'orange, au jaune, au vert, au bleu, à l'indigo et au violet. Le globe ressemblait à une balle rayée tournant sur son axe.

Les mages firent le tour du puits plusieurs fois, et l'inspectèrent sous toutes les coutures, avant de s'en écarter.

— Qu'en dis-tu ? demanda Blackstaff à son ami.

Elminster se tourna vers Kelemvor :

— Ceci pourrait-il être l'œuvre de Minuit ?

Le guerrier haussa les épaules. Il n'avait aucune idée de ce que c'était, ni si Minuit pouvait en être à l'origine.

— Tout ce que je peux dire, c'est que ses pouvoirs ne cessaient d'augmenter. Une fois, elle... (il chercha ses mots)... nous a tous quatre « téléportés » depuis le Pont Boareskyr jusqu'au château de Lancedragon.

Elminster parut surpris.

— Alors ce pourrait être son œuvre, conclut Blackstaff.

A l'intérieur de la sphère, Minuit se reposait depuis des heures, se remettant d'avoir lancé deux puissants sortilèges coup sur coup. Elle ignorait la présence d'amis venus à son secours. Les hurlements et les gémissements cacophoniques des Gardiens de Myrkul fous furieux couvraient les voix d'Elminster et de ses compagnons.

Par bonheur, seul le bruit pouvait pénétrer la sphère. A chaque attaque, corporelle ou occulte, des Gardiens, le globe avait riposté par une manoeuvre de son cru, ponctuée par des cris de rage démoniaques.

Tant que la sphère prismatique demeurait en suspension, Minuit et les Royaumes n'avaient rien à craindre des Gardiens. Mais la barrière magique allait bientôt s'estomper, et relancer un sortilège de cette magnitude anéantirait à nouveau la magicienne. Ce n'était qu'une solution à court terme.

Tant qu'elle ne trouverait pas de parade au piège de Myrkul, Minuit était condamnée à rester prisonnière, la Tablette avec elle. Faute de quoi, les Gardiens auraient accès au monde des vivants, et pourraient aller et venir à leur guise.

Sursautant, elle comprit qu'elle pouvait utiliser un sortilège de permanence pour prolonger indéfiniment le champ d'action de la sphère de défense. La gestuelle de l'incantation lui vint aisément à l'esprit. Elle serait épuisante, mais au moins n'aurait-elle à fournir ces efforts qu'une fois.

Soupirant, elle se mit au travail. Ce sortilège la laissa presque vidée de toute force. Mais d'ici huit autres heures, elle aurait recouvré assez d'énergie pour s'opposer au piège de Myrkul.

A l'extérieur, les sauveteurs demeuraient perplexes.

— Ces choses ne durent pas éternellement, déclara

Blackstaff. Si Minuit en est à l'origine, elle n'est sans doute pas bien loin.

— Oui... Sûrement à l'intérieur, dit Elminster. C'est le but des sphères prismatiques.

— Elle est à l'intérieur de cette chose ? s'exclama Kelemvor, qui s'élança aussitôt.

— Non, mon ami, s'interposa Durnan. Si tu touches cette sphère, tu ne seras même plus bon à nourrir les chiens.

— Alors comment la délivrer ?

— Voulons-nous vraiment la délivrer ? soupira Elminster. Le mage qui invoque de tels champs de puissance peut y entrer et en sortir à volonté. Si Minuit reste à l'intérieur, c'est qu'il y a une raison.

— Alors que faire ?

— Lui dire que nous sommes là, proposa Blackstaff. Crions tous ensemble son nom.

Cela eût pu marcher, sans les clameurs stridentes des Gardiens de l'autre côté. Leurs voix se perdirent dans le maelström infernal.

Ils eurent recours à des jets de pierre, de vêtements, d'anneaux. Rien à faire. La sphère les renvoyait ; Blackstaff essaya la télépathie sans plus de succès. Le mage en resta muet pour de longues minutes, un répit apprécié de Kelemvor, qui supportait mal ses manières condescendantes.

— Eh bien, Elminster, que faisons-nous à présent ? demanda le guerrier, croisant ses bras sur la poitrine.

— Attendre, répondit-il. Une heure ou deux, et les barrières vont disparaître.

Ils s'assirent. Quelques fantômes vinrent converser avec les mages. Durnan et Kelemvor, superstitieux, s'abstinrent de tout contact avec les morts.

Quatre heures plus tard, Blackstaff se releva :

— C'est ridicule ! Personne ne peut maintenir un tel champ de force aussi longtemps !

— Apparemment si, objecta Elminster.

— Je vais le démanteler !

— Voilà qui ne serait guère sage. Nous ignorons toujours la raison d'être de cette sphère.

— Vous pouvez démanteler la sphère ? interrogea Kel.

— Oui, confirma Elminster. Une procédure longue et assommante : cette sphère en compte en fait sept ; chacune constitue une défense spécifique.

— Pour en démanteler une, intervint Blackstaff, il faut projeter un cône de givre pour détruire le spectre rouge, qui protège des projectiles ordinaires, tels que flèches, lances... Ensuite...

— Il n'y a pas besoin de démanteler toute la sphère ! s'exclama le guerrier. (Il ignora l'air contrarié du mage :) Il suffit de désamorcer le premier cercle, puis de jeter quelque chose pour attirer l'attention de Minuit. Une de tes pipes fera l'affaire, Elminster...

Au même instant, Minuit était parvenue à identifier les mécanismes du piège de Myrkul. Fort heureusement, la sphère prismatique n'interdisait pas l'accès au monde extérieur ; elle le bloquait simplement. L'incantation rendait la sphère permanente. La porte entre la cité de Myrkul et les Royaumes demeurait ouverte, mais le corridor, lui, resterait obstrué.

Tout à coup, un objet atterrit sur les genoux de la jeune femme et la fit bondir, manquant la faire basculer en territoire ennemi.

Un instant plus tard, elle apparut à l'air libre, une pipe d'écume dans une main, la tablette d'argile dans l'autre.

— Minuit ! hurla Kelemvor, au comble de la joie.

Les deux amants se précipitèrent dans les bras l'un de l'autre ; au même instant, d'un geste vif comme l'éclair, le vieux mage récupérait sa pipe.

Elminster laissa passer une longue minute et se racla bruyamment la gorge.

— Peut-être devrions-nous passer à l'ordre du jour ? suggéra-t-il.

Kelemvor et Minuit se séparèrent à contrecœur.

Minuit expliqua à Elminster que la sphère était permanente ; le nain, avide de se régaler de ses dix-neuf autres chopes de bière, pressa ses compagnons, qui durent le suivre bon gré mal gré. Sans Gower, ils ne retrouveraient pas de sitôt la sortie. En chemin, les aventuriers ne cessèrent de bombarder la magicienne de questions.

CHAPITRE XVI

MYRKUL

Elminster s'interposa entre les deux hommes. Le différend qui opposait Kelemvor et Blackstaff menaçait de tourner mal :

— Messieurs, calmez-vous. Nous pourrions discuter de cela en gentilshommes, ne croyez-vous pas ?

— Mille pardons, murmura le jeune sorcier, embarrassé. Trop de tension, j'imagine.

Kelemvor se détendit aussi, mais sans s'excuser de son accès de colère.

La mine cendreuse, les yeux cernés, Minuit était plongée dans un profond sommeil sur un divan, dans le bureau de Durnan. Kelemvor ne supportait pas l'idée de la voir retourner au combat, comme le proposaient Elminster et Blackstaff.

Aux objections du guerrier, on opposait toutes les vies déjà sacrifiées, dont celle de Ylarell, dernièrement.

Son détachement était tombé sous les coups des zombis, secondés par un humain d'apparence effroyable, qui correspondait à la description de Myrkul. Les deux sorciers voulaient utiliser Minuit comme appât pour prendre le dieu déchu au piège.

213

Pour Kelemvor, la magicienne avait déjà fait plus que sa part. Il doutait qu'elle eût encore la force de se battre.

— Aussi faible soit-elle, reprit Elminster avec patience, elle possède plus de pouvoir que Blackstaff et moi réunis.

— Elle a rempli sa mission. Laissez-la en paix.

— La décision lui appartient, intervint Durnan, affalé derrière son bureau, une chope de bière à la main. A Eau Profonde, un homme n'adresse pas la parole à une femme sans qu'elle le veuille.

— Vous devrez passer sur mon cadavre d'abord ! coupa Kelemvor.

Il s'interposait physiquement entre les deux mages et sa compagne endormie.

Celle-ci entrouvrit les yeux, et lui saisit la main :

— Ils ont raison, Kel. Je dois continuer.

— Mais regarde-toi ! protesta-t-il, s'agenouillant à son côté. Tu es épuisée !

— J'irai mieux une fois reposée.

— Tu tiens à peine debout, dit-il. Et tu voudrais affronter Myrkul ?

— Parce qu'elle le doit, dit Elminster. (Il posa une main tavelée sur l'épaule du guerrier.) Ou le monde entier périra.

Tête basse, Kel contempla le plancher. Puis :

— Peux-tu m'expliquer cela ? Pourquoi Minuit doit-elle attirer Myrkul dans un piège ? Pourquoi avons-nous besoin de l'autre Tablette ?

— Très bien. Tu as le droit de savoir. Voici ce que j'ai appris : issue des brumes, au commencement des temps, émergea une volonté qui s'appelait Ao. Ao voulut créer un ordre. (Sur un claquement de doigts une balance dorée se matérialisa dans l'air.) Il équilibra les forces du chaos et celles de l'ordre, passant une première partie de l'éternité à les analyser et à les opposer. (Des douzaines de morceaux de charbon apparurent sur les plateaux miniatures.) Le temps qu'il achève son œuvre, l'univers était devenu trop vaste et trop complexe pour qu'il puisse le superviser dans sa totalité. (La balance vibra et déversa ses petits poids.) Donc, il créa les dieux. (Le charbon se restructura en diamant, chaque gemme scintillante creusée du symbole d'une divinité.) Pour préserver l'ordre, il assigna à chaque dieu des devoirs et des pouvoirs bien précis. (Les joyaux réintégrèrent les plateaux qui s'équilibrèrent à nouveau.) Malheureusement, pour ne pas avoir à les surveiller sans cesse, il leur conféra le libre arbitre. Du libre arbitre naquirent l'ambition et la convoitise. Les dieux ne tardèrent pas à lutter les uns contre les autres pour augmenter leur puissance. (Les diamants volèrent de plateau à plateau, déséquilibrant encore la balance.) Ao ne pouvait mettre un terme à ces luttes intestines sans priver les dieux de libre arbitre, aussi organisa-t-il le transfert des pouvoirs et des devoirs. (Les diamants formèrent un courant régulier de plateau en plateau. La balance s'équilibra.) Et Il créa les Tablettes du Destin pour consigner ces attributions, et lui permettre de vérifier que ses volontés étaient bien respectées. Myrkul et Baine le Fléau furent davantage préoccupés par leurs propres aspirations que par l'équilibre universel. (Deux gemmes noires adoptèrent une course erratique, se distinguant du flux général.) Ils s'emparèrent des Tablettes, afin d'annexer le plus de pouvoirs possibles dans la confusion qui s'ensuivrait. (Tous les diamants rebondirent dans les airs et virevoltèrent autour de la pièce ; les plateaux s'écrasèrent à terre.) De rage, Ao expulsa tous les dieux des Plans célestes, n'épargnant que Heaume. A celui-ci, il confia la tâche de tenir éloignés ses divins compagnons. Sans les dieux pour exercer leur puissance et accomplir leurs devoirs, les Royaumes commencèrent à sombrer dans le chaos. (Les joyaux retombèrent en pluie sur la table.) A moins de reprendre ces Tablettes et de les restituer, conclut Elminster, les Royaumes sont perdus. (Diamants et balance disparurent dans un petit nuage de fumée.)

La conclusion était indiscutable ; mais pourquoi Minuit ?

Avant que Kelemvor puisse reprendre la polémique, la suggestion de Durnan - laisser Myrkul remettre les Tablettes lui-même à son suzerain -, fit littéralement bondir la magicienne :

— Quiconque restituera ces Tablettes à Ao l'Immortel s'attirera ses bonnes grâces. Permettre que Myrkul s'octroie une telle faveur serait pire pour les Royaumes que de ne jamais les lui rendre. Imagineriez-vous un monde où la parole de Myrkul serait loi ?

— Nous n'avons pas le choix, reprit Elminster. Il nous faut reprendre l'autre Tablette à Myrkul.

— Mais pourquoi faut-il que ce soit Minuit ? implora presque Kelemvor, regardant tour à tour Blackstaff et Elminster. Pourquoi pas vous deux ? Après tout, vous êtes des mages très puissants.

— C'est exact, répondit Blackstaff sur la défensive. Mais pas assez pour tuer Myrkul.

— Tuer Myrkul ! Vous êtes fous ! clama Kelemvor.

— Non, rétorqua Blackstaff, très calme. Minuit en est capable. Contrairement aux prêtres, nous autres mages avons vu nos pouvoirs s'estomper, mais pas disparaître.

— Blackstaff a découvert que je suis entrée en contact avec Mystra antérieurement à la chute des dieux, juste avant la sentence d'Ao. Elle a donc transféré une partie de ses pouvoirs en moi, expliqua Minuit.

— C'est exact, confirma le mage. Mystra a eu vent de l'orage qui s'annonçait. Peut-être Heaume l'avait-il avertie, car ils étaient amants, selon les rumeurs. Quoi qu'il en soit, Mystra a confié une partie de sa puissance à Minuit, avec l'intention de la recouvrer plus tard.

— Malheureusement, soupira la jeune femme, Baine captura la Dame des Mystères dès son arrivée ici. Kelemvor, Adon et moi dûmes voler à son secours. (Elle omit le nom de Cyric, voulant oublier le temps où il était leur ami.) A sa libération, elle essaya de réintégrer les Plans, forte de ce qu'elle avait appris. Heaume dut la tuer pour l'en empêcher.

— Voilà pourquoi Minuit est celle qu'il faut pour affronter Myrkul, conclut Blackstaff. Elle seule peut le détruire.

Kelemvor dut s'avouer vaincu.

— Si nous devons combattre le Seigneur des Ossements, pourquoi ne pas le faire suivant nos conditions, et non les siennes ? De la sorte, nous aurons peut-être l'avantage, proposa-t-il.

— Je suis d'accord, sourit Elminster. Myrkul ne s'y attendra pas. Le survivant de la patrouille de Ylarell nous conduira à son repaire.

Pour l'heure, ils devaient se reposer. Emergeant de l'auberge, Minuit remarqua le ciel d'un vert maladif, et le soleil pourpre. D'heureux changements par rapport au blanc immaculé de la Plaine de la Fugue et au gris morne de la Cité des Morts.

Au loin, au sommet du mont Eau Profonde, Elminster et elle distinguèrent le chatoiement scintillant d'un Escalier Céleste.

Un bruit d'ailes surprit Kelemvor, qui se retourna et se retrouva nez à nez avec un corbeau noir perché sur l'épaule de Blackstaff. Sa patte avait été réparée par une attelle.

La bête lança un croassement puis manqua éborgner le guerrier.

— Fiche-moi la paix, charognard ! s'écria Kel, qui lui arracha une pleine touffe de plumes.

L'oiseau couina et se percha prudemment sur l'autre épaule du mage. Pointant nerveusement la tête derrière l'oreille de l'homme, il lança quelques cris stridents.

— Connais-tu mon messager ? demanda le mage au guerrier.

— Autant qu'on peut connaître le ver de terre disposé à faire bombance sur son cadavre, grommela-t-il, foudroyant le corbeau du regard.

— Le corbeau s'excuse, traduisit Blackstaff. Il dit que tu aurais agi de même à sa place, si tu avais eu faim.

— Je ne mange pas les corbeaux, rétorqua Kelemvor. Je ne leur adresse pas la parole non plus.

Sur ces mots, il leur tourna le dos et s'éloigna.

*
* *

A une dizaine de mètres sous Kelemvor, dans les sombres égouts de la rue de la Rigole, Myrkul s'immobilisa, imité par les douze morts-vivants qui pataugeaient dans des eaux fétides.

— La Tablette est dans cette rue, mes amis, murmura le Seigneur des Morts, comme si les zombis se souciaient de ce qu'il disait.

Aucun de ses adorateurs ne se trouvait avec lui. Ces dernières semaines, le dieu déchu avait été contraint de sacrifier sa secte entière pour conserver son énergie.

Les événements ne s'étaient pas déroulés comme prévu. Le temps d'arriver jusqu'à la seconde Tablette par les égouts, les humains avaient quitté l'auberge, où une offensive n'aurait pas attiré l'attention.

Il ne jugea pas prudent d'attaquer en pleine rue, d'autant qu'il venait de perdre une patrouille entière. Les Gardiens, d'autre part, ne s'étaient pas manifestés. La femme avait dû trouver un moyen de les empêcher de la poursuivre.

— Voyons où ils emportent la Tablette, dit le dieu pour lui-même. Nous déciderons après de la marche à suivre.

Une trentaine de mètres derrière, Cyric entendit le clapotis des morts-vivants qui rebroussaient chemin ; il jura entre ses dents. Après une demi-journée passée dans les ténèbres à pister Myrkul et sa patrouille, ses nerfs commençaient à lâcher.

Quelques heures plus tôt, il avait failli mettre la main sur la sacoche contenant la Tablette. Mais les zombis étaient tombés sur une patrouille de la ville. Le voleur avait plongé juste à temps pour échapper au nuage de fumée toxique émis par Myrkul. Depuis lors, il suivait à distance le Dieu des Morts, attentif à la moindre occasion.

Il recula de quelques pas, et tâtonna à la recherche de l'escalier métallique qui conduisait à une bouche extérieure. Il monta quelques marches et se tint immobile jusqu'à ce que la patrouille l'ait largement dépassé.

Ignorant sa présence, Myrkul se concentrait sur la Tablette. Quand il sentit que les humains étaient parvenus à destination, il grimpa le long d'une échelle métallique, souleva légèrement la plaque.

La tour qui se dressait sous ses yeux était celle de Khelben « Blackstaff » Arunsun, l'un des mages les plus puissants d'Eau Profonde.

Le Dieu des Morts redescendit, un rictus aux lèvres, et décida d'aller enquêter sur ce qui retenait prisonniers ses Gardiens à l'Etang du Perdu, avant de s'occuper de la seconde Tablette.

Après le départ de Myrkul et de ses infâmes séides, Cyric passa à son tour la tête par la bouche d'égout.

*
* *

Une cavalcade infernale, sur les pavés de la rue,

suivie d'un silence funèbre, tirèrent Minuit de son sommeil.

— Mordoc Torsilley, capitaine de la Compagnie du Wyvern Blanc, de la Garde Municipale d'Eau Profonde, pour Khelben « Blackstaff » Arunsun. Et pressez-vous ! répondit-on à la question du mage.

Minuit se pencha par la fenêtre magique, invisible de l'extérieur : la compagnie se composait de deux cents hommes, dont le poitrail portait un croissant de lune mordoré entouré de neuf étoiles d'argent. Tous étaient armés jusqu'aux dents.

Kelemvor se rua dans la chambre de la jeune femme, et la rejoignit à la fenêtre. Son cœur battit plus fort au spectacle de ces braves ; leurs regards montraient qu'ils partaient en guerre, et savaient qu'ils ne reviendraient pas. Le guerrier se détourna en boitillant. Minuit le suivit jusqu'au rez-de-chaussée, trois étages plus bas. Les deux mages, l'air exténué après des heures et des heures de recherches, s'y trouvaient déjà.

Le capitaine Torsilley voulut lire un parchemin officiel, mais le mage le lui arracha des mains. Incrédule, Blackstaff y lut son ordre de mission : il était nommé commandant de la compagnie !

Des centaines de démons, venus des grottes de la montagne, sillonnaient désormais les rues de la ville. Ils tenaient l'essentiel du secteur du Bassin, et les griffons avaient échoué. La suprématie des morts ne faisait que s'affirmer.

— Les Gardiens ! s'écria Minuit. Ils se sont échappés de l'Etang du Perdu !

— Il semblerait, en effet, dit Elminster.

— Agissons sans perdre un instant, déclara Blackstaff, qui n'avait aucune intention de perdre son temps à jouer les généraux.

Mais quand Mordoc exhiba l'anneau de Piergeiron le Paladinson, seul seigneur reconnu d'Eau Profonde, Gardien et Commandant de la Ville, Maître des

Guildes - bardé d'une douzaine d'autres titres - Blackstaff n'eut d'autre choix que d'obéir.

Une fois qu'il fut parti, la discussion reprit de plus belle.

— Il faut cacher la Tablette, commença Elminster.

— Pourquoi ? s'exclama Kelemvor. Je croyais que nous devions attaquer Myrkul !

— La situation a changé, répondit le vieux sage. C'est lui qui vient à nous.

— Voilà pourquoi nous devrions attaquer, maintint le guerrier. C'est la dernière chose à laquelle il s'attendra.

— Exact, nota Elminster, l'air songeur.

Il aimait la stratégie agressive de Kelemvor, mais ce dernier n'avait sûrement pas de plan précis en tête. Comment, par exemple, surprendre un ennemi qui connaissait leurs moindres mouvements grâce à la Tablette ?

— Simple, répondit Kel, sûr de lui. Laissons la Tablette ici, pour lui faire croire que nous n'avons pas bougé.

— Sans surveillance ?

— Pourquoi pas ? Si nous vainquons Myrkul, nous serons les seuls à connaître sa cachette. S'il nous tue, il aura au moins un dernier obstacle sur sa route : Blackstaff.

Le sort en était jeté. Ils allaient s'attaquer à un dieu !

Elminster déposa la Tablette dans le cellier transdimensionnel de Blackstaff, où il prit également une dague pour Minuit. A sa grande consternation, il ne put réamorcer le mécanisme une fois la Tablette à l'intérieur. La cachette réintégrait de ce fait un espace tridimensionnel ordinaire ; sa défense n'était plus qu'illusoire.

Kelemvor avait raison sur toute la ligne, dut convenir le mage. Il poussa une bibliothèque contre la porte du cellier, puis redescendit.

Minuit lança un sortilège de détection. Elle prit la tête de la petite compagnie au sortir de la tour. Le sort la poussait à se diriger vers le sud-est, c'est-à-dire droit sur le champ de bataille, en pleine ville.

Ils se frayèrent un chemin le long des grandes avenues encombrées de réfugiés : l'avenue Keltarn, l'avenue de la Soie, la rue Tharleon, la rue des Epées... Ils se retrouvèrent à leur point de départ, la tour de Blackstaff !

— J'ai dû localiser la mauvaise Tablette, dit Minuit, confuse et désorientée.

— Je ne crois pas, fit Elminster, désignant une silhouette, au nord, sacoche en bandoulière, qui bousculait tous ceux qui ne s'écartaient pas assez vite de sa route.

— Myrkul ! s'écria la magicienne.

Les trois alliés se lancèrent à la poursuite de l'avatar.

Minuit se concentra sur un nouveau sort, et, après un avertissement à ses compagnons, déclencha un Eclair de Feu en pointant l'index dans le dos du dieu. Un crépitement déchira les airs ; des filaments bleus jaillirent des doigts de la magicienne et filèrent dans la rue des Epées, frappant les maisons et les gens sur leur passage.

Myrkul, à l'entrée de la tour, se retourna et découvrit les expressions horrifiées d'Elminster, de Minuit et de Kelemvor. Le Dieu des Défunts ne s'en inquiéta pas outre mesure ; il trouverait bien de quoi occuper le trio.

Il pénétra dans la Tour. Au même instant, des cris d'épouvante ponctuaient l'arrivée des morts-vivants par les bouches d'égout.

Elminster et Kelemvor, soutenant leur compagne encore sous le choc, se ruèrent derrière Myrkul, dans l'escalier de la Tour de Blackstaff.

Ils grimpèrent au second étage avec prudence ; Elminster balaya les objections de sa collègue au sujet de la magie. C'était une véritable guerre qui se livrait ; bien des innocents mourraient, de toute façon.

Le premier zombi apparut à un tournant d'escalier. Le sage se tourna et psalmodia un chant complexe. A son soulagement, un pan de mur se matérialisa dans les airs, obstruant la cage d'escalier.

Sur un signe d'Elminster, le guerrier ouvrit la porte de la bibliothèque d'un coup de pied : Myrkul n'y était pas !

La pièce était vide. Une armoire avait été renversée, révélant un pan de mur nu. Les compagnons continuèrent leurs recherches plus haut.

Myrkul émergea du pan de mur, les deux Tablettes en bandoulière.

— Remarquable, observa-t-il à voix haute. *Ce sont eux* qui me donnent la chasse ! (Après une pause méditative :) On ne peut laisser des mortels me traquer, n'est-ce pas ?

D'une simple invocation, le dieu détacha du mur créé par Elminster un rectangle qui se mit à dévaler les marches à la poursuite du trio, écrasant un ou deux zombis au passage.

Myrkul considéra les étapes suivantes de sa stratégie : retourner à l'Etang du Perdu, convoquer les esprits des morts, moissonner leurs énergies, se rendre à l'Escalier Céleste. Heaume devrait le laisser passer. Alors, il pourrait détruire Ao.

Les aventuriers, bredouilles, devaient rebrousser chemin au plus vite... A peine avaient-ils fait dix pas qu'ils se trouvèrent nez à nez avec les créatures du Dieu des Morts. Touché à l'épaule par un coup vicieux, Kelemvor réagit en tranchant le bras du zombi et en le faisant basculer sur ses camarades d'un grand coup de pied. Pour permettre à Minuit et à Elminster de battre en retraite, le guerrier soutint l'attaque des morts-vivants par de grands moulinets d'épée.

Tandis que le mage incitait sa consœur à trouver le

moyen de récupérer les Tablettes, elle ne songeait qu'à son amant. Réfugiés dans la cage d'escalier, ils entendaient le cliquetis de l'acier sur la pierre et les grognements de leur compagnon bloqué dans la salle. Seuls ces bruits prouvaient qu'il était encore en vie.

La jeune femme revint sur ses pas et découvrit son amant couvert d'une dizaine de plaies, qui se battait avec acharnement contre les cadavres ambulants.

Quand elle le vit presque trébucher sur une petite pierre, un sortilège lui vint à l'esprit. Le caillou se métamorphosa en roc. Il réduisit en bouillie les assaillants du guerrier avant de pivoter lentement et de remonter les marches, escaladant au lieu de descendre. L'énorme roc jaillit du sommet de la tour et alla se perdre au loin dans la ville.

Les deux amants se précipitèrent dans l'escalier où s'impatientait Elminster. Minuit proposa un sort de télékinésie instantané et joignit le geste à la parole.

Dehors, Myrkul eut la surprise de voir sa sacoche glisser à terre. Une des deux Tablettes s'était envolée !

Il proféra un juron qui eût fait rougir ses hiérophantes les plus affreux et retourna en courant sur ses pas.

— Merveilleux ! s'extasiait Elminster au même instant. Appelle l'autre, et filons.

— Comment allons-nous fuir par le toit ? s'inquiéta Kelemvor.

— Compte sur les talents de Minuit, dit Elminster.

— Mes forces déclinent, prévint la jeune femme. Même si mon incantation était de nouveau couronnée de succès, il ne me resterait aucune ressource contre Myrkul. Appelle l'autre Tablette du Destin, Elminster.

— Je ne peux pas. Je n'ai plus pratiqué ce sort depuis des années. Mais je peux nous téléporter loin d'ici.

Minuit essaya de faire venir la seconde Tablette. Pour tout résultat, une pluie de rocs martela le trio.

La porte explosa, propulsant le guerrier à plusieurs

mètres de là.

Myrkul se découpa au milieu de ses zombis.

L'épée de Kelemvor se mua en boa constrictor qui se noua autour de son torse.

Elminster attendit que les morts-vivants s'écartent un peu de leur maître pour lancer sa contre-attaque : un essaim de boules incandescentes jaillit de ses mains, toutes ayant un cadavre ambulant pour cible. Les zombis explosèrent et retombèrent en une gerbe de cendres. En quelques secondes, l'escouade de choc de Myrkul fut réduite à néant.

Furieux, le dieu décida d'en finir avec les mortels. Il leva une main et emprisonna Elminster dans une bulle de silence, l'empêchant de psalmodier les paroles nécessaires au lancement d'un sort. Puis il s'adressa à la magicienne.

— Allons, ma chère, susurra-t-il de sa voix rauque. Donne-moi la Tablette et j'épargnerai tes amis.

Minuit n'avait pas le temps de faire assaut de tromperies avec le dieu. Elle invoqua un tour très simple : une douzaine d'éclairs dorés jaillirent de ses doigts pour se disperser, inoffensifs, au contact de l'avatar divin. Ce dernier éclata de rire, ravi du nouveau halo doré entourant sa chair putride :

— Comme tu me provoques, mortelle !

Tremblante, la magicienne ne répondit rien. Myrkul menaça son amant, pris dans l'étau inexorable du reptile.

Minuit ne pouvait céder. Mais comment assister à la fin de son bien-aimé sans rien faire ? Dans l'espoir qu'une apparente indécision lui gagnerait un peu de temps, elle jeta un regard par la croisée, contemplant la ville en flammes. Au sud, des griffons combattaient de minuscules formes volantes ; d'autres suivaient les mouvements ennemis et servaient d'éclaireurs et de messagers. Un griffon portant deux hommes volait en direction de la tour. Quelles que soient leur identité et leurs intentions, ils n'arriveraient pas à temps pour les sauver.

— Ta décision ? exigea Myrkul.

— Tu gagnes, dit-elle.

Elle se baissa pour ramasser la Tablette.

Ce faisant, elle invoqua le plus puissant enchantement qu'elle connaissait : la stase temporelle. Cette invocation d'une complexité extrême risquait de l'anéantir. Mais si ça marchait, Myrkul resterait prisonnier en animation suspendue.

Son corps s'embrasa, ses muscles se tétanisèrent, sa vue se brouilla... Par un effort de volonté, elle parvint à repousser l'inconscience et à rouvrir les yeux ; Myrkul était figé, bras ballants, les yeux écarquillés...

Sans la volonté de son créateur pour le guider, le serpent desserra ses anneaux. Le guerrier, aussi hébété, réussit quand même à passer un avant-bras entre le corps du boa et sa gorge nue.

Minuit se releva ; les braises ardentes, au fond des yeux du dieu, luirent d'une rage folle. La ligne mince des lèvres laissa échapper :

— Je n'en ai pas fini avec toi.

Le corps entier trembla ; l'avatar était en train de se libérer.

Rien ne semblait pouvoir abattre le dieu.

La magicienne, découragée, vit une traînée grise s'abattre des nuées : le griffon plongeait sur eux ! Elle détourna la tête pour ne pas alarmer Myrkul et trahir les courageux cavaliers.

Kelemvor parvint à dégager ses deux bras : il saisit les mâchoires du serpent, les écarta dans un affreux craquement, et se libéra. Elminster approcha du dieu encore immobile, et l'enferma à son tour dans une bulle de silence.

Minuit se prépara à lancer un sortilège de désintégration, celui qui créerait une porte dimensionnelle permettant de transporter l'avatar au-dessus de la Mer des Epées, là où l'explosion n'entraînerait pas mort d'homme.

L'instant suivant, le griffon fondait sur le dieu ! Myrkul tomba à genoux sous l'impact ; la bête agrippa sa proie et la souleva de ses serres puissantes, puis s'éleva de nouveau en battant des ailes, tandis qu'un des cavaliers bondissait à terre.

Kelemvor chargea et parvint à arracher les précieuses sacoches au dieu que la bête kidnappait.

Fou furieux, Myrkul brandit le poing. Mais il fut emporté dans les cieux, impuissant.

Minuit hésita : si elle agissait comme prévu, des milliers d'innocents périraient par sa faute. Alors Myrkul cessa de se débattre inutilement, et tendit une main vers le cavalier. Le soldat, foudroyé, s'affaissa sur sa selle, puis bascula dans le vide.

Minuit réagit instantanément : un rayon vert jailli de ses mains heurta l'avatar volant. Une déflagration retentit. La magicienne invoqua une porte dimensionnelle de grande puissance, et transféra l'avatar agonisant au-dessus de la Mer des Epées, très loin de là.

Un craquement retentit, un nouvel éclair aveuglant baigna la ville ; l'explosion consécutive à la mort du dieu réincarné fut semblable au lever d'un second soleil sur la mer, à l'ouest de la cité.

Il ne subsista plus de l'événement qu'une boue tombant en pluie sur la cité. Les ultimes restes de Myrkul... Les plantes se flétrirent à son contact, les gens moururent étouffés, les matériaux de construction, bois comme pierre, se désagrégèrent en quelques secondes. Un tas de gravats brunâtres se dressa bientôt à l'emplacement des bâtiments.

Minuit tomba à genoux, bouleversée par le remords, épuisée. Des centaines d'hommes et de femmes venaient de mourir au contact de l'essence divine.

Des pas se firent entendre dans son dos.

— Je *devais* détruire Myrkul, chuchota-t-elle. Que pouvais-je faire d'autre ?

— Rien, répondit une voix familière. On ne peut te blâmer d'avoir sauvé les Royaumes.

Minuit se releva d'un bond, malgré son vertige, et fit volte-face :
— Adon !

CHAPITRE XVII

CYRIC

Cyric s'était dissimulé dans les ombres de l'escalier. Des bruits de voix lui parvenaient des étages supérieurs.

Il monta encore, et risqua un coup d'œil sur le toit de la tour où Elminster ramassait les Tablettes. Il eut la surprise de reconnaître Adon, bien vivant ! Par quel miracle ?

Tes vieux amis ont l'étrange don d'échapper à la mort, observa l'épée au lustre pourpre.

Minuit était encore plus surprise que Cyric ; ravie, elle se jeta au cou du prêtre.

Adon lâcha sa masse d'armes et serra tendrement son amie. Kelemvor vint les rejoindre, ombrageux. Le prêtre conta rapidement son histoire : grièvement blessé, précipité dans le courant souterrain, il n'était revenu à lui que bien plus tard, entre les mains d'un gnome nommé Shalto Haslett, dont il avait indûment obstrué le puits avec sa « vile carcasse ».

Shalto l'avait soigné. Ensuite il avait envoyé un corbeau noir au mage Blackstaff, qui avait dépêché un griffon en retour.

Mais il y avait plus urgent : au-dessus de la ville, la

bataille faisait toujours rage entre les griffons et les Gardiens infernaux. Le Palais de Piergeiron lui-même était menacé.

A terre, on distinguait des compagnies entières d'hommes en armure noire et verte - soldats et vigiles - qui se battaient plus au nord, opposant un front uni aux offensives des grotesques Gardiens.

Les mages tentaient parfois des lancers de boules de feu, malgré les risques qu'ils faisaient courir à leurs propres rangs. Même quand le sort fonctionnait, il demeurait peu efficace contre les créatures de Myrkul.

Minuit fit de nouveau appel à ses ressources pour libérer Elminster. Quand ce fut fait, elle s'évanouit entre les bras du guerrier.

Adon lui prit le pouls : il restait régulier.

Elminster attira leur attention sur l'avance inexorable des séides du Dieu des Morts.

— Tu étais un soldat, lança-t-il à Kelemvor. Quel est le meilleur moyen de démoraliser l'adversaire ?

— L'affamer, dit Kel avec un haussement d'épaules. Ou le couper de ses arrières.

— Voilà la solution ! trancha Elminster. Quand ils commenceront à battre en retraite, emportez les Tablettes à l'Escalier Céleste. Et restez discrets, surtout. Quant à moi, je vais obstruer de ce pas l'Etang du Perdu ; ça devrait les paniquer. J'y serai en un clin d'œil.

Il se rendit à l'escalier, pensant déjà à ce qu'il allait faire : se transporter dans un autre plan dimensionnel, où les caprices des forces occultes ne seraient plus un problème, se rematérialiser de l'*autre côté* de l'étang et le colmater à cet endroit.

Le voleur, qui avait tout épié et entendu, se glissa à l'intérieur d'une pièce au dernier étage.

Il est judicieux que tu n'aies pas immédiatement dérobé ces Tablettes. Je n'aurais pas pu te préserver de cette masse grouillante de Gardiens, observa son épée.

Sans répondre, il retourna à son poste, guetter la première ouverture pour attaquer.

Quand Minuit revint à elle, Adon et Kelemvor lui expliquèrent ce qui se passait.

Tandis que la bataille restait indécise dans les airs, les affrontements terrestres tournaient au désavantage d'Eau Profonde. Les soldats reformaient leurs rangs et adoptaient une stratégie de guérilla en harcelant l'ennemi. Si la manœuvre laissa deux cents Gardiens morts sur le carreau, les pertes de l'adversaire furent malgré tout deux fois plus nombreuses.

La bataille rangée gagna la Tour de Blackstaff, par le nord. Les trois avenues principales, la rue de l'Argent, la rue de la Soie et la rue des Epées, étaient tombées aux mains de l'ennemi. En quelques instants, le flanc du troisième régiment de la garde fut anéanti ; la Compagnie de la Chimère fut à son tour menacée.

— Le sort en est jeté, déclara Kelemvor. Fichons le camp d'ici avant qu'ils percent nos défenses.

— Mais Elminster..., objecta Adon, pointant sa masse comme un index accusateur.

— ... A échoué, coupa Minuit. Et je doute d'avoir la force de lancer un autre enchantement.

Malgré l'arrivée en renfort du cinquième régiment de la garde, le sort en était vraiment jeté. Cyric décida d'agir tant que les trois compagnons étaient encore bloqués. Il se coula silencieusement derrière le guerrier.

Minuit hurla en l'apercevant, mais Kelemvor n'eut pas le temps d'esquiver l'attaque fulgurante. L'épée courte passa pourtant à un cheveu de la poitrine. Furieux, Cyric fit un croche-pied à Kelemvor et leva son arme.

Adon se précipita, masse dressée, prêt à frapper. Minuit se posta à la droite de leur ancien compagnon. Elle tremblait de peur et d'épuisement.

— Que veux-tu ? demanda-t-elle.

— Toujours la même chose : les Tablettes du

Destin.

— Pour devenir un dieu ? se moqua-t-elle. Ao ne fera jamais un dieu d'un voleur et d'un meurtrier.

Cyric éclata franchement de rire.

— Pourquoi pas ? C'est bien lui qui a créé Bhaal, Baine le Fléau et Myrkul !

Il n'était jamais venu à l'esprit de la jeune femme qu'Ao puisse être une entité maléfique, ou indifférente aux concepts de Bien et de Mal. D'ailleurs elle avait des problèmes plus urgents à régler.

— Donne-lui les tablettes, dit-elle à Adon.

— Non ! protesta Kelemvor. Il me tuera de toute façon.

Le seul espoir de sauver son amant restait la magie. Mais les rayons dorés qui jaillirent de ses doigts manquèrent leur cible. Minuit vacilla, hébétée.

— Pas de chance ! railla Cyric.

Adon brandit son arme. Le voleur lui flanqua un coup de pied dans les côtes. Hurlant de douleur, le prêtre laissa tomber sa masse et les Tablettes.

Kelemvor bondit ; le voleur esquiva sans peine la manoeuvre attendue. Minuit et Adon hors d'état de nuire, Cyric enfonça sa lame dans le dos du guerrier avec un grand sourire de satisfaction. La magicienne vit que l'épée buvait le sang de son amant. Hurlant de rage et de désespoir, elle se rua sur le voleur.

— Ariel, murmura le guerrier à l'agonie.

Tandis que sa vue se brouillait, Kelemvor Lyonsbane se demanda s'il avait accompli assez de bonnes actions dans le court laps de temps où il avait été délivré de la malédiction pour qu'on se souvienne de lui comme d'un héros. Puis il mourut.

Cyric retira calmement la lame du dos du guerrier et se tourna pour affronter Minuit. Il bloqua son attaque, envoyant la dague voler dans les airs, et plongea. La rapidité des réflexes de la jeune femme le surprit ; elle esquiva et lui griffa la face de toutes ses forces. Oubliés les Gardiens, les Tablettes, sa propre vie.

Seule comptait encore sa soif de vengeance.

L'homme au nez crochu hurla de douleur. Le sang coulait sur ses joues.

— Tu m'as blessé ! cracha-t-il.

— Je te tuerai, répondit-elle, calme et froide.

— Je ne crois pas, ricana-t-il.

Vif comme l'éclair, il se rua sur elle et plongea l'épée dans son abdomen. Les entrailles en feu, elle comprit que la lame commençait à boire son fluide vital. Trop choquée pour résister, elle sentit son esprit se détacher de son corps pendant que Cyric maintenait fermement l'épée en place, fouaillant la chair pour accélérer les choses. Minuit, rassemblant ses dernières forces, percuta le larynx du voleur de trois doigts tendus, manquant l'écraser pour de bon. Le jeune homme recula, toussant et s'étouffant, l'épée en main.

Minuit se redressa sur les genoux, les mains collées à sa plaie qui s'était mise à saigner.

Le voleur avança, défiguré par la colère. Elle tenta en vain de retrouver sa lucidité pour le tuer.

Un tumulte s'éleva de la rue des Epées. Curieux, Cyric alla jeter un coup d'œil par-dessus la rambarde. A une trentaine de mètres de la tour, une mêlée indescriptible opposait la Compagnie de la Manticore et le cinquième régiment de la garde aux Gardiens de Myrkul. Le sang coulait en ruisseaux.

Pour une raison encore inconnue, la bataille commençait à tourner en faveur d'Eau Profonde. Elminster avait dû réussir. La rupture de contact avec Hadès devait démoraliser les Gardiens et affaiblir leur résistance naturelle aux sortilèges. Les attaques des mages remportaient davantage de succès.

Cyric décida qu'il s'était assez « amusé » comme cela. Il était temps de partir vers l'Escalier Céleste, muni des précieuses Tablettes. Au milieu du toit, baignant dans une mare de sang, Minuit pointait les doigts sur lui, les traits défigurés par la douleur.

Il rejeta l'idée de la poignarder de nouveau, préférant la laisser se vider lentement. Il alla s'emparer des sacoches.

— Merci, dit-il d'un ton guilleret à Adon, qui tentait faiblement de l'en empêcher.

Il lui décocha deux autres coups de pied dans les côtes ; il n'avait plus le temps de parachever son œuvre en l'égorgeant.

Il quitta la tour.

CHAPITRE XVIII

AO PARLE

Minuit sombra dans l'inconscience. Adon se traîna jusqu'à elle et tenta d'arrêter l'hémorragie de son mieux.

Sur terre, la victoire d'Eau Profonde se confirma ; bientôt les soldats se lancèrent à la poursuite des Gardiens qui, partout, battaient en retraite.

Adon n'en éprouva aucune joie. Ses poumons étaient en feu, une douleur fulgurante lui déchirait le torse chaque fois qu'il respirait. Des quintes de toux l'épuisèrent un peu plus ; non contents d'aggraver sa blessure, les coups de pied lui avaient brisé deux côtes. Une vague de douleur inouïe le décourageait d'essayer de se relever.

Quarante minutes plus tard, un griffon atterrit sur la tour ; Blackstaff examina la scène et demanda à Adon ce qui s'était passé. Une nouvelle quinte de toux empêcha le prêtre de répondre.

Le mage revint avec deux fioles de liquide verdâtre, une pour Minuit, l'autre pour le prêtre.

— Cyric a les Tablettes du Destin, expliqua Adon. Il faut que vous...

— Qu'est-il arrivé à Kelemvor ? Où est Elminster ?

Un gargouillis incompréhensible s'échappa des lèvres des deux blessés.

Puis Minuit se reprit et narra les derniers événements au mage.

Adon raconta l'attaque de Cyric qui les avait pris au dépourvu. Minuit se détourna pour cacher sa peine.

— Cyric ne trouvera pas facilement l'Escalier Céleste, remarqua Blackstaff. Je vais d'abord rechercher Elminster...

Cyric, au même instant, escaladait déjà le versant de la montagne qui faisait face à la mer. Il observait les scintillements chatoyants : sa destination sans nul doute.

Quelle qu'en soit la raison, l'Escalier Céleste lui était apparu à l'instant où il avait mis le pied sur la montagne.

Minuit était déterminée à se lancer à la poursuite du voleur. Adon aussi.

— La potion ne fait qu'atténuer vos douleurs, dit Blackstaff. Ça ne guérit pas vos blessures. Vous allez vous écrouler !

— Peu m'importe.

Elle n'attendrait personne pour venger la mort de son bien-aimé.

Blackstaff, vaincu, fit venir deux autres griffons, fournit de nouvelles armes aux jeunes gens, et leur donna rendez-vous dans une heure, sur la tour, s'ils n'avaient pu retrouver le voleur d'ici là.

Cinq minutes plus tard, les griffons regagnaient le sol, près du sommet du mont : une tour de pierre s'y dressait ; une écurie adjacente renfermait un troupeau de griffons, sérieusement mis à mal : les ailes étaient tordues, les têtes lacérées, les pattes brisées. Des blessés gémissaient non loin de là.

Minuit et Adon mirent pied à terre. A l'horizon s'élevaient les huit tourelles du magnifique Palais de Piergeiron, et le splendide panorama de la ville minia-

236

ture.

Mais les lumières changeantes de l'Escalier Céleste attirèrent l'attention de la magicienne. Adon et elle étaient extrêmement faibles.

Minuit se sentait nauséeuse. Jamais encore elle n'avait eu recours à la magie pour préparer une exécution de sang-froid. A ses yeux, la magie avait toujours été un bouclier protecteur, le moyen de gagner le respect et le pouvoir, un art gai et heureux, en aucun cas une arme à utiliser pour la colère et la vengeance.

— Je ne referai plus l'erreur d'arrêter ton bras, Minuit, dit Adon, amer...

S'il s'était abstenu, Kelemvor serait toujours vivant.

Cyric était tapi à l'arrière du complexe montagneux, toujours enclin à la prudence. Il avait raison, car l'endroit grouillait d'hommes en armes ! Après quelques minutes passées à étudier les lieux, il décida de marcher simplement à découvert ; les soldats n'auraient aucune raison de l'arrêter.

A la porte de la tour, Minuit vit le voleur approcher et attendit qu'il soit assez près pour attaquer. Mais encore trop faible, elle ne réussit pas à lancer son sortilège mortel.

Cyric ne perdit pas de temps à s'étonner, et courut vers l'Escalier Céleste.

C'est alors qu'une voix s'éleva, venant de l'Escalier. Elle résonnait comme le tonnerre dans la vallée :

— Non !

Une silhouette vêtue d'une armure étincelante apparut sur les marches : l'être mesurait trois mètres. Il avait un regard triste et compréhensif, mais une lueur de détermination reflétait son implacable dévotion au devoir. Le bouclier était frappé aux armes du dieu : l'Œil sans Sommeil.

Les soldats s'agenouillèrent, frappés de stupeur ; quelques griffons, apeurés, s'envolèrent à tire-d'aile.

La vue de Heaume acheva de décourager les uns,

de redonner joie et espoir aux autres ; en ville, des milliers de combattants devinèrent que seul un dieu avait pu s'exprimer avec tant de force.

L'ordre n'arrêta pas Cyric, convaincu que Heaume ne le frapperait pas.

Minuit ne s'arrêta pas davantage : le voleur avait assassiné Kelemvor et Malandrin. Il fallait qu'il meure.

Heaume s'interposa, s'adressant à la magicienne :

— Cette vie ne t'appartient pas, déclara-t-il.

— Tu n'as pas le droit de me donner des ordres ! cria Minuit.

— Il doit payer pour ses crimes, hoqueta Adon, qui suivait difficilement la jeune magicienne.

— Il n'est pas de mon devoir de le juger, déclara Heaume.

Cyric tendit les sacoches au dieu.

— J'ai retrouvé les Tablettes du Destin, déclara-t-il.

— Je sais qui les a retrouvées, dit Heaume en les acceptant froidement.

— Il ment ! s'écria Adon. Il nous les a volées ! Et il a assassiné un homme bon !

Heaume tourna vers le prêtre son visage taillé à la serpe et dépourvu d'émotion.

— Comme je l'ai dit, je sais qui a retrouvé les Tablettes.

— Si tu as conscience du mal qui est en cet homme, pourquoi acceptes-tu les Tablettes de ses mains ? demanda Minuit.

— Parce qu'il n'est pas dans ses attributions de juger, tonna une autre voix, dure et caverneuse, sans trace de colère ni de compassion.

Une autre silhouette se découpa au sommet de l'Escalier. Ses traits réguliers et ses cheveux blancs n'eussent attiré l'attention nulle part dans les Royaumes.

Sa toge, en revanche, eût focalisé les regards dans les cours les plus somptueuses du monde. En la contemplant, Minuit eut un avant-goût du paradis : aussi noire que la nuit, constellée de millions d'étoiles et de milliers de lunes, dont la subtile harmonie enchantait l'âme.

— Seigneur Ao !

Heaume baissa la tête. Il offrit les deux Tablettes à son suzerain.

Les avatars de tous les dieux éparpillés dans les Royaumes tombèrent dans une profonde transe à l'appel d'Ao.

— Sur ces objets, dit le Seigneur suprême, j'ai consigné les forces qui équilibrent l'Ordre et le Chaos.

— Et je vous les ai rapportés, osa faire remarquer Cyric, le regardant droit dans les yeux.

Ao le fixa d'un regard neutre.

— Oui. Et voici la valeur que je leur accorde !

Il les écrasa dans sa main, les réduisant en poussière.

Minuit recula, prête à voir les cieux s'écrouler sur eux ; Adon cria d'étonnement ; Cyric eut l'air consterné.

— Ces Tablettes ne signifient rien, continua Ao à l'attention de tous ses vassaux, où qu'ils fussent. Je les gardais pour vous rappeler que je vous ai créés afin de servir de Balanciers universels, et non afin de poursuivre vos propres fins. Mais cela vous a échappé. Les Tablettes sont devenues l'enjeu de joutes juvéniles ! Quand les règles ne vous convinrent plus, vous les avez volées...

— Mais c'était..., commença Heaume.

— Je sais qui les a dérobées, coupa Ao. Baine et Myrkul ont payé leur crime de leur vie. Mais vous étiez tous coupables ! Vous incitiez vos adorateurs à construire des temples stériles, à se vouer à votre cause au point de ne plus nourrir leurs enfants, et même à verser leur sang sur vos autels corrompus... Tout cela pour vous impressionner les uns les autres !

Votre conduite me fait regretter de vous avoir créés ! (Ao fit une pause.) Mais je l'ai fait, et non sans raison. J'exige maintenant que vous remplissiez votre mission. A compter de ce jour, votre puissance réelle sera proportionnelle au nombre et à la dévotion de vos adorateurs. (Partout dans les Royaumes, les dieux hoquetèrent de surprise.) Sans eux, vous vous flétrirez et disparaîtrez. Après ce qui s'est passé, regagner la confiance et la foi des mortels ne sera pas facile. Il vous faudra les mériter. Qu'il en soit ainsi.

— Non ! hurla Cyric. Après tout ce que j'ai enduré...

— Silence ! tonna Ao, pointant un doigt vers le petit voleur. Je n'apprécie guère les défis. Je crains d'avoir mal choisi mon nouveau dieu.

Cyric en resta muet.

— N'est-ce pas la récompense que tu cherchais ? demanda Ao.

— En effet ! s'exclama le jeune homme en retrouvant la voix. Je vous servirai bien, j'en fais le serment. Vous avez ma gratitude !

Ao eut un rire de gorge cruel, railleur.

— Ne me remercie pas ! Être le Dieu des Conflits, de la Haine et de la Mort n'a rien d'un cadeau. Tu aspirais au divin, au contrôle de ta destinée et à la puissance. La divinité et le pouvoir sont désormais tiens - à utiliser à ta discrétion dans tous les Royaumes. Toutes les souffrances de Toril seront également de ton ressort. Administre-les comme tu l'entendras. Mais tu ne connaîtras plus jamais la joie ou le bonheur. (Il se tourna vers Minuit :) La chose que tu désirais le plus, seigneur Cyric, te sera à jamais inaccessible. Je suis *ton* Maître à présent. Ta liberté sera encore plus restreinte que dans les rues de Château-Zhentil, quand tu était enfant.

Minuit sentit le cœur lui manquer. Avec Cyric maître absolu du Royaume des Morts, elle ne pourrait jamais tenir sa promesse envers Malandrin.

— Pardonne-moi, murmura-t-elle, se détournant de l'Escalier Céleste. Certaines promesses sont irréalisables...

Cyric avait eu raison ; la vie était une expérience brutale qui s'achevait dans le tourment et l'amertume.

— Minuit ! appela le Seigneur Ao.

— Que veux-tu, maître ? le défia-t-elle. Je suis lasse et blessée. J'ai perdu celui que j'aimais. Que vous faut-il de plus ?

— J'ai perdu beaucoup de dieux depuis l'*Avènement*. Baine et Myrkul, je ne les regrette pas vraiment et je ne ferai rien pour eux. Mais Mystra, Dame des Mystères, est également tombée. Je ne peux pas reconstituer son essence. Prendras-tu sa place ?

Minuit regarda Cyric, et secoua la tête.

— Non, ce n'était pas mon but. Je n'ai aucun intérêt à me laisser corrompre comme Cyric.

— Dommage. J'ai choisi un mortel pour son âme mauvaise et cruelle. J'espérais en choisir un autre pour sa sagesse et sa droiture.

Cyric renifla de mépris :

— Ne gâchez plus votre salive. Elle n'a pas le courage d'affronter son destin.

— Accepte ! intervint Adon. Ne le laisse pas gagner ! Il est de ton devoir de... (Il s'interrompit ; Minuit avait amplement payé de sa personne.) Pardonne-moi, tu es la femme la plus brave et la plus honnête que j'aie jamais rencontrée. Tu feras une très bonne déesse. Mais la décision t'appartient.

Minuit repensa à sa promesse à Malandrin, et aux âmes abandonnées dans la Plaine de la Fugue, qui attendaient leur délivrance. Elle se représenta l'âme de son bien-aimé, errant parmi des millions d'autres dans la grande plaine. L'offre d'Ao pourrait lui donner les moyens d'épargner cette torture à Kelemvor, et même de tenir ses engagements envers Malandrin.

— Tu as raison, répondit-elle à Adon. Je dois partir. Si je ne le fais pas, Kelemvor, Malandrin et tous les autres seront morts en vain. (Elle prit les mains du prêtre dans les siennes et lui sourit.) Merci de me l'avoir rappelé.

— Sans toi, sourit Adon, le futur des Royaumes serait bien sombre.

— Ta décision, Minuit ? intervint Ao.

La magicienne déposa un rapide baiser sur la joue de son ami.

— Tu me manqueras, dit-il.

— Non, dit-elle. Je serai toujours avec toi.

Elle se tourna pour grimper les marches qui s'étaient changées en parterres de diamants.

— J'accepte, dit-elle à Ao. (A Cyric :) Et je vais te faire regretter tes trahisons pour l'éternité.

Un instant, Cyric eut peur. Puis il se souvint de son véritable nom, Ariel Manx. Il eut un faible sourire. Cet atout aurait-il encore du poids contre la déesse Minuit ?

Ao leva les mains : tout disparut dans une colonne lumineuse, qui aveugla Adon et les milliers de témoins.

Dans une centaine de villes, des piliers similaires surgirent dans les airs, là où les dieux s'étaient abrités, et montèrent jusqu'aux cieux. A Tantras enfin, les restes épars de l'avatar léonin de Torm s'élevèrent et flottèrent un instant avant d'être emportés dans les cieux ; Torm le Pur était lui aussi de retour.

ÉPILOGUE

— Voilà donc où tu te cachais !

L'exclamation de Blackstaff tira Adon de son sommeil agité. Il se trouvait dans la tour en compagnie des autres blessés.

Le jeune prêtre n'avait toujours pas recouvré la vue.

Blackstaff avait mis six heures à délivrer Elminster, pris en tenaille par les infâmes Gardiens.

Les deux mages emmenèrent le prêtre sur un brancard. Bien qu'heureux pour les Royaumes, Adon avait le cœur lourd de la mort de Kelemvor, et de l'absence de Minuit.

Une larme roula sur ses joues ; le vent l'emporta sur ses ailes, vers la mer, où elle se joindrait à des millions d'autres et tomberait dans l'oubli.

Peut-être cela valait-il mieux ainsi, songea-t-il. Il était temps de faire abstraction des épreuves du passé, de l'indifférence des anciens dieux. Tourner ses regards vers demain, nouer des liens plus forts, plus vrais avec les dieux, faire des Royaumes un meilleur empire.

Huit petits points lumineux s'en vinrent danser devant ses yeux. Il les prit d'abord pour une hallucination. Mais les points s'affermirent et se muèrent en étoiles. Au centre du cercle tremblait une brume rouge. Adon, ébahi, se rendit compte qu'il avait sous les yeux l'emblème de Minuit !

Il sentit une sérénité nouvelle l'envahir, apaiser ses tourments.

Il se redressa sur sa civière, expliquant aux mages que la nouvelle constellation apparue le soir même dans le ciel était celle de Minuit, et qu'elle venait de le guérir de sa cécité !

Un peu partout, la vie reprenait ses droits.

Au-dessus de la Plaine de la Fugue apparurent les dieux resplendissants : Sonie aux Cheveux de Feu, à la radieuse beauté ; Torm le Pur, en armure étincelante sur son étalon rouge ; Loviathar aux cheveux de neige, à la moue cruelle, au regard de démon... Aurile, Déesse du Froid, à l'attrait irrésistible malgré sa peau bleue et son attitude hautaine ; puis un long cortège de divinités qui négligeaient leurs devoirs depuis si longtemps.

Une matrone apparut à son tour, les cheveux gris, les yeux étincelants : Yondalla, protectrice des Petites Gens. A la demande d'une jeune déité, elle allait enquêter au sujet d'un dénommé Atherton Cooper.

Vint enfin la Dame Blessée, la nouvelle Déesse de la Magie. Même si ses cheveux de jais et sa superbe beauté demeuraient inchangés, sa séduction était magnifiée par son statut divin. Ses beaux yeux noirs énigmatiques luisaient parfois d'une grande peine secrète, à d'autres moments d'une implacable détermination. Elle chevauchait une licorne immaculée.

Comme tous les dieux, Minuit gagna son nouveau royaume, au Nirvana.

La demeure de la déesse était un château à la symétrie parfaite, fait de magie rendue tangible.

Dans un autre château, bien différent, le Seigneur Cyric trônait, plongé dans un silence maussade. Son armée de Gardiens grouillait autour de lui, et les cris des damnés montaient jusqu'à ses oreilles.

Le nouveau Dieu des Conflits et de la Mort aimait

son royaume, même s'il trouvait son maître, le Seigneur Ao, quelque peu autoritaire. Avec du temps, il trouverait un moyen de se révolter.

Contemplant tout cela, Ao ressentit un énorme soulagement. Les dieux commençaient à s'acquitter de leurs fonctions.

Le Seigneur suprême, assis en tailleur, se trouvait au cœur d'un vide si total que même les dieux n'auraient pu l'appréhender. De tous les états possibles, il n'en trouvait pas de meilleur ; il était à la fois plongé dans le flot temporel et déconnecté du temps, à la fois le centre de l'univers, et sa marge la plus extrême.

Toril faisait partie de ses créations favorites. Il avait trouvé en deux de ses habitants, Minuit et Cyric, l'incarnation de l'Equilibre universel. Par bonheur, les mortels avaient répondu à son appel. Mais il ne laisserait jamais plus les dieux mettre en péril l'Equilibre des Mondes.

Ao ferma les yeux et fit le vide dans son esprit. Il se laissa absorber par son univers intérieur, puis pénétra dans un lieu intemporel, au bord de l'infini, où des millions d'autres instances comme lui prenaient naissance et mouraient.

Une présence lumineuse l'accueillit, l'enveloppa, entité à la fois glacée et chaude, dure et compatissante.

— Et comment va ton cosmos, Ao ? dit une voix à la fois douce et lourde de reproches.

— Ils ont rétabli l'Equilibre, Maître. Les Royaumes sont sauvés.

son royaume, même s'il lui avait coûté maints « Seigneur Ao » jusque-là autoritaires. Avec du temps, il
trouverait un moyen de se révolter.

Contemplant tout cela, Ao resserrait un énorme
saxifagourou. Les dieux commençaient à s'occuper de
hauts fonctions.

Le Seigneur suprême russes en trillion, se trouvant
au cœur d'un vide si total que même les dieux n'arrivaient pas l'appréhender. De tous les états possibles, il
n'en choisit qu'un de meilleur. Il avait à la fois changé
dans le flot tempérel et décousnents du temps, à la fois
le centre de l'univers et sa marge la plus extrême.

Tout remué parmi de ses créations favorites, il avait
trouvé en deux de ses habitants, Mumul et Cirric
et un amateur de l'équilibre universel. Par bonheur, les
mortels avaient résolu-à soi, ajoué, dans il ne
pouvaient jamais plus les avoir mettre en péril
l'équilibre des Mondes.

Ao tendit les yeux et lit le vide dans son écrit. Il
ne faisait ascendre par son univers intérieur, puis
gagnait dans un mouvement et fond de l'infini,
où des milliers d'autres instances comme lui, pré-
sident naissance et mouvement.

Une présence immense l'accueillit, bienveillante,
faillie à la fois amicale et chaste, fière et compatissante.

— Et comment va ton contrée...Ao ? fit une voix à
la fois douce et chaude de respectueux.

— Ils ont réussi, Éternelles. Maître les Royaumes
sont sauvés.

Les **Royaumes Oubliés** vous passionnent, retrouvez cet univers fantastique dans

Tous les deux mois vous découvrirez
des reportages vous présentant
des univers imaginaires
comme s'ils étaient réels …

Voyagez avec Cyric et Minuit, Conan
le Barbare, Bilbo et Gandalf, Luke Skywalker
et tous vos héros préférés !

Pour ne pas manquer un seul épisode,
abonnez-vous dès maintenant à
DRAGON® Magazine
en découpant ou recopiant le bon ci-dessous,
ou courez chez votre marchand de journaux
le plus proche.

BULLETIN D'ABONNEMENT
(à remplir en majuscules)

Nom ──────────────── Prénom ────────────

Adresse ─────────────────────────────

─────────────────────────────

Je m'abonne à DRAGON® Magazine pour un an (6 numéros) au prix de :
- ❏ 175 FF seulement (au lieu de 210 FF au numéro) pour la France Métropolitaine,
- ❏ 200 FF pour l'Europe (par mandat international uniquement)
- ❏ 250 FF pour le reste du monde (par mandat international uniquement)

Pour aller hardiment là où nul n'est jamais allé...

Découvrez

STAR TREK
LA CARAVANE DES ÉTOILES !

*Après les films
Après les feuilletons télé
L'aventure ne fait que commencer...*

Parus :

19. **L'appel du sang**
20. **Flamme noire**
21. **Le monde sans fin**

STAR TREK
UNE LÉGENDE DE CE TEMPS

FleuveNoir

PERRY RHODAN

La plus grande saga de science-fiction du monde

Créée en 1970, la saga de Perry Rhodan, écrite par K.-H. Scheer et C. Darlton, passionne des millions de lecteurs et constitue un véritable phénomène de l'édition.

- ★ *Une nouveauté tous les deux mois*
- ★ *Cinq rééditions par an*

Fleuve Noir

ANTICIPATION

De la science-fiction à la terreur, toutes les couleurs de l'imaginaire!

Parus :

QUÊTE IMPÉRIALE
de Alain Le Bussy

JALIN KA
de C. Kauffman

SHAAN !
de Piet Legay

*Achevé d'imprimer en août 1994
sur les presses de l'imprimerie Bussière
à Saint-Amand-Montrond (Cher)*

— N° d'imp. 2173. —
Dépôt légal : mars 1994.
Imprimé en France